ペンタゴン・ペーパーズ

「キャサリン・グラハム　わが人生」より

キャサリン・グラハム 著
小野善邦 訳

CCCメディアハウス

1930年代（上）と1960年代のポスト編集局

ペンタゴン機密文書事件の聴聞会を終え、ベン・ブラッドレーと共に

カール・バーンスタイン、ボブ・ウッドワードと共に

印刷工組合のストライキ中に、編集局スタッフに声明を発表する私

AP通信社理事会（1976年）に、唯一人の女性理事として出席

フィルとケネディ大統領
ケープ・コッドにて

ゴールドウォーターの選挙遊説に随行

ロバート・ケネディと

ジャクリーン・ケネディと

ニクソン大統領と

トルーマン・カポーティと共に
「黒と白の舞踏会」にて

ジョンソン大統領と

チャールズ英国皇太子、
ダイアナ皇太子妃と

レーガン大統領夫妻と

ブッシュ大統領と

クリントン大統領と

私の75歳の誕生日パーティーの家族
左から右へ、スティーヴ、ラリー、ダン、私、ビル

ウォレン・バフェットと共に

マーサズ・ヴィニヤードにて

はじめに

私は自分が著述のプロでないことを十分承知しているにもかかわらず、本書だけは最初からなんとしても自分で書きたかった。著名なコラムニストで、物を書くことを生業としているウォルター・リップマンですら僅か数週間執筆の仕事から離れていて、いざ執筆に戻ろうとすると、それがいかに難しいかをかつて話してくれたことが私の記憶にあった。本書を私ひとりで書くべきか、それとも共著にすべきかをめぐって考えあぐねた時、いつも彼の言葉が脳裏に蘇ってきた。しかし、私としては本書を私個人の物語にするからには、私の言葉で語らなくてはならないと思った。もし私の自伝がうまく書けているとしたら、それは、資料収集に携わってくれたエヴェリン・スモール、それに本書の編集をしてくれたロバート・ゴットリーブのお蔭である。

エヴ（エヴェリン）はワシントン・ポスト社の社員で、私の講演などに必要な資料、情報を集める業務をしていた。彼女はまた、後で役に立てばと私の書類を何年もの間整理し続けてくれた。歳月が経つにつれ、彼女の役割は私にとっていよいよ欠かせないものになった。彼女は私の過去の人生について私本人に劣らぬほど多くを知るようになった。彼女は私の書く言葉を吟味し、重要な事柄を細大もらさず私に思い起こさせながら、不要な部分を巧みに削除し、私が見落とした資料から付け加えるなどして、本書の形を整えてくれた。その意味で、エヴなくしては、本書はあり得なかった。

エヴが発掘した私に関するエピソードのほんの一部だけでも一冊の本に値する。同じことは私たちが行った二五〇人以上にのぼる人たちとのインタビューについても言える。インタビューの対象は小学校の級友にはじまり、生涯を通して付き合ってきた友人、それにペンタゴン機密文書事件、ウォーターゲート事件、ワシントン・ポスト社に関わりをもった多くの人たちに及んでいる。そして彼らとのインタビューはすべて本書の内容を豊かにする上で欠かせないものになった。

私がはじめてボブ・ゴットリーブと本の執筆について話し合ったのは一九七八年のことだったが、彼はニューヨーカー誌からクノップ社に戻ってきた時、本書担当の編集者になってくれた。彼は私の書いた原稿を細心の注意を払って点検し、重複する部分、冗長な部分を情け容赦なく削除した。「この部分は不要」という注意書きが私の書いた原稿の端の余白にいくつもあったのを覚えている。私がなんとしても残しておきたいと思った部分——ボブによれば、すべてページ数のことを考えてのこと——に彼は大鉈を入れたが、私は抗議の悲鳴はほとんど上げなかった。床に捨てられた原稿を見て嘆いたことがあったかもしれないが、彼とエヴ、それに私の三人はいつも心に同じ目標を秘めていた。そして床に捨てられている原稿から特に必要だと思う箇所を見つけだし、書き加えたいと訴えた時には、ボブは快く受け入れてくれた。

友人のメグ・グリーンフィールドはワシントン・ポスト紙の論説主幹で、ニューズウィーク誌のコラムニストでもあったが、彼女が社説の編集などに際して見せる手腕と助言は私がいつも求めてきたものであり、私はポスト社の社主の座にあった間中ずっと彼女を頼りにしてきた。彼女は私の書いた原稿にも目を通し、論評してくれた。メグと私の心理は似たような働きをするばかりか、人物論、状況判断、何が滑稽で、何が耐え難いかといった見方についても二人は似ていた。私たち二人の友情関係は、彼女のワシントン・ポスト入社直後から始まり、その絆はその後さらに強まっている。

他に五人の重要な人物が私の原稿に目を通し、論評を加え、とりわけ私の助けになってくれた。娘のラリー、息子のダンとビルとスティーヴ、それにウォレン・バフェットである。

本書を書くにあたって関係者が所有している古い資料等がいかに価値のあるものであるかを改めて知った。私は、両親から受けとった古い手紙や走り書き、両親の間で取り交わされた手紙、夫からの手紙、私自身が友人などに書いた手紙、ワシントン・ポスト社やニューズウィーク社の役員たちと取り交わした手紙等を長い時間をかけて丹念に読んだ。あの時代、みんなが手紙を書いていたことに私は感謝している。こうした資料のほとんどが当時のままの状態で保管されていたことについて、私は、父と夫の秘書兼助手を務めた上に、数年間は私にも尽くしてくれた、あのかけがえのない故チャーリー・パラダイスに謝意を表さずにはいられない。私はまた、本書の中で手紙を引用させてもらった方々すべてにお礼を申しあげたい。

私は、ワシントン・ポスト社の社史である『ワシントン・ポスト　最初の一〇〇年』〔ホートン・ミフリン社、一九七七年刊〕の著者チャルマーズ・ロバーツに感謝したい。彼の著書は、私が本書を書き上げる過程でいつも一つの情報源となった。また、私の父の伝記『ユージーン・マイヤー』〔アルフレッド・A・クノップ社、一九七四年刊〕を上梓したマーロ・ピュージにも同様に感謝したい。両著は私たちの資料収集と私の思索に示唆を与えてくれた。

本書の最終的な内容については私が責任を負うことは言うまでもない。本書を書き上げるにあたり私は自分に対して素直で、正直でありたいと努めたが、同時に関係者の、とりわけ私の子供たちのプライバシーは尊重するように心がけた。当然のことながら、彼らは私にとってかけがえのない存在であり、子供たちはいずれも彼らなりに充実した人生を送っている。彼らもまた本書で語られるすべての出来事に深く、そして終生影響を受けてきたのである。

今も健在な私の二人の姉妹、エリザベス・ロレンツとルース・エプスタインも本書の出版に関わりをもち、私を助けてくれたばかりか、出版に興味を抱き、彼女らの記憶、判断を私に寄せてくれた。すでにこの世を去った兄ビル〔ユージーン・マイヤー三世〕もいつも私を支えてくれた。彼は、私が本書を書きはじめる前に亡くなったが、彼には生前支えになってくれたことを感謝している。

本書を書くにあたっては、当初物を書くことへの身の縮むような思いと、同時に長い人生を回顧した場合につきものの複雑な心境が私にはあった。たしかに、それは辛い作業ではあったが、いつの間にか私は執筆に夢中になり、大いに楽しんだ。全文を通して、原典の必要な箇所には原典を明記し、お世話になった方々にはお礼を失しないようにした。やむを得ず名前の漏れた方々も多いが、彼らの名前は私の心の中に刻み込まれている。

目　次

装丁：黒羽拓明（参画社）
本文フォーマット：竹内淳子（慶昌堂印刷株式会社）
校正：円水社

PERSONAL HISTORY
by Katharine Graham

ペンタゴン・ペーパーズ

「キャサリン・グラハム　わが人生」より

本書を

かけがえのない人びと

私の両親、ユージーン・マイヤーとアグネス・マイヤー

夫、フィリップ・L・グラハム

子供たち、エリザベス（ラリー）・ウェイマス

ドナルド・グラハム、ウィリアム・グラハム、スティーヴン・グラハム

に捧げる。

第1章 ポストを引き継ぐ

誰であれ、夫に先立たれれば、人生をやり直さざるをえない。一九六三年九月、私はかつての自分を取り戻そうと、黒海、エーゲ海巡りの旅をしてみたが、そこで得たものは癒えることのない苦痛に満ちた孤独感だった。それでも、家事にはじまり子供、母親、仕事への気配り、そしてこうしたことすべてのバランスをどうとろうかと思いめぐらすことで、孤独感を多少とも紛らわすことができた。

現実と隔絶した世界に私を連れ出してくれたという意味で、船遊びはたしかに気晴らしになった。とはいえ、私の心境は複雑だった。心の奥には抜き難い懊悩《おうのう》があった。つきまとって離れないのは、長期に及んだフィルの病との苦闘の劇的な結末、自殺がもたらした衝撃、喪失感、それにどうしても解けない彼の自殺をめぐる謎と自殺がもたらした将来への不安だった。

旅行中、私は誰にも胸のうちを打ち明けることなく、一人で思い悩むことが多かった。あの恐ろしい銃声、飛びあがって階段を駆け降りた私、そしてそこで発見した彼の姿は今も記憶に生々しい。その光景は何回となく脳裏を襲い、このままでは気が狂ってしまうのではないかとさえ思った。事件の衝撃から立ち直るまでに長い時間を要した。あの事件があって以来今日に至るまで、近くで銃声や大きな物音を耳にする時、とても穏やかな気持ちではいられない。

とはいえ、フィルのいない生活が定着しようとしていた。旅行は気分転換になったし、母も十分満足したはずだ。その分、家に残された子供たちは惨めだった。この旅行をきっかけに、私はこのような旅行を数多くするようになり、旅先の風俗や人情などを見聞することがほとんど病みつきになった。

この旅行を終えたあとも記憶に鮮やかなのは、帰途スペゾス島にいる友人たちを訪ねた時のことだった。別れ際にチップ・ボーレンが尋ねた。「まさか働くつもりではないだろうね。仕事なんかしてはだめだよ。まだ若いし、魅力的なのだから、再婚したほうがいい」。いいえ、働くつもりよ、と私は語気を強めて答えた。チップはお世辞のつもりで言ったのだ。女性にとって結婚は一つの目標であり、一つの生き方でもあり、特に当時は間違いなく最も望ましい生き方だった。でも、私は再婚など考えていなかった。同時に、働きに出ることと私生活で起こることの間には何の矛盾もないように思った。いま思えば、そんなことなどまったく分からないで、未知の世界に入ろうとしていたのだ。

未知の海を泳ぎ始める

九月九日、それはイタリア旅行から帰った翌日だったが、本当に私は出社した。もっと厳密に言えば、九月二〇日、私は役員会でワシントン・ポスト社の社長に選出された。いったい私のどこに会社の経営を引き継ぐ勇気があったのか、とよく尋ねられたが、当時の私の答えはいつも同じで、これといって何を「引き継ぐ」という気持ちもなければ、実権をもつ本当の経営者になるつもりもなかった、というのが答えだった。いずれ取り組まなくてはならない役割についての知識はまったく持ち合わせていなかった。

それでも会社管理の重要性を認識し、それに立ち向かっていこうという気概はあったものの、私は、この私の仕事を亡くなった夫の仕事と見ていた。そして、悲劇によって後継者になった私が会社について学ぶのを夫が脇から見ていてくれると思っていた。私は自分を子供たちへの橋渡し役と見ていた。だから子供たちが後継者に育つまでは会社経営全般を束ねるフリッツ・ビーブ、ニューズウィークのオズ・エリオット、ポストのジョン・スウィーターマン、ラス・ウィギンス、アル・フレンドリー、それに放送部門のジョン・ヘイズなど頼り甲斐のある人たちを支えることが自分の役割だと考えていた。A株の所有者としての私に重大な判断が求められる場合に備え、学習することもまた自分に課せられた仕事と思っていた。耳学問ですべてが首尾よくいくものと甘く考えていた。何事も一カ所にとどまることなく転変し、事の大小は別にして毎日何かが起こり、自分を巻き込まずにはおかないことを私は知らなかった。

前途に横たわる事の重大性を理解していなかっただけに、事の重大性を知った時の狼狽、事態の扱いの難しさ、長年にわたりいかに不安な日時を過ごすことになるかが分かっていなかった。同時に、いずれはそうした役割を人生の楽しみと見なすようになるのだが、当時はそれがどんなに楽しいものであるかなど知る由もなかった。

私なりに定義した「仕事」をすることが、唯一理にかなった選択に思われたし、それほど意外でもなかった。父やフィルと過ごした歳月は、彼らから、あるいは彼らと共に知識を吸収する時期であった。幸い、二人とも自分たちのしていることを娘や妻に教えていた。

私の強みの一つは、ニュースとジャーナリズムに関して一定の知識と識見があることだった。私自身ポストの主だったジャーナリストをある程度知っていたし、その中には古くからの友人ラス・ウィギンス、アル・フレンドリー、チャル・ロバーツ、エディ・フォリアードらがいた。彼らからニュースや会社についての話を聞きながら私は育った。私には誰の話に耳を傾ければいいか、ある程度分かっていた。当たり外れもあるが、人物の器量を評価できる才能があるようだ。その一方で、自分がまったくの物知らずの新参者だと感じ、手がける仕事はごく限られていたにもかかわらず、その仕事は途方もなく大きく見えた。他人の泳ぎを見るのと実際に自分が泳ぐのとの違いのようだった。九月末、私は友人あての手紙に書いたように、「長靴の中では少々震えているのですが、そんな姿は見せないようにしているの」であった。

フィルがいないと思っただけで戦慄を覚えた。彼の指導が無性にほしかった。彼が死ぬ前の数年間はとても辛い時期ではあったが、それでも彼はいつも身近にいて頼れる人間だった。彼からは実に多くのことを学んでいたが、それでも独り決断を下す時には迷いを感じた。苦労を強いられたあの最後の過酷な年の経験から身につけた自信は大きかったが、それでも彼がいなくなってしまうなどとは思いもしなかった。

辛い思いをさせたフィルではあったが、そんな彼にいてほしいと願っているのはなんとも皮肉なことだった。水際立って問題を処理するフィルの手腕を思い起こす時、私はひるまずにはいられなかった。私自身がそんな彼を神格化していたばかりか、他の人たちも一様に彼を崇敬していただけに、私は戸惑うばかりだった。訪れる人は誰もが彼の死を悲しみ、私の肩にすがって泣いた。時がたつにつれ、私のものを見る目も養われ、抱いている彼の人物像が現実とは多少落差があることに気づいた。私が思っていたほど彼は完璧ではなかった。彼は聡明で、偉業を成し遂げたが、同時に問題もなくはなかった。私自身を実像のフィル・グラハムと比較するのではなく、私が勝手に過大評価した才能、業績と私とを比較することで、私は自分の役割をとてつもなく難しくしていたのである。

私はフィルほどの旺盛なエネルギーも、幅広い関心も持ち合わせていなかったが、ほぼ同じ程度の知識の深さと適度な人生経験は身につけていた。率直に言って、私は彼のようにうまくポストを切り回せると思ったことはない。私のポストとニューズウィークの舵の取り方は、「フィルの舵の取り方とは違うが、それについては『合衆国には私以外に大統領はいない』と議会で演説した合衆国大統領と同じように感じている」と古くからの友人あての手紙に書いた。

「私」なりにできる方法でやるしかないことを覚らねばならなかった。他人の真似はできなかったし、ましてやフィルの真似などは論外だった。

仲間と幸運と義務感

私が基本的にしたのは、まず片足を前に出し、目を閉じて、エイ、ヤーと崖から飛び下りることだった。驚いたことに自分の両足で着地していた。なぜそんなことをしたかについては、およそ二つの理由があった。一つには、フィルに尽くした後も私を助けるために社にとどまってくれたフリッツ・ビーブや彼の仲間たちがいたこと、もう一つは幸運に恵まれたことだった。

フリッツは、私と会社にとって救世主のような存在だった。彼はどちらかと言えば事業やメディアの世界では新参者で、わが社に入ってからも二年半しかたっておらず、仕事といえば社内のまとめ役がほとんどで、フィルが病気療養中に起こしたり、やろうとしていた問題の処理にあたっていた。彼はまたフィルが死ぬ前の数カ月間、フィルと私の間に挟まれながらも懸命に会社の舵取りをし、フィルの死後は事態の収拾、さらにフィルがやり残した厄介な法律問題の処理にも取り組まざるを得なかった。フリッツはいつも安らぎを与えてくれたばかりか、私に対しても、私の存在が求められ、尊重されていることを実感させるなど、あらゆる面で雅量のある人だった。私たちがすぐに打ち解けたのも、彼の理解と寛容な精神があったからだった。

フィルの死後、私がヨーロッパ旅行に出発するまでにしたことの一つは、私たち二人の役割と役職について話し合うことだった。フリッツは、自分が会長としてとどまり、私がフィルの後を継いで社長に就任することを提案した。役職名そのものはどうでもよかったし、興味さえなかったが、これを認めると彼が上司で私はナンバーツーになることになるので、一点だけはっきりさせておきたかった。役職は何であれ、フリッツとフィルがパートナーであったように私たち二人もそうありたい、と私は提案した。パートナーだとどうなるのか、という的を射た質問をフリッツはした。「よく分からないけど」と私は答えた。「結婚がどんな風になるか最初は分からないけれど、このパートナー関係はビジネス結婚のようなものになるでしょう」

私への信頼のなさを考えた時、さすがに対等の立場を口にする自信はなかった。そして、私がオーナーであるとしても、彼の地位にあるほとんどの経営者なら不当と見なすような私の提案を、なぜ彼が受け入れたのか分からない。この数カ月間のポストを失うことの恐怖感とポストを誰の手にも渡したくないという思いを――多分私が説明したせいだろう――恐らく彼が理解してくれたのだろう。役職名は何であれ、私たちの関係はどんな場合においてもうまくいかないはずはないと思った。

また、新しい役職をつとめあげる過程で、かなり幸運に恵まれたのも事実だった。会社が比較的小規模だったことに加え、個人経営だったこともあり、就任後の最初の数カ月は順調な滑り出しを見せた。ポストの安定性の基礎作りはほぼ一〇年前、タイムズ・ヘラルド紙を買収した時に終わっていた。ポスト、ニューズウィーク、テレビ局の事業収入は急速に伸び、同様に収益も増えていた。各部門の経営も順調だった（このことは現時点で振り返って見た方がもっとはっきり分かる)。私たちの立場はポストとニューズウィークの論調を通してガラス張りであり、これらはいずれもさまざまな選挙区、特に政府、大統領にとってはないがしろにできない存在だった。つまり、私たちは揺るぎない財政的基盤をもっていたということだ。仮に私たちの会社がその規模においてもっと大きく、あるいは公共的であったり、財政的に不安定であったとしたら、学習にあれほど長い時間をかける贅沢は許されなかったはずだ。

個人的にも私は幸運に恵まれた。というのは、私の職務は大変な労力を要する難しいものであったが、その一方で私の興味をそそり、没頭させずにはおかなかった。私は経済的には自立できたし、寂しさはあったものの、決して独りぼっちというわけではなかった。しっかりした家族があり、息子のビルとスティーヴはまだ家にいたし、娘のラリーと息子のダンは大学に寄宿し、母は近くに住んでいた。また兄と二人の姉妹、それに友人たちが何かと相談相手になってくれた。

辛い日がいく日も続いたが、その間ラリーが私を終始支えてくれたことをこれから先も忘れはしないだろう。旅から帰り、ちょうど仕事を始めたばかりの頃、ラリーは胸が熱くなるような手紙を書いてよこした。

「ママの仕事がうまくいくと信じているけれど、そんなことを改めてここで言うことはないわね。もちろんパパ流のやり方でないことは話し合い済みですよね。だって、パパ以外に誰がパパのような優れた才覚と想像力を仕事に生かせるというの。そうじゃなくて、違うやり方、つまりママ流のやり方でパパと同じようにうまくやれると思うの。ママには素晴らしい判断力があるし、人付き合いも上手だし、皆から尊敬され、そうした人たちの強さ、弱さを見抜く才能もあり、いったん手がけたら最後まで見届ける意欲も旺盛……そういうことはパパには苦手だったわ。

何事も最初が肝心、だから最初で一番苦労するの（陳腐な表現だけど、真理だと思います）。まずは団結すること、そして聖パウロの言う『すべてのものに感謝の気持ちを』という言葉の意味を真剣に考えることを忘れないでほしいの。言うは易く行うは難し、だけど、ジェセイエ（私ならやってみるわ）」

こうした思いやりのある家族は私にとって財産であったが、もう一つ重要な財産は会社とポスト紙への強烈な愛着心だった。私はポストをことのほか大事にしてきたし、しかも同紙を家族のものとして残しておきたいという強い思いを抱いていた。ろくな知識もなく、自信もなかったが、ポストを存続させねばならないという強い義務感があった。

手探りの「仕事人間」

こうして私は仕事に着手した。何から手をつけていいのかほとんど分からなかったので、とりあえず、ポスト、ニューズウィーク、テレビ局、それに会社組織そのものについての勉強からはじめた。

最初の数週間は、誰が何を、いつ、どうして、どこで、どうやってするかといった初歩的なことを理解しようと、霧の中をさまよい歩いている感じだった。当時、私が救い難いほど無知だったことを言葉にして言うのは難しい。自分が携わっている事業や報道の世界の基本について知らなかったばかりか、こうした世界の実態についても暗かった。父は専門知識や豊富な経験の持ち主だったが、私は事業についてはほとんど知らなかったし、経理についての知識は皆無だった。貸借対照表の読み方も理解もできなかった。最初のうちは、会議に出席しても、話題が専門的な財務の話になるとまったくついていけず、困惑したのを今でも覚えている。「流動性」という言葉が出てくるだけで、目はかすんでしまうのだった。

実務の世界の基本についても知識がなかった。経営者としてどのように人に接するか、人が聞きたがらないことをどうやって相手に伝えたらいいのか、上手な褒め方、批判の仕方、一番有効な時間の使い方などについても分からなかった。人が職場や大学でごく自然に身につける知識にも欠けていた。つまり、会社の役員候補を社外で求める場合は相談に乗ってくれる人材斡旋会社があること、私以外の人なら誰でも知っている明確に定められた報酬・精勤奨励制度があること、さらには職階制のはっきりしている企業組織にあっては、役員を通した方が問題の処理が円滑にいき、役員の頭越しで処理しようとすると彼らの権威を損なう危険があること、などは私の知識になかった。足を使ってポスト社内を忙しく歩き回り、誰彼となく話しかけたが、そんなとき最初に会った人を――しばしば労働組合の指導者だった――即座に信用するのは間違っていること、みんな自分の目的のために私を利用しようとすることに気づかなかった。手を取って私の知りたいことを教えてくれたり、どうやって学ぶかを指示してくれる人は実は一人もいなかった。何も分からないままに、運び込まれる問題を処理しようとしていたのが当時の私の日課だった。

当然のことながら、私は助言や相談を求めた。具体的な助言を与えてくれ、助けになってくれた人たちの中にクレア・ブース・ルースとウォルター・リップマンの二人がいた。

クレアは職場での自己管理について面白い、有益な助言を提供してくれた。クレアの助言には彼女だけに有益なものもあったし、今では時代遅れのようなものもあったが、男性社会における女性に関するものも多く、私は彼女の言葉に聞き入った。このほか、彼女が忠告してくれたのは、毎週決まった時間まで職場にいることが時間の無駄だと思ったら、いる必要はないということだった。しかし、私にとって無駄ではなかった。彼女はまた男性の秘書をもつように勧めたので、長年フィルによく仕えてくれたチャーリー・パラダイスを引き続き秘書として雇った。クレアはまた、私が他の役員や社員と文書でまめに連絡をとり、返事がほしい文書を彼らに郵送した場合は必ず返事をもらうこと。そうすれば私の文書がどのように扱われたかが分かり、そこから何かを知ることもできるし、学ぶこともできる、と言った。

ウォルター・リップマンからの助言はもっと役に立った。彼には、読まなくてはいけない資料が膨大にあり、それをどのように整理すればいいのかという悩みを相談した。彼は、私が必要以上に悩み過ぎているのではないかと思ったようで、こういう手紙をくれた。

「とりあえず私がアドバイスできるのは、出社前に一時間ぐらいの時間をかけて新聞を読むことだ。読み方としては、ポストにじっくり時間をかけ、ニューヨーク・タイムズについてはポストに載ってない記事の見出しを見るだけでいい。紙上で報道されている奇妙な事件をいちいち調べ上げようとするのではなく、特に興味を引いたり、もっと詳しく知りたいと思う記事がポストやタイムズに載っていたら、それだけをメモしておく。そしてその記事を書いた記者に電話を入れ、説明させることを忘れないことだ。そうすれば一石二鳥というものだ。つまり、そこそこの努力で情報を入手できるし、同時に実際に原稿を書いた記者についても、他の方法では得難い正確な人物像をつかむことができる。

私は何事であれ自分一人で悩まないようにしている。誰だってすべてのことを理解しているわけではないし、あなたがすべてのことを理解しようとは誰も期待していないよ」

現在起きている問題に日々取り組んでいる人に比べれば、その問題とのかかわりの度合いでも、問題の特質に関する知識の深さでも、私は遅れをとっていた。そのうえ、生まれつき読むのが遅く、このことも問題の把握を遅らせる要因になっていた。ウォルターの勧める「治療法」はうなずけるものだったが、記者に説明を求めることは、今以上の自信がなくてはとてもできることではなかった。つまり、私個人としては、私が迅速に問題を把握できるよう記者たちをわずらわす権利があるという保証が必要だったのだ。

仕事に出るようになってから間もなくして、オヴィータ・ホビーがニューズウィーク社に私を訪ねてきた。彼女もまた夫の死後、夫に代わってヒューストン・ポスト社の発行人を引き継いでいた。彼女はフィルと私の友人だったが、私と知り合う前は両親の友人でもあった。私たちは新聞社の役員の職務について気さくに話し合った。話題の一つとして彼女が取りあげたのは講演だった。講演は自分の得意分野ではないし、とても自信がないからやるつもりはない、と私は言った。そんな選択の余地はない、という決めつけた答えが返ってきた。これから先、講演を含めて、いろいろなことを手がけなくてはならない、と言うのだ。彼女自身も何も知らないところから始めて、いろいろ学んできたのだ。彼女の言ったことは恐らく正しく、私の講演も実際に将来はありうることを多少の恐怖感とともに覚悟した。

フィルが生前していた仕事の一部でもやらねばという焦りに駆られて、私は毎週二日間ニューヨークのニューズウィーク社に顔を出すなど、必要以上に過酷な日程を組んだ。意図したところは正しかった。つまり、私にとってはいろいろ学ぶことができ、ニューズウィーク社の社員たちには、私が気を配っていることを分かってもらえたからだ。しかし今思うと、あの時期あのように時間と労力を費やしたことが賢明な「投資」だったとは言いきれない。というのも、私がニューヨークへ出張している間、私という話し相手なしにビルとスティーヴは家に取り残されていたからだ。

実のところ、私はニューズウィークの「部外者」だっただけに、ニューズウィークは私にとって特に厄介な存在だった。ニューズウィークの社員は自分たちを会社の一自治組織と見なし、ワシントンから完全に隔絶した状態を享受していた。役員の間で評判のいいフリッツを除けば、全役員はワシントン・ポスト社の支援は歓迎したものの、その指導には不快感をあらわした。私は日頃からニューズウィークについて不信の念を抱いていたので、同社にいる間はなんとなく落ち着かず、神経も高ぶった。

私にとってニューズウィークは会社全体の中でもきわめて斬新で最も不思議な部分で、後に私が言ったように、同誌は「独自の特異なジャーナリズム手法」をとっていた。ニューズウィークは私が慣れ親しんだワシントンという土壌からは、物理的にも比喩的にも、遠く離れた存在のようだった。私はニューズウィークのほとんどの社員を知らなかったし、彼らもまた私を知らなかった。しかも夫フィルと関係をもっていた若い女性記者ロビン・ウェッブ*がニューズウィークにかかわっていたことも、同社との距離感を強めた。

フィルが死んだ直後に私はヨーロッパ旅行に発ったが、途中、私はどうしても打ち解けられなかったベン・ブラッドレーとアーノー・ド・ボルシュグレーブに手紙を書いた。この二人はフィルの直系の部下であり、同時に彼の友人でもあった。二人はそれぞれに異なるが筋の通った理由から、非常に明確な決意をもってフィルの側についていた。ベンはフィルがニューズウィークを買収したことでフィルに忠誠を尽くさねばならないと感じていた。しかし、単純に言って、ベンおよびニューズウィークのほとんどの社員はワシントン・ポスト社のことを知らなかった。だから、フィル以外の者には忠誠心のかけらも感じていなかったのだと思う。事態が思わしくなくなったと判断した彼らは、きわめて事務的に問題の処理にあたろうとしてフィルと私を切り離し、当然のことながらフィルの側に走った。

アーノーは、ロビンがニューズウィークのパリ支局に駐在していた時代から彼女の友人だった。そのことがアーノーへの私の警戒心をいっそう煽った。とはいえ、アーノーの海外での活躍は、曖昧な面はあったにしろ、幅広く、ニューズウィークへの貢献度は大きかった。粋で、魔術師のような雰囲気を漂わせる彼は、国王、国家元首、指導者の間に多くの知己をもっており、彼自身も有能な記者だった。そしてニューズウィークは彼に向いていた（同誌からの高収入で生活も豊かだった）。

私が彼ら二人に言ったのは、過去は過去なのであって、これから先は一緒にやっていきたいということだった。ベンはそんな手紙を受けとったことを憶えていないが、私が二人あてに手紙をしたためたのは確かだ。私情を仕事の世界に持ち込むべきではない、ということは当時の私にも十分分かっていた。もちろん、ベンとの関係はその後、公私両面にわたり私の生涯の中で最も大切にしたいものの一つとなり、最も生産的な関係の一つにもなった。

アーノーは私とは多少距離をおいた関係を保っていたが、アーノーは私が「狙い撃ちする」のではないかと感じていた。仮にそうだとしても、私が「実行」に移すまでには、その後ずいぶん長い歳月を待ったことになる。というのも、編集上の不一致から、一九八〇年に編集者たちによって追い出されるまでの一七年間、彼はニューズウィークに席を置いていたからだ。当時ニューズウィークの編集者だったレスター・バーンスタインが、アーノーとは袂を分かつことを編集者間で衆議一決したと伝えてきて、それを聞いた私があの有能なアーノーを本気で解雇する気かと訊き返した時、レスターの答えは「私は報告にきたのであって、相談にきたのではない」だった。

ニューズウィークについてはさまざまな問題があったが、「仕事人間」の私は毎週火曜日の

＊本書の完全版である『キャサリン・グラハム　わが人生』の第16章に詳細あり。

午前決まってニューヨークに飛び、その晩泊まって翌水曜日はニューズウィーク社のオフィスで過ごし、その日の午後遅くワシントンへ帰った。こうした日程を組むことで、ニューズウィークのその週のトップ記事をめぐる編集会議やその他の会議に出席することができた。雑誌経営の要諦について学ぼうと私なりに最大限の努力はしてみたが、闘志が挫ける思いをしばしば味わった。些細なこととはいえ肌で感じる嫌がらせ、気まずさを感じさせる人との鉢合わせに悩まされ通しだった。そうした悩みには正当な根拠があったのか、あるいは言われのないものだったのか、私には分からなかった。

ポスト社にいる方がはるかに気持ちが落ち着くことは分かっていた。社が私の生まれ育った地元にあったからばかりでなく、私を知っている人や、私が知っている人たちがいた。その中には親友のラス・ウィギンスやアル・フレンドリーがいた。ポスト社にいると心の芯から寛ぎを覚えたが、それは私が僅かとはいえ、同紙にかかわる仕事をしていたからであり、同紙を三〇年間も家族ぐるみで守り続けてきたからだった。

とはいえ、ポスト社での私の道程は平坦ではなかった。リスが好物の胡桃を少しずつ齧るように私も端から少しずつ齧ることから仕事に着手し、新聞編集と新聞事業の基本的役割とは何かを学び、どのようにして両者が統合されるのかを学ぼうと努めた。学習は難しく、しかも孤独な過程だった。不必要な失敗を何度も繰り返し、絶望感に襲われた。自分の進む道を感じとるしか方法はなかった。

徐々にではあるが、頭の中の整理ができるようになり、日常的な仕事に慣れはじめた。秘書の存在も気にならなくなった。郵便物の返信作業にも慣れ、人との付き合いを増やすよう絶えず心がけ、そうした付き合いからいろいろなことを学びとろうと努めるようになった。また、社員が私と協調し始めたこともあり、私の方からも彼らに近づこうと努めるようになった。社員の中には内気な者もおり、彼らは私との間に距離を置こうとした。その一方で仕事を奪われまいと警戒する社員もいた。私の存在を歓迎する社員もいたが、反面、私を物知らずの侵入者と見なし、そんな侵入者には忍耐強く、慇懃《いんぎん》に振る舞うことが肝心だとする社員もいた。しかし、ほとんどの社員は恐らく私のことなどまったく気にかけることもなく、ただ黙々と自分の仕事についていていたようだ。

私の出社を快く思わなかった人がいたとしたら、それはかかって私個人の問題だと思うことにした。一部の役員は中年女性をどのように扱ったらいいか分からなかったし、会社を経営する女性の扱い方についてはなおさらのことだった。私は職場での女性差別やそれに関連する問題についてはまるで無知だったし、私と職場を共にした男性社員の多くもそんな問題があるとは事実知らなかったはずだ。その結果、私は深刻な不安感と劣等感に襲われ、同時になにがなんでも他人を喜ばせ、自分も好かれたいという欲望にも駆られた。社員が本当に求め、必要とするのは、合理的で論理的な指導力であるが、私は物事の決定にあたり、できるだけ多くの人のアドバイスを求めたために、自分たちの判断を信用すべきだと思っていた人たちをしばしば苛立たせた。

私とジョン・スウィーターマンの間に起こった事件もこの種のもののようだ。私たち二人の間の緊張感ははじめから高まっていたが、控え目に言っても、私にはその時の状況を手際よく処理する才気に欠けていた。私の質問がジョンを苛立たせたようだった。私はポストの編集部門、論説部門では歓迎されたかもしれないが、ジョンをはじめ営業部門は私をどう扱ってよいものか見当がつかなかった。私の方も営業部門にどうして対処したらよいか分からなかった。

ポストが成功するかどうかはすぐれてジョンの手腕にかかっていた。具体的には、ジョンが立てる戦略と事業計画、それに当時の社が必要とした厳しい経費節減による経営管理が会社の命運を左右していた。ジョンが財布の紐を握り、予算を管理していた。したがって、実質的に彼がほとんどすべてを取り仕切っていたことになる。ポスト社の弁護士ビル・ロジャーズは、私がジョンに批判的な態度を見せるたびに、必ずジョンの肩をもった。ジョンは素晴らしい仕事をしているのだから彼に感謝すべきだ、とビルはいつも言った。私は当時、ビルの言葉をまともに受けとらなかったが、彼は正しかった。

今から見ると、ジョン・スウィーターマンは一九五〇年に入社して以来、経営の全面的実権をフィルから与えられ、フィルは彼を一貫して徹頭徹尾支持してきた。フィルがポストの日々の発行業務から遠ざかるようになってから、特にフィルが病気になってからは、ジョンの権勢は年を追って強大になった。一九六一年にジョンは発行人に任命されたが、これを機に、そして特にフィルの躁鬱症が目に見えて悪化したのを境に、彼は誰の意見を訊くでもなく、ごく僅かな人と相談する程度で、最終的な決定を下していた。

そんな時期に私が現われ、ジョンに向かって矢継ぎ早に質問を浴びせかけたのだ。どうして彼はこんなことをしたのか？　この問題の担当者は誰か？　どういう処理の仕方をしているのか？　質問を受けたジョンに私の真剣さが分かっていたら、手をとって教えてくれたはずだ。だとすれば、私たち二人の関係はよくなったに違いない。しかし、ジョンは仕事の世界での女性の扱いに慣れていなかったし、とりわけ私のような物知らずの女性の扱いは苦手だった。私が逆らうと、彼は癇癪をおこした。そして何回かの激論の後、私がついに泣き出してしまったことがあったが、それでいよいよやりにくくなってしまった。

ジョンとの間にぎくしゃくした関係はあったものの、ポスト紙と会社は成長を続けた。タイムズ・ヘラルドを買収してからの数年間、ポストは紙面で取り上げるニュースの量、質ともに拡充させるなど、事業は実に好調だった。私が出社するようになった当時、平日の発行部数は四〇万部を超え、日曜日は五〇万部を上回り、スター紙を抜いていた。ポストは広告件数でも今やワシントンで他社を引き離した。二つのテレビ局も成長を見せ始めていた。

ポストの経営をジョン・スウィーターマンに任せたように、フィルはテレビ局の経営をジョン・ヘイズに委ねたが、ヘイズは私に対して、スウィーターマンよりもはるかに打ち解けた態度をとった。それは恐らく、テレビ事業が私にとってまったく別世界のことだっただけに、私がはじめからヘイズのテレビ事業に距離を置き、スウィーターマンに突っかかったような態度をヘイズに対しては取らなかったことが彼の気さくさを呼んだのだろう。テレビ局はまたポスト紙を上回る営業成績をあげており、ポストが直面しているような販売競争、労組問題、労使間紛争などとは無縁だった。

ポスト買収攻勢に抗して

仕事をはじめた直後から、私がポストを売却しようとしているという噂が人びとの口にのぼった。この噂は執拗だった。フィルの死の直後から、ポスト社をまるごと買い取りたいという話が数多くあったのは事実だった。そんな噂も手伝って、私が会社を引き継ぐのではなく、売却するものと多くの人は思っていた。マクリーンの時代に一度は倒産したワシントン・ポスト社を父と夫が情熱と心血を注いで再建し、その間彼ら二人を終始支えてきた私が社を売却するなどあり得ないことなのに、連中はほとんど理解しようとしなかった。売却など考えられないことだった。

しかし、ぜひ買い取りたいという人の突然の訪問は何度かあった。私がヨーロッパ旅行でワシントンを留守にしている間も、フリッツは何件かの打診を受けており、その一つはフランク・スタントンを通じてCBSテレビからきた。私はきっぱり断わった。私はこうした買収攻勢に過剰反応を示したようだ。私たちが所有している資産が狙われやすい優良物件であることを私自身理解できないまま、買い取りたいと申し入れてきた人たちにただ単純に腹を立てた。私から見れば、彼らは、途方に暮れているかのように見える未亡人に襲いかかろうとして、力尽きるのを頭上を旋回しながら窺っている禿鷹のような強欲な人種だった。私は正常心を失っていただけに、買い取りの申し入れに関することは何一つ冷静に検討することができなかった。

しかも、こうした打診は私の不安をかきたてる不幸な効果をもたらすだけだった。

出社するようになってから半年もたたなかったと思うが、私は、カナダの巨大な新聞関連コングロマリットの最高責任者ロイ・トムソンと会ったのを記憶している。その席で、彼は自分の部下を米国へ送り込み、メディア関連物件の買収工作にあたらせていることを打ち明け、私を驚かせた。「新聞社を売却したくなる事情はいろいろあるものだ……経営が不振だったり、高齢の経営者に後継ぎがなかったり、経営者の夫に先立たれたり……」。話を聞きながら、私は体の震えが止まらなかったのを今も憶えている。

ワシントン・ポスト社を買い取りたいという最初の現実的な打診は、正式な形ではこなかった。打診は、当時のCIA長官で、チャンドラー家の友人の一人だったジョン・マッコーンを通じてタイムズ・ミラー社からきた。それは、マッコーンが公用車の後部座席にスコッティー・レストンと隣り合わせに座っている時だった。スコッティーが私の友人で、マッコーンの話を伝言として私に伝えてくれることを期待したマッコーンは、タイムズ・ミラー社がポスト社の買収に関心をもっていることを打ち明けた。スコッティーは、彼女に売却の意志がないことは知っているが、とにかくそうした打診があったことだけは伝えておく、と答えた。

次の打診はサム・ニューハウス〔出版業者〕からで、彼が一番執拗だった。ポスト社を一億ドルで買い取りたいと言ってきた。私たちははっきりこれを断わったが、ニューハウスは私たちの「ノー」という言葉を回答として受けとめず、値段を吊り上げながら何度も現われた。一方の入口を閉めておくと、別の入口から入ってきた。その後、彼は仲介者を使って近づこうとした。クラーク・クリフォードとテッド・ソレンセンだった。

その後もポスト社をまるごと、あるいは部分的に買収したいという打診、特にニューズウィーク誌を買い取りたいという打診は何件かあり、断わっただけでも六件はあった。明確に断わったはずなのに、ニューズウィークが売りに出ているという噂が印刷物でも出回り、社内の士気を低下させた。

私が仕事に出てからちょうど一年がたとうとしていた頃、当時のタイム社の経営責任者三人のうちの一人で、古くからの友人でもあるアンドリュー・ハイスケルがレストラン「21」に私を連れ出した。そして厳しい口調でこう言った。「ニューズウィークを持っていてどうしようというんです？　雑誌事業についてあなたは何も知らないのだから、ニューヨークにいることはないんですよ」。自分でも驚いたが、その時の私は、彼の言葉にたじろぐようなことはなかった。彼が言葉に表わした懸念は私も抱いていたものだが、私はフリッツを信じていたし、事態は、必ずしも順調とは言えないまでも、少なくともいい方向に進んでいるように見えた。あなたの言わんとすることは分かりますが、私には売却するつもりはない、と答えた。

誰の目にも不安定に映る状態に私が固執していた根本的な理由は、ニューズウィークの社員に対する私の思いにあった。それは、利潤追求に触発されたものではなかった。むしろ私はこう考えたのだった。つまり、多くの人を巻き込んで一企業を買収したのに、方針が変わったからと言って数年後にまるごと売却することは、人道にもとる行為だ。必ずしも報いられたという実感はなかったが、私はその企業とそこに働く人たちに誠実でありたいと思っていた。

初体験づくし

仕事を始めて最初の数カ月は初体験づくめだった。私はボワター・マーシーの役員会に初の女性役員として加わった。ワシントン・ポスト社以外の企業関連の役員会に加わったのは、これが始めてだった。また、フィルの後を継いで、ジョージ・ワシントン大学の理事会にも名を連ねた。

新聞業界の仲間たちとの昼食会にも出席するようになり、ロサンゼルス・タイムズの発行人、オーティス・チャンドラーを主賓として招いた、私としては最初の晩餐会を主催した。この晩餐会は報道業界とのかかわりをいっそう強めていきたいとする私の決意を改めて内外に示すいい機会となった。後日、オーティスからお礼の手紙が届いた。「素晴らしいパーティーだった」。彼は続けた。「さぞかし大変だったでしょう……これで少なくとも第一歩を踏み出したわけですから、これから先は何かとやりやすくなるでしょう」

本社の他の部門に関する知識を身につけるために、私たちが所有する二つのテレビ局を訪れた。ジャクソンヴィルでは地元のWJXTテレビ局の運営を任されているグレン・マーシャルと一時を過ごした。グレンは、ジョン・ヘイズが関心をもたなかったケーブル・テレビに早くから注目していた。私と初めて会った席で、彼がさっそくケーブル・テレビの将来的重要性、それにケーブル・テレビがいずれペイ・テレビへ発展する可能性について熱っぽく話したのを記憶している。

私はポストの編集会議や編集昼食会には決まって顔を出すようにしたが、このことは外の世界の動きを把握する上で一番役に立った。記者や編集者、それに政府高官が口にするジャーナリズムや政治に関する特殊用語も理解できるようになった。

ポスト社に行くようになってまだ日も浅く、自信のなさを痛感していた頃のことだったと記憶しているが、南ベトナムのゴ・ジン・ジエム大統領の義妹で、陰険な性格で、権力を握っていたマダム・ヌーを招いて、午前の早い時間に編集昼食会を開いた。彼女の南ベトナムでの役割は贔屓目に見ても評判が悪く、各方面から恐れられ、嫌われていた。この昼食会は、私が初めて質問をする機会となったが、勇を鼓していざ質問しようとした時、私は不安のあまりほとんど倒れそうだった。実際にどんな質問をしたか憶えていないが、その時の私は間抜けか無知に見えたはずで、後になって恥ずかしさと恐ろしさで身も魂もほとんど消え入る思いをした。

私はまた社主の立場で初めてホワイトハウスの昼食会に出席したことを鮮明に覚えている。主賓はユーゴスラビアのチトー大統領だった。その時、私は選挙結果の予想表を持参し、帰り際にケネディ大統領に手渡した。彼はそれを見るなり、ポケットに突っ込み、笑いながら言った。「なるほど、こういう展開になるんだね」

ポスト社のオーナー、あるいは発行人としての仕事に別の一面があることを知るようになるまでに、さして時間はかからなかった。一九六三年一〇月、ホワイトハウスにいたマック〔マクジョージ〕・バンディから電話があり、今ケネディ大統領と一緒にいる、と知らせてきた。

彼ら二人は、ジャッキー・ケネディがアリストートル・オナシスのヨットで旅に出ることに、ラス・ウィギンスが批判的なのを嗅ぎつけていた。ジャッキーは出産とその直後に乳児を死なせたことによる精神的苦痛を癒すためヨット旅行を計画し、大統領はフランクリン・ルーズヴェルト・ジュニアに付き添っていくよう、頼んでいた。当時、ルーズヴェルトは商務次官で、彼とオナシスとの間には商取引があったため、彼がオナシスの招待客になることは利害上問題があるとラスは見ていた。ラスに話してみようとマックに約束したが、ポストは社説でこの問題を取りあげた。

マック・バンディからの電話を皮切りに、その後この種の電話が数多くかかってくるようになった。苦情を述べる人、嘆願する人、その他諸々の立場の人たちとポストやニューズウィークの編集者との間に立つ仲介者として、私は経験を積んでいった。概して、編集者は判断を誤る場合よりは正しい判断を下す場合の方が多かったし、バンディからの電話の件でもラスの判断は正しかった。ラスは自分の見識を貫き、社説の中で問題のヨット旅行を非難した。いずれにせよ、ヨット旅行は実現し、そして生活の営みもまた続いた。

ヨット旅行の件とは別に一風変わった厄介な初体験と言えば、私がメディア界の興味の対象となり、会見を申し込まれたことだった。そんなことが最初の年に二、三回あった。ある公表された会見の中で、私は男性支配の社会の中で女性が会社役員をつとめることが難しいとは思わないし、「しばらくすれば、世界は女性であることを忘れてしまいますよ」と語った。随分勇ましい言葉だが、これも私の未熟さと経験不足が言わせたものだった。

女性解放問題は当時まだ表面化していなかったし、私は人にどう見られているか気にするほど敏感ではなかった。当時の私は痛々しいほどの新参者で、学ばなくてはならないことが数多くあったから、他人からわざとらしく腰を低くされた時の不快感や、多くの人びとの中で女性は私一人だけという違和感が頭の中で混在していた。とはいえ、男性の仲間が私にへりくだった態度をとっても責める気にはなれなかった。私が新参者だから、彼らとしてはそうせざるを得ないのだろう、と思った。私自身の問題を含め、職場における女性問題の真の難しさを適切に理解できるようになるまでには、時間の経過と女性解放の時代の到来を待たねばならなかった。

私はまた労働問題を初めて経験したが、その対応はあまり褒められたものではなかった。当時、スター紙は印刷工組合による山猫ストの煽りを受け、揺れていた。同紙が組合幹部を解雇し、そのやり方をめぐり組合内部に強い不満があった。そんな時、ポストの組合は、ポストがスター紙の経営陣を支援しないよう求める声明を発表した。ワシントン地区の新聞各社は職種の違う組合を一堂に集めて交渉するのが慣例となっており、私たちがスター紙支援を決めたその矢先、ある晩餐会の席でジム・レイノルズに会った。彼とは特別親しい間柄ではなかったが、当時彼は労働次官補をつとめていた。もとより労働問題は彼の所管であったが、その意味するところを私は十分理解していなかった。

「スター紙を支援するようなことはないだろうね」と彼は訊いてきた。支援することに決まりかけているようだと私は答えた。彼は、そうした決定がいかに馬鹿げているかを強調し、理由を説明した。私は社に電話をかけ、ジョン・スウィーターマンに事情を伝えたが、相手がジョンだったのはまずかった。ジョンはそれを私自身の意見で私の指示でもあると勘違いし、予定していたスター紙支援を撤回してしまった。スター紙の経営陣は支援撤回にひどく動揺し、結局、組合に屈してしまった。スター紙の社長クロスビー・ボイドがわざわざやって来て、ポストとスター両紙にはこれまで相互に支援してきた歴史があり、今回の支援撤回がポスト社の新方針ではないことを望みたいと言った。従来通りの相互支援を今後も続けることに私は同意した。

この事件から、私は自分の言葉の重さを教訓として学んだ。私の言葉にはもはや無駄があってはならないことを分かっていなかったのだ。後日談になるが、わが社が存亡の危機に陥った時、新しい経営体制下のスター紙はわが社の支援に回らなかった。

また私は、わが社の記者が取材先の海外で現地の独裁者とトラブルを起こした事件にも初めて遭遇した。その後そうした事件は何回も経験したが、報道の自由をめぐってのトラブルが多かった。私が経験した最初の事件は、香港駐在のニューズウィーク記者のボブ・マッケーブを巻き込んだものだった。彼は実際にインドネシアで収監され、この件を私は国務省でジョージ・ボールに伝え、ジョージは最重要問題として取りあげることを約束し、事実、彼はスカルノ大統領に向け声明を出した。これが今日まで続いている独裁者との闘いの始まりだが、常に重要なことは、組織とその幹部たちが記者の後ろ盾になっていることを政治指導者に認識させることである。

私はフリッツを伴ってニューズウィーク誌の販売促進のために初めて他社を訪問したが、その訪問先はクライスラー社だった。その後こうした会社訪問は絶えることなく続いたが、そこから得られる収穫は計り知れないものがあった。他社の役員と顔見知りになるとならないとでは、大きな広告注文を取りつける際に違いが出てくることが間々あると私は信じている。少なくとも、組織の駒としてでなく、人間として認知してくれる。

私の器量を試す大きな試験台となったのは、これもまた初めての経験だが、プエルトリコで開かれたニューズウィークの広告・販売促進会議での講演だった。初めての講演だっただけに、その時の恐怖感は今でも鮮烈だが、私は他に選択の道がないことを逸早く悟った。つまり、講演も仕事の内容を説明する作業の一環なのだ、ということである。両親も夫も講演原稿は自分で書いていたので、スピーチライターがいるとは思い浮かばなかった。

今度の講演原稿を書くにあたって、私は鉛筆と用紙をもって椅子に腰をおろし、私個人の事柄について自分の思いを書き綴った。ニューズウィークについても何か言わなくてはならないと感じた段階で、私ははたと行き詰まり、フリッツに相談をもちかけた。彼は、フィルがニューズウィークのコラムニストとして雇った、アイゼンハワー大統領のかつてのスピーチライター、エメット・ヒューズなら助けてくれるはずだ、と教えてくれた。エメットは私の論旨を生かし、原稿を書きあげた。「私は個人を信じる」と題するこの原稿を、私は震える膝で体を支えながら読みあげた。活字になった原稿を読み上げるだけなのに、経験が足りなかった。しかし、こみあげてくる感激が、無事に使命を果たす上で助けとなり、事実、講演は好評を博した。

私にとって、原稿を書いて講演することはいつまでたっても苦痛であることに変わりなかった。エメットはその後も一、二度助けてくれたが、ついに私の難行苦行に愛想を尽かし、その後は私の相談を断わり続けた。私は原稿のよしあし、終わり方、どんな要素をもっと盛り込まなくてはならないか、ということも分からなかった。その後も数人のスピーチライターの手をわずらわせたが、結局自分の言わねばならぬこと、言いたいことを明確に述べる方法、出来栄えを評価する方法を会得できなかった。一九六八年にポストに入ったメグ・グリーンフィールドが私の教授役を買って出て、しばらくは私の原稿作成に欠かせない存在となった。一八年後、ギュヨン・(チップ)・ナイトがポスト社に加わったことで、私の悩みはようやく解決を見た。

いずれにせよ、仕事をはじめた最初の年は「初めて」の連続だったが、一歩一歩、時間をかけながらも着実に前進していることが自覚できるようになった。心中に動揺と狼狽を抱え、しかもフィルのいない生活に不安を感じながらも、私は日々の辛さに耐えられるまでに逞しくなったし、またそんな生活に時には楽しみを見出すようにもなった。

突然のケネディ暗殺

一九六三年一一月二二日、私は旧友のアーサー・シュレジンジャーとケン・ガルブレイスを、ニューズウィークの〈本の裏側《バック・オブ・ザ・ブック》〉欄についての意見を聞くために、同誌の編集者との昼食会に招いた。私は当時ホワイトハウスに勤めていたアーサーを迎えに行き、二人でニューヨークへ飛び、ケンやフリッツをはじめとする編集幹部全員、その他の関係者が会食のために集まった。ちょうど乾杯をしたところへ、誰かが廊下を飛ぶように走ってきて、会議室を覗き込んで言った。「大統領が撃たれた」

とても信じられない、というのが居合わせた全員の反応だった。間違いか、あるいは大丈夫だろう、と誰もが思ったが、それでも全員が恐慌状態に陥った。私たちは急いでテレビに走り寄ったが、報道ですぐに分かったのは、事態がきわめて深刻であるということだった。ケンがインド駐在大使だった頃、ジャッキーの護衛でインドへ行ったことのあるシークレット・サービスのクリント・ヒルは、大統領は致命的な重傷を負っているようだ、と話していた。「クリント・ヒルがそう言うなら確かだろう」とケンが言った。

大統領死亡という禍々しいニュースが伝えられると、私たちはワシントンへ戻るべく空港へ急行した。後になってケンの脳裏に蘇るのは、空港へ急行する車の中の息苦しいまでに沈痛な雰囲気と、未だ事件を知らない白昼の陽気な群衆との大きな落差だったという。

私たちはワシントンへ戻り、一緒にホワイトハウスへ行った。私はケンやアーサーほどケネディ家とは親しくなかったので、実は気が進まなかったが、二人が同行するように勧めるので、それに従った。私たちは人いきれで充満していた部屋に入ったが、そこではテッド・ソレンセンが集まっていた人びとに指示を与えていた。私たちはしばらくその部屋にとどまったが、ソレンセンは耐えかねたように全員を見渡し、特にすることもなく、いても何の役にも立たない人は部屋から出るように言ったので、それを潮に私はその場を離れた。他の多くの人も私と共に部屋から出て行ったが、ソレンセンの言葉は間違いなく私に向けられたものだった。

　喪失感は、国家にとっても私たち多くの個人にとっても、途方もなく大きなものだった。アイザイヤ・バーリンは後日「不安を覚える」と言ったが、彼の言葉は当時の国民の心境を簡潔に言い表わしている。ビル・ウォルトンは大統領の葬儀の段取りをつけるのを手伝った後、沈痛な思いで帰宅したが、その日、私の母が泣きながら彼に電話をしてきたのを憶えていた。ビルによれば、母は「米国はくだらない国になりさがってしまった」と言っただけで、電話を切った。

　大統領暗殺の翌日、私は大統領の棺が安置してあるホワイトハウスのイーストルームへとって返した。その後、お茶の席に招いてくれたジョンソン夫人を訪ねた〔ジョンソン夫人の報道秘書になったリズ・カーペンターが後日話してくれたところでは、ジョンソン大統領から夫人に対し、私と話す機会をもつよう進言があったようだ〕。ジョンソン夫妻もまた私たちと同じようにジャック・ケネディの死去には衝撃を受けていた。同時に、彼らは大統領とファースト・レディーとしての重責を担おうとしていたが、重苦しい胸中が察せられた。リズ・カーペンターが説明した。「大統領暗殺後の私たちの放心状態を誰に分かってもらえるでしょうか。それは、ケネディのような類い稀な、優れた大統領を失ったということばかりではなく、暗殺がこともあろうにテキサスで起きてしまったということです。これは私たちにとってとても耐えることのできない苦痛です」。レディー・バード〔ジョンソン夫人〕は「人は亡くなった人の生きざまを見て、その人の冥福を祈るものです」と話した。

レディー・バードはまたファースト・レディーになる心境についても話している。「一度も稽古したことのない役を演じるために舞台にあがる感じです」。彼女の言葉は実に言い得て妙というべきで、私の人生の再出発にもあてはまるものだった。そんな私は彼女をどう支えたらよいのか見当もつかず、途方に暮れた。私たちが受けた衝撃があまりに大きかったために、ケネディ政権以外の政権、ケネディ夫妻以外の大統領とファースト・レディーなど想像できなかった。当時の私は、レディー・バードがファースト・レディーとしてうまくやっていけるとは思っていなかったことを告白する。

生活を建て直す

一九六四年の初めになると、私は仕事の要領を少しつかめるまでになった。私生活の面では、依然として寂しさを抱えた毎日だった。孤独な生活の営み方を考え出さねばならなかった。それにしても、二三年間の結婚生活のあとの独り暮らしは身にしみて辛いものだった。かつてはフィルと二人でやったことを私独りでやる時や、フィルの思い出がこみあげてくるような場所に行く時などは、とてもやりきれない思いがした。何年もの間、フィルの遺物を正視できなかったし、なかでも筆跡や愛用品などを見るのは辛かった。私は急いでRストリートや農場にあったフィルの部屋を改装した。

グレン・ウェルビーの家にはむごたらしい記憶が残っていたので、しばらくの間行きたくなかったが、子供たちの頭にはおぞけを震うような光景がないことを、私としては覚えておかねばならなかった。

私にとってグレン・ウェルビーは常にフィルの魂の宿るところだった。そこには彼の池があり、彼の農場があり、彼の釣り場があり、彼の猟場があり、彼の犬がいた。要するに彼の息遣いをそこに感じた。そこは、私たちが一緒に長い時間を過ごした場所であり、フィルの死の情景を蘇らす場所であることは言うまでもないが、同時に彼のかつての存在を蘇らす場所でもあった。

どこへ行っても独りでいることが多かったが、特にニューヨークではそうだった。人びとは親切にもてなしてくれたが、ホテルに独り閉じ籠っているのはいやだった。はじめのうちは、ひどく引っ込みがちだったが、独りでいるのが耐えられなくなり、さかんに外出するようになった。すぐに人との交わりになじみ、楽しくなった。そしてニューヨークで会う人の数が増えていった。その中には、トルーマン・カポーティやペイリー夫妻、そしてたまにはジョック・ホイットニー夫妻やジェームズ・フォスバーグ夫妻（ベーブ・ペイリーの二人の姉妹はベッツィ・ホイットニーとミニー・フォスバーグだった）、それにパメラ・チャーチル・ヘイワードと彼女の個性豊かな夫リーランドらがいた。

ワシントンでも多くの人と会うようになった。新聞関係の広告主や実業家たちをはじめ、マスコミや政界の与野党に属する新旧の友人たちだった。当時はワシントンが一番よかった時期だった。今思えば、外出の機会があまりに多かったことに驚く。私は外出で明け暮れた両親と一緒に育ったので、そうした生活様式に簡単に滑り込めたように思う。また、旅にしても子供たちを連れないで行くことが多かった。はじめのうちはフィルと一緒に、そのうちに独りで旅をするようになった。フィルが死んでからも、そうした生活様式を変えようとはしなかった。つまり、子供たちといる時間を増やすためにもっとハードに仕事をしようとは考えなかった。

仕事に熱中できたことで、フィルの死後の生活の再出発は容易にはなったが、下の子供のビルとスティーヴにとっては逆に辛かったはずだ。二人にしてみれば、同時に両親を失ったようなものだった。その頃までは、私も世間並みの家庭的な母親だった。学校の行事に参加し、スポーツ行事にチームを車で連れていったり、授業を終えた子供たちが帰宅する午後には自分も帰宅するよう努力した。これらはみんな過去のものになった。それでも私は、子供たちの学校行事には、すべてとは言わないまでも、少なくともその一部には顔を出すなど、できるだけ彼らと多くの時間を過ごそうとした。私はビルとスティーヴが参加するフットボール試合には必ず応援に駆けつけるようにし、また他の行事にもできるだけ二人を連れて行ったが、それでは疑いもなく不十分だった。

二人は他の面でも辛い思いをしていたようだ。ビルはセント・アルバンス校で他の一〇代の生徒と同じような学園生活を送っていたが、いったん自宅に戻ると、自分の部屋に閉じ籠もりがちだった。スティーヴの方はもっと辛かったはずだ。彼はベビーシッターに面倒を見てもらう時期は過ぎていたし、かといって自分で自分の面倒をみるには年端がいっていなかった。非凡な才能に恵まれたスティーヴは兄たちと違い、無邪気な少年ではなく、セント・アルバンス校の教育課程では物足りなかった。ダンと同じように一学年飛び越えて進級したが、学校当局からそうした特別扱いの進言があった時、ダンは自分の苦い経験を踏まえて、これに賛同しなかった。実際のところ、セント・アルバンス校は恐らくスティーヴにとってまったくふさわしくない学校だった。

フィルの病気とその後の死があまりに痛ましかっただけに、私は子供たちにさえフィルのことは説明しなかったが、そうしたことも彼らの精神的負担を大きくしたようだ。はじめのうちはフィルについて一言も話さなかった。私は自分の殻に閉じ籠もってしまったが、これは重大な過ちだった。ラリーは私がビルとスティーヴに罪深い過ちを犯したことを責めて、手厳しい手紙を送ってよこした。

「もちろん、ビルやスティーヴにとっては悪夢だったけれど、彼らが(私も)パパみたいな人を父親にもってとても幸せだったと私は今もかたく信じています。パパとの生活は二人はわずか一一年と一五年だったけれど。贔屓目に見なくても、二人は完璧だとしか言いようがないし、それはパパに負うところが多かったし、とりわけお母さんとパパの〝二人がいたからこそ〟彼らは完璧なんだと本当に思っています」

社交面で起こった変化の一つは、私が「デート」に誘われるようになったことだった。なかでも際立った誘い手はアドレイ・スティーヴンソンで、彼は私の前に頻繁に現われるようになった。彼の女友達の中で私がどの辺に位置づけされているのか、はっきり知ることは難しかった。私としてはいつも好感を持っていたし、尊敬もしていたが、決して夢中になるようなことはなかった。母や娘、それに他の大勢の女性たちは彼に胸をときめかしていたが、私はそうではなかった。私は彼の優柔不断なところが我慢できなかった。スティーヴンソンと私の共通の友人である英国の経済学者バーバラ・ウォードが、彼を理解し、もっと辛抱強くならなくてはいけないと言ったことがあるが、私にはできない相談だった。フィルのスティーヴンソンに対する態度が曖昧だったのを知っていたので、恐らく私もスティーヴンソンを煙たく感じたのではないだろうか。いずれにせよ、これが私の偽らざる反応だった。とはいえ、私は何回となくアドレイに会った。彼はワシントンに来る時は、しばしば私のところへ現われたし、一緒にニューヨークへ行くこともあった。この場合はアドレイにとって、彼の方が気持ちをたかぶらせた数少ない例の一つではなかったかと私は思っている。

一九六四年の夏、ナショナル・インクワイラー誌が私たち二人のことを取りあげたが、この記事があまたの噂に油を注ぐ形になった。

「アドレイ・スティーヴンソン国連大使は今年の政界の話題をさらってしまいそうなロマンスの虜になっている。彼はワシントン・ポストとニューズウィークの発行人で、複数のテレビ局の所有者だったフィリップ・グラハム氏の未亡人に求愛中である。

八月の民主党大会前にグラハム夫人が結婚に同意すれば、彼が民主党の副大統領に指名される可能性は飛躍的に高まる、とスティーヴンソンの友人たちは伝えている。

このロマンスが実を結べば、スティーヴンソンは魅力的な妻を手にするばかりか、米国内で最強のテレビ・雑誌・新聞連合を手中に収めることになる」

私はこの記事の切抜きを、ジョークのメモを添えてアドレイへ送った。「喜びを掌中にしているのはあなただということを、あなたはお分かりになっていないと思います。いずれにせよ、テレビ・雑誌・新聞連合との結婚以外にあなたの副大統領指名の可能性を高めるものがあるとしたら、それはいったい何でしょうか？ 私の方はいつでも結構ですし、待っていますよ。でもアトランティック・シティの〔民主党大会〕前に発表した方がいいのではないですか」

新聞の独立性と政党支持の狭間

その夏、パム・ベリーが私に会ったり、政治活動をするためにロンドンからやって来た。そこで、彼女と私、それにジョー・オルソップの三人は七月一一日のサンフランシスコの共和党大会を見に行った。大会が始まる頃、ラリーも私たちに合流した。「パムとラリーと私の組み合わせを見れば、その光景はマクベスに出てくる、大釜のまわりに身を寄せ合う三人の魔女にそっくりよ」と私は母への手紙に書いた。

私たち三人は極端に保守的なバリー・ゴールドウォーターが指名されることを非常に警戒していた。私たちは彼を向こう見ずな人間だと思っていた。核問題に関する見解は私たちの不安を掻き立てたし、市民権問題についての見解にも不安を覚えた。さらに、彼はジョン・バーチ〔米国の極右団体ジョン・バーチ協会の設立者〕型の共和党員の間に人気があった。当時のゴールドウォーターは私たちにとって不気味な存在だったが、今思えば、それは私たちの偏見であり、公正を欠いたゴールドウォーター観だった。

私の記憶にあるのは、新聞コラムニストたちを攻撃した元大統領アイゼンハワーの演説だった。会場を埋めた参加者は一斉に報道関係者をやじった。後続の演説者も一様に報道のありようを非難した。副大統領指名に賛同した一人は「ウォルター・リップマン、ウォルター・ルーサー〔労働運動指導者、一九七〇年死去〕、ニューヨーク・タイムズ、それにプラウダ」と吐き捨てるように言った。この言葉は会場をひっくりかえすような大喝采を浴びたが、報道席にいた私たちだけはただ押し黙って騒然とした会場の様子を眺めているだけだった。少数派が多数派に圧勝した光景を見ているような感じだった。

私個人はジョンソン支持の立場を鮮明にしていたが、ポストの独立性を守り、特定の政党を支持しないというポストの基本方針は貫こうとした。

私はゴールドウォーター上院議員へ手紙を書いた。ポストとニューズウィークの公正を断固貫こうと思い、私たちが彼をいいかげんに扱うつもりのないことをしっかり知っておいてもらいたかった。

「あなたが私の夫フィリップ〔フィル〕・グラハムをご存じなのに、私があなたと面識がないのは非常に残念です……私たちはあなたをポスト社かニューズウィーク社のどちらか、あるいは両社での昼食会にお招きしたいと考えております……もし当地をお望みでしたら、私は喜んでニューズウィークの編集者たちを呼び寄せます。

ところで、できるだけ公正に、そしてできるだけ客観的に選挙戦を取材したいというのが私の願望でしたし、これから先もそうありたいと思っていることをお伝えしたいと思います。もちろん、このことはワシントン・ポスト社の三部門――ポスト自身、ニューズウィーク、当地とジャクソンヴィルのテレビ局――に共通してのことです。

私が〝公正と客観的〟という言葉を使う時、その言葉通りに実行することがどれほど難しく、また立場によって違った解釈ができることも私は承知しています。

この問題について、もし別のご意見がありましたら、すぐにもお知らせいただければ幸いです。また、完全で、正確な報道を確実なものにするためにも、あなたをはじめ、あなたのスタッフの協力が得られれば嬉しく思います。

これまで申し上げたことは単なる言葉の遊びではありません。と言いますのも、ニュース・メディアに与《あず》かる私たちには、公正で客観的なニュース報道をする厳粛な義務が課せられており、それができるかどうかはかかって私たちの能力によるところが大きいと私は確信しているからです」

私の言ったことは決して言葉の遊びではなかった。私が直観的に感じたことは――その思いは経験と共に膨らんでいったが――実際に「客観性」などというものはあり得ないと分かってはいても、ニュースやコラムは公正で偏りのない姿勢を貫かなくてはならないということだった。何がニュースで、何がニュースでないかという重大な決定には判断力が求められ、編集者はニュースやコラムの公正さを貫くために最も覚めた、偏見にとらわれない判断をしなければならない。論説面と論調はニュース欄から完全に独立しているので、両者はしばしば接触もしないし、ましてや影響を与え合うようなことはあり得ない。

ジョンソンとの私的かつ公的体験

一九六四年の民主党大会は八月末にニュージャージー州アトランティック・シティーで始まった。私はダンを会場のあちこちに引き回したが、それが彼にはいい勉強になった。彼のかつての女友達も姿を見せていたが、彼女が、ミシシッピー自由党が呼びかけて会場周辺に作った「人間の鎖」に加わっているのを見て、私は面喰らった。

アトランティック・シティーの気温と湿度は強烈だった。大会が終わって私たち全員はほっとした。暑さと疲労を覚えながら、私たちは空港へ向かった。秘書のチャーリー・パラダイス、それにルヴィー・ピアソンとラリー、そして社用機で私たちと共にワシントンへ帰る数人のポスト紙の記者やカメラマンと一緒だった。だが、ちょっとした手違いがあって、予定の出発時間より一時間遅れて空港に着いた。そして私たちが到着した時、ちょうど大統領専用機エアー・フォース・ワンがゲートに横づけされたところだった。

社用機は飛行場の端の方で待機させられていた。社用機が私たちの待っている場所に近づくまで随分待たされたが、それでもやっと手荷物やカメラマンの器材を機内に積み込み、九人が全員揃ったところで機内に乗り込んだ。機内は焼けつくような暑さだったが、それでも座席に座って出発の時刻を待った。その間、大統領と副大統領候補を乗せたヘリコプターが到着するところだったので、空港は封鎖されていた。

私があまりの暑さに参っていると、ラリーが「ママ、ヘリコプターの到着を見に行こうよ」と声をかけた。機内の温度が摂氏三八度という蒸し風呂状態だったので、私は同意した。私たちが走って柵にたどり着く前に、大統領は夫人と共にヘリコプターから降り、空港に集まった人たちの長い列に沿って歩きながら柵越しに握手をしていた。ルヴィー、ラリー、それに私は列の最後尾で待ち構えた。

大統領がこんな遠くまで来るはずはないと思っていたが、果たして彼は来たのだ。彼は通り過ぎる時、私の方は見もしないで、ただ機械的に握手をした。私は汗臭い頭にスカーフを巻き、袖無しの濃紺の綿の服に、素足にモカシンを履いていた。だから大統領が気づかなくても無理はなかった。私は叫んだ。「ハーイ、リンドン」。一一月二二日以来、私は「ミスター・プレジデント」という呼び方でしか話しかけたことは一度もなかった。彼は立ち止まり、驚いた色を見せて言った。

「やあ、ケイじゃないか、ここで何をしているんだい?」

「あなた方が出発するのを待っているのですよ」と私は答えた。

「私の専用機で送ってあげようか」

私は思いがけない言葉に仰天していたので、てっきり彼はワシントンへ行くものだと思い込み、ラリーとルヴィーも一緒に連れて行っていいか、と尋ねた。「もちろんだ。だけど行き先はテキサスだよ」と彼は言った。

「テキサスですって！」。私はまた叫んだ。「それは無理ですわ」。スティーヴがワシントンで帰りを待っていたし、グレン・ウェルビーにはすでに来客の予定が入っていた。どうしても自宅に帰らなければならなかった。その時、ルヴィーが私の向こう脛を思い切り蹴り上げて、「行きなさいよ」とけしかけた。

「さあ、行こう」。大統領は私を急《せ》かして、言葉を続けた。「バッグはあるの？」

「ええ、でも気にしないで……お待たせしては悪いから。ぜひ、お伴させていただくわ」と私は言った。

振り向こうとしたら、その時、二人のシークレット・サービスが近寄ってきて、私のバッグがどこにあるか尋ねた。その一人はルーファス・ヤングブラッドで、大統領の首席特別護衛官であることが後に分かったが、彼は「僕についてくるように」と言った。ルーファスとはその後友人になったが、彼の後日談によれば、「あの夫人を柵越しに引き上げるように」とジョンソンは言ったという。幸いにしてルーファスが指を差して、柵に出入口があるのを教えてくれ、そこから私は柵の中に入ることができた。ルヴィーは私と大統領のやりとりを逐一聞いていたが、ラリーには事情を説明する余裕がなく、通りすがりに「私はテキサスに行くことにしたわ」と言うのがやっとだった。スーツケースには、蒸し風呂のように暑いアトランティック・シティーで着替えた薄汚れた汗臭い洋服などが一杯詰まっていたが、そんな手荷物をかかえて公式訪問に出発した人がかつていたとは思えない。

大統領は私の腕をつかみ、ボーイング七〇七大統領専用機のタラップのところまで連れて行ってくれた。私は彼が先にタラップを登るのを待っていたが、彼は後ろから押し上げるようにして私を機内に送り込んだ。タラップを登りきったところで、一人の記者が私の名前を尋ねた。専用機のドアは閉まり、私たちは離陸した。

私は機内の小さな客室に足を踏み入れ、内部に目を走らせると、そこにはヒューバート・ハンフリー夫妻がいた。ヒューバートは今度の党大会で副大統領候補に指名されたばかりだった。他に、トム・コナリー夫妻、それにハンフリーの息子で当時一六歳のダグラスもいた。私は機内の前方に移動したが、そこには報道関係者の他に、私も知っているテキサス出身の政治家や著名な実業家たちがいた。ホワイトハウスの関係者では、ジョージ・リーディー、ジャック・ヴァレンティ、ビル・モイヤーズがいたが、なかでもヴァレンティとモイヤーズの二人は選挙戦に次ぐ党大会で疲れきり、休暇をとるはずだったが、当てが外れたことで多少不機嫌な顔だった。

私は州知事の側近の隣りに座り、テキサスの政情について話し合っているところへレディー・バードがやって来て、「ケイ、あなたに会いたがっている人が後ろにいますよ」と言った。私は大統領のところへ行き、テーブルを挟んで向かい合って座った。

まず私の方から、党大会が首尾よく終わり、党大会の代議員の資格問題でも議論の末、満足のいく結論が得られたこと、そしてハンフリー選出では大統領が水際だった手腕を発揮したことなどにお祝いの言葉を述べた。すると大統領は、副大統領の候補者選びに関し自分の見解を縷々説明した。「副大統領の候補者選びでは、かつてないほど各方面の多くの人と連絡を取り合い、協議した」と述べ、大統領がこの問題でおよそ二〇〇件にのぼる電話をかけたことを明らかにし、その電話の一部の内容についても立ち入った話をした。候補者選びにあたっては、大統領の好みの人物を押し付けるのではなく、関係者の意見が完全に一致するまで議論を尽くすという戦術をとったことを強調した。彼の話からして、ケネディ家やこの問題に重大な関心を寄せる人たちがハンフリー指名を大統領に懇請し、それがまさに大統領が期待していたことだったというのが私の推測だった。

大統領は、アトランティック・シティーで宿泊先となった家の粗末な居住性によほど腹を据えかねたようだ。「家には寝室が二つあるだけで、冷房装置はなく、街の中心部から一五分も離れていながら、家の中には食べ物は何もないんだよ。そんなところで、どう過ごしたらいいのか教えてほしいもんだ。ワイシャツを一回、パジャマを二回着替えたが、その後は着替えるのをやめたよ。家は道路に面しており、道路には大勢の人がたむろしていたので、窓も開けられず、そんな状態で二つの寝室に十五人も詰め込まれていたんだ。外へ出ようとすると、護衛官がドアの鍵をかけ、出させないんだ。一体どうなっているんだ」。彼は大声で不満をぶちまけた。

その後、大統領と私の話題は報道関係者の人物評に移った。ニューズウィークの人物評でジョンソン大統領は、ベン・ブラッドレーについて、当初は信用していなかったが、その後ブラッドレーとタイムのジャック・スティールの両記者が大統領と会見し、会見後にブラッドレーが報道した会見の内容の正確さには感銘を受けたと語った。大統領はベンの人物評価を変えようとしていた。大統領は、ポストではエディ・フォリアードがお気に入りの記者であり、おそらくこれからもそうだろう、以上終わり、と言った。

次に話題は新聞評に移り、彼に好意的な新聞としてカウルズ系新聞、トム・ヴェイル所有のクリーヴランドの新聞、オヴィータ・ホビーが発行する新聞、それにカンザスシティー・スター紙を挙げた。ホビー系新聞とカンザスシティー・スターはその後しばらくしてジョンソン支持に回った。彼は他の新聞の動向についても推測をめぐらし、オーティス・チャンドラーとロサンゼルス・タイムズ紙は彼を支持しないだろう、と言った。大統領は私たちの支持を取りつけたい様子だったが、私としてはフィルと父から受け継いだ社是を変えるつもりはなかった。ジョンソン政権の閣僚人選についてしばらく話した後、大統領は突然、そろそろ寝る時間だと言い残して出て行った。私は専用機の前方に移った。

私たちを乗せた大統領専用機が着陸したオースティンに近い空軍基地では、うだるような炎天にもかかわらず、数百人の人たちが大統領たちの到着を待っていた。リンドン、レディー・バード、ヒューバート、ムリエルの四人の主要人物は、長い時間をかけて、待機していた人たちをねぎらった。後日、大統領は、白人との握手よりも「有色人《カラード》」の手を選んで握手したと語ったが、この言葉を聞いて思い出したのは、かつて私が報道官のビル・モイヤーズに、大統領はとっさの思いつきで行動することがあるのではないかと言ったのに対し、「とんでもない。大統領は性急なところがあるにしても、自分がやっていることはいつもちゃんと知っているんだよ」とモイヤーズが答えたことだった。

一連の握手と写真撮影の儀式がやっと終わり、空軍少佐が頃合いを見て、私をヘリコプターへ誘導してくれた。ちょうど夫人たちがヘリコプターに乗り込んでいる最中で、正副大統領候補がまだヘリコプターのところへ移動する前だった。私としては空軍基地での公式行事に巻き込まれたり、正副大統領候補の家族と一緒にいるところを写真撮影されたくなかったので、なんとか衆人の注目から逃れることができたことが嬉しかった。

私はそれまでよく知らなかったハンフリー夫妻がにわかに好きになった。夫婦ともに実に愉快で、底抜けに人間的で、正直だった。ヘリコプターに乗っている間、正副大統領候補の間で会話が盛り上がっていた。

いつの間にかジョンソンはうたた寝をはじめた。私は一瞬驚いたが、短時間の昼寝には覚醒剤のような効果があったようで、目覚めた時には活気を取り戻していた。目覚めると同時に、彼は眼下に広がる牧場と自家用のプールを指差した。私たちを乗せたヘリコプターは広大な原野を横切り、埃の渦を巻き上げながら着地した。ジョンソンは彼自身が運転する電動式ゴルフ・カートに乗り込み、隣りに座るよう私に勧めた。レディー・バードは私の隣りに座った。ハンフリーの家族三人は後部座席に座った。カートは動きはじめたが、横揺れが激しかった。

ジョンソンは牧場にある自分の家へ向かうのではなく、私道を走ってピダーネルズ川を渡り、牧場の表門を出て、今度は高速道路に入った。すれちがう車は速度を落とし、私たちを見て手を振った。大統領はこれに応えた。自動車の窓から乗り出して写真を撮ろうとする人にはわざわざこちらの車を止め、気さくに写真を撮らせた。

自動車から降りて大統領に握手を求める人が後を絶たなかったため、交通は渋滞した。大統領の突然の気紛れに慣れ切っているシークレット・サービスは落ち着いた様子で、しかも穏やかな態度で事態に対応したが、その時気づいたのは、彼らがどこからともなく忽然と現われ、厳重な警戒にあたっていたことだった。私たちはやっと大統領の家に着いたが、途中、彼はボート遊びの話を続けていた。レディー・バードは大統領にベッドで休むよう言い聞かせた。彼女の言葉は優しかったが、決めつけた口調だった。大統領が休んでいる間、ハンフリーの家族と私は泳ぎに行った。

大統領は束の間の休養を終えて現われると、私たちをボート遊びに誘った。彼の誘いに乗ったが、ムリエルと私が驚いたのは、ヘリコプターに乗せられたことだった。ヘリコプターはまず茶褐色の砂漠のような大地を横切り、いったん着地して、そこで大統領の友人を一人乗せた後もと来た方向に引き返し、大統領のボートが係留されている敷地内の大きな湖に向かった。「ケイ、こっちへおいでよ」。大統領は私に呼びかけた。「あなたは私と小さい方のボートに乗ろう」。他の人たちは大型のモーターボートに乗り込んだ。大統領と私と彼の若い秘書ヴィッキーが派手な高速ボートに乗り、ヴィッキーは大統領の求めに応じて水上スキーをした。すでに黄昏時で、湖の水はとても冷たかった。大統領は猛烈なスピードでとばした。時々コンクリートの上を走っているような堅い衝撃を受けたが、そんな時だけ一瞬速度を落とした。シークレット・サービスの二隻のモーターボートが私たちのボートを追ったが、水上スキーをしているヴィッキーには近寄らないようにしていた。

最後に大統領がモーターボートをシークレット・サービスに引き渡すと、私たちは他の人たちの大型ボートに乗り移った。そこで彼はハンフリーの副大統領指名を回顧して、ひとしきりしゃべった。大統領は、自分の大統領指名はフィルに負うところが大きかったと語り、フィルは誰よりも私〔ジョンソン〕の功績をいつも高く評価してくれていたと言った。保守派を中心に多くの人がロバート・マクナマラを副大統領候補に推したが、彼らは、思っている以上にマクナマラがリベラルであることに気づいていない、と大統領は打ち明けた後、さらに、マクナマラがフォード・モーター社の社長だから保守的な人物に違いないと思い込んでいるのだ、とも言った。

土曜日は前日とおおむね同じだった。正副大統領候補は選挙運動の戦略について協議したが、その中でハンフリーは、故郷に帰ったような気分だからと農業地帯を回ることを買って出た。その日もボート遊びを終えて、遅くなって戻ってきたが、私たちはジョンソンの誕生日祝いのために開かれた野外バーベキュー・パーティーに出席しなければならなかった。レディー・バードが出席を押し付けたことが彼には不満だったようで、愚痴ばかりこぼしていた。彼があまりに辛くあたっていたので、前列の席にいた私は堪りかねて思わず大統領に向かって「あなたが今日あるのは彼女のお陰ですよ」と言ってしまった。私の言葉が彼をいよいよ怒らせてしまった。彼は彼女を責め、不満を並べ立てた。見かねて私は思わず言った。「もう、いい加減にしてください、大統領」。言ってしまって、まずかったと思った。私は彼を半ば畏怖し、半ば誼《よしみ》を通じているような気になっていたのだ。一瞬沈黙が流れたが、ヒューバートが持ち味の陽気さを発揮し、何ごとか愉快なことを言ってくれたので、緊張した空気は緩んだ。

バーベキュー・パーティーでの演説で、大統領は世界情勢についてたっぷり時間をかけ、しかも真剣に話した。バーベキュー・パーティーからの帰り道で私がこのことに触れると、大統領は、パーティー会場にいた人たちを取るに足らない田舎者と思っているのだと記者たちに誤解されたくなかったこと、予定よりも長くなったことなどを話してくれた。演説は非常によかったと私は思った。

その日、夜遅く夕食会が開かれたが、そこには近所の人たちも一部招かれていた。話題はこの席でも多岐にわたり、大統領は延々としゃべり続けた。私は、まだ話題に上っていないベトナム情勢について不安はあるのか、と尋ねた。「ああ、非常に」と彼は答えただけで、詳しく触れなかった。また、彼はハンフリーに向かって「神は一風変わった救いの手を差し伸べてくれることがあるが、それは私がいつも正しいことをしようと心がけているからだ」と言った。

その晩、夕食を終えてから、ジョンソン、ハンフリー、それに牧場に居合わせた大統領のスタッフの一部は午前二時まで選挙運動の取り組み方について協議を続けた。

私たちは翌朝の九時に牧場を出発することになっていたが、牧場からおよそ三〇マイル離れたフレデリックスバーグの教会に行くことが急遽決まったために、出発時間は遅れることになった。これは事前に発表されていなかったが、教会には大勢の記者やカメラマンが待ち構えていた。教会は小さかったので、最前列の席にいたジョンソン夫妻は聖餐の儀式を終えるといったん教会の外に出て他の人と入れ代わり、儀式がすべて終わるのを待って改めて教会の中に入った。

教会から牧場にいったん戻ると、大統領は再び自動車の運転席に乗り込み、長蛇の自動車の列を従えて、先に修理を終えた彼の出生の家へ向かった。自動車から降りると、大統領は自動車に備え付けのラジオ無線機を取り外し、ここから先はカメラマンに限り随行を許可する、とシークレット・サービスに伝えた。写真撮影がおよそ一時間半つづいたが、撮影は彼の生まれた家にはじまり、ジョンソン家代々の墓、牛の放牧場、そして最後に管理人の小屋で終わった。すべて見事な演出だった。特に、ハンフリーが誤って牛の糞を踏んづけ、「大統領、うっかり共和党の演壇に立ってしまいましたよ」と言った時には、演出は最高潮に達した。

私たちがオースティンで搭乗するはずだった飛行機を牧場まで呼び寄せ、牧場で乗り込むことになった。出発直前、私は大統領と二人だけで二分間だけ話したいと言った。彼は寝室に案内し、私は椅子に腰をおろし、彼はベッドで横になった。

私はフィルの口調を真似て話を切り出した（以後はそうした物言いはいっさいしたことはないし、今思うとなんとも気恥ずかしい）。大統領は私の見解とフィルの見解は違うと思っているように感じるが、フィルと私の考えはおおむね一致していた、と私は話した。私はケネディ大統領を崇拝し、敬慕していたが、フィルの方が私よりも個人的にケネディ大統領と親密な関係にあったとも説明した。また、ジョンソン大統領が通した法案を称賛していることや、私がジョンソンを支持していることを知っていてもらいたいのだ、とも言った。

特定の選挙運動に荷担しないのがポスト紙の社是だが、次第に緩くなっていた。確かにフィルは選挙運動にいっさい荷担しなかったが、私は荷担した。私は、自分がこれまでとは違う立場にいることを忘れていたのだと思う。というのは、私は大統領に対し、母と私は選挙運動に貢献したいと言ってしまったからである。この後、私は、新聞は完全に中立の立場を貫かなければならないと信じるようになり、この大統領選挙運動にはいっさい荷担しないことを決めた。

いずれにせよ、大統領は私たちの過去の支援に謝辞を述べた後、これから先はお互いにもっと頻繁に会わなくてはいけないと優しく言った。彼は支援については触れずに、私が独立した新聞の経営に取り組まなくてはならないことは理解していると述べ、最後にさようならのキスをしてくれた。

かんしゃく玉ジョンソンの一面

フィルの一周忌の一カ月後、ラリーがとても興奮して、ボーイフレンドのヤン・ウェイマウスを連れてやって来て、二人が婚約し、数カ月以内に結婚したいと言った。ヤンはマサチューセッツ工科大学の建築専攻の学生で、一方ラリーはラドクリフ女子大の最終学年に進級するところだった。私は二人がまだ話にもならないほど若すぎると感じたが、ここでそんなことを言ったところで、二人の関係に水を差すことはあっても為にはならないと思い、懸念は私の胸だけに収めることにした。それでも母には娘の結婚について手紙を書いたが、その中で私は自分の本音を抑え、この縁組にいたって満足している風を装った。手紙の一部は、私の不安と当時の女性一般についての私の見方を示している。

「ラリーについての私の心配事の一つは、彼女があまりに父親を敬愛していただけに、そんな彼女の目から見て父親に匹敵する男性に巡り会えないのではないかということでした。

ヤンについていい点は、彼女が彼を愛しているだけでなく、精神的にも道徳的にも、すべての面でヤンを尊敬していることです。彼が先導し、彼女がついて行く——わが家の娘には持ち前の強靱さと意志の強さがありますので。これは彼女にとってまたとない幸運と言えるでしょう」

ジョンソン大統領は選挙で圧勝したが、残された一一月の大半の日々を、私は会社の仕事と感謝祭の週の週末に予定されたラリーの結婚式の準備で過ごした。その間の出来事の一つに、ホワイトハウスでの夕食会があった。この夕食会は今思うと楽しい思い出になっているが、当時はそれほど楽しいとは思わなかった。ジョンソン夫妻の結婚三〇周年記念の内輪の夕食会で、ジョー、スーザン・メアリーのオルソップ夫妻と共に招かれた。夕食会には他に、ヴァレンティ夫妻、リズ・カーペンターと彼女の夫、エーブ・フォータス〔最高裁判事〕夫妻その他数人の、いずれも大統領夫妻の身近な友人と仲間たちがいたが、いわゆる部外者と呼ばれてもおかしくないのは私たち三人だけだった。

その夜の大統領は機嫌が悪かった。いや、もしかすると途中から機嫌が悪くなったのかもしれない。スーザン・メアリーの記憶では、コーヒー・テーブルの上には「綺麗に包装されたプレゼントがいっぱいあった」という。「なんだこんながらくた、片づけてしまえ、何か食い物でも用意しろ」と大統領は贈り物を見て、夫人にそう言いつけた。私たちは二階にある楕円形の美しい家族用食堂で夕食をとった。食堂の壁紙は、ジャッキーがホワイトハウスの改修工事をした時にディロン夫妻が彼女に贈ったフランス製のものだった。ジョーがベトナム問題について若干熱弁をふるったが、残念ながら大統領の不機嫌を和らげることにはならなかった。

夕食にかけた時間は長くなかった。夕食後、家族用の居間に移った。ジョンソンは途中まで私たちと一緒だったが、早めに寝室へ引きあげた。彼の寝室は私たちの団欒の場所となった居間の隣りにあった。そろそろ辞去しようとレディー・バードに挨拶をしていた時、寝室の二重ドアがいきなり開かれ、怒った様子の大統領が私を睨んでいた。「ちょっとこっちへ来てくれ」と彼は噛みつくように言った。まさか私に向かって言ったのではないことを祈る気持ちで左右を見たが、彼が声をかけた相手は他ならぬ私だった。「君も来てくれ」と彼はエーブ・フォータスにも言った。

私たちは彼の寝室に入った。そこには折り畳み式のベッドがあり、その上にポストの早版が置かれていて、大きな見出しに、コロンビア特別区の首席行政官で事実上の市長でもあるウォルター・トブライナーが新任の警察部長を指名した、とあった。彼の顔は青ざめていた。大統領と相談なしに何ごともしてはならない、とトブライナーには戒めておいたはずだと彼は言った。というのも、大統領はワシントンにおける犯罪問題に取り組むにあたって、「超一級」の警察部長を指名しようとしていたからだ。犯罪問題で大統領が直接関与できる地域はコロンビア特別区だけに限られ、他の地域では州の所管になっている。

ジョンソン大統領は私とポストを同一視し、この記事が紙面に掲載されたのは全面的に私の落ち度だと受け止めていた。ポストはトブライナーを支持し、大統領の言う「あの馬鹿野郎」のトブライナーが先走り、自分が考えていた人選をぶち壊した、というのが言い分だった。「トブライナーはあんたの意のままになっとる」と私に向かって息巻いた。

彼はわめきちらしながら着ている物を脱ぎはじめ、脱いだものを椅子や床に放り投げた——上着、ネクタイ、ワイシャツといった順に。そしてとうとうズボンだけになった。私は驚きで凍りついたように立ち尽くすばかりで、何をしたらいいのか分からないまま、ただ唖然としていた。次々に衣服を脱ぎ捨てている大統領に怒鳴られているのがまさか私であるはずがない、と心の中で言い聞かせていたのを憶えている。突然、彼はうなり声をあげた。「あっちを向け！」。私は言われるままに、救われる思いで背を向けた。その後も、彼はひとりぶつぶつ文句を連発していたが、もういい、と言われて向き直ると、彼はパジャマ姿になっていた。彼の方から無愛想に、おやすみと言われ、私たちは踵を返して出て行った。

私にとってその年最後の大きな行事は、ラリーとヤンの結婚だった。結婚式はワシントンの海軍礼拝堂で、披露宴はわが家だった。フェリックス・フランクファーターはラリーにあてた手紙で、フィルが生きていたら花嫁の介添え役を僕に頼んだはずだが、僕はいま卒中で車椅子に頼る身なので、その役が果たせないと言った。フェリックスに代わって、ダンがラリーの介添え役をした。彼女は祖母から贈られた美しいマンボーシャのドレスを着ていた。結婚生活はわずか数年しか続かなかったが、二人の素晴らしい子供が誕生した。キャサリン・ウェイマウスとパメラ・ウェイマウスで、私にとっては一番年長の孫娘たちである。

第2章 ベン・ブラッドレーの起用

夫に先立たれた女性にとって、その直後の一年間は、恐ろしくつらいものである。私の場合も例外ではなかった。しかし、一年が過ぎる頃には、その深い悲しみも、外の世界に順応していける程度には耐えられるようになる。そして外の世界は、その人の身に何が起ころうと関係なく、いつもの活動を続けているのである。

仕事の難しさは、依然として巨大な壁のように立ちはだかっていた。業務で人と付き合う方法について、私には何の知識もなかった。また、人が私をいかに細かく観察しているかについても、ほとんど分からなかった。会社では、何気ない無意識のボディーランゲージに至るまで、私のすべての言動が、思いもよらない強烈なメッセージとなって伝わっていった。

このような無知に加えて、私はそれまでの人生を非常に個性の強い人たちとともに過ごしていたために、一面では静かで目立たないが、骨身を惜しまず働く社員の多くに対して無関心であったようにも思う。社員の中には、貴重な才能を秘めてはいるが、その才能が常時輝くように目立っているわけではないタイプの人びとがいる、という事実に気がつくだけでも、相当の時間が必要だった。非常に遅いペースであったには違いないが、私は次第に、仕事の成果がすべてを語るのであり、発展のためには社員は時として助力を必要とするものであり、また組織が正常に働くためにはあらゆる種類の人を必要とすること、などを学んでいったのである。

多くの失敗を経験したが、その失敗によって落ち込むことが多かった。なぜなら、まじめに働いていれば失敗など起こすはずがないと、当時の私は信じていたからである。私と同じのような立場にいる他の人たちは、決してミスなど犯さないと本当に思っていたのである。多くの経験を積んだベテランも含めて、すべての人が過ちを犯すものであるということが分からなかった。私の立場にある男性ならやらないようなことを、私がやっていたことは確かだった。

しかしながら、自信も持てず不安でいっぱいの生活の中で、少しずつ楽しみも見出せるようになっていった。そして無意識のうちにも、仕事そのものやこれから目指すべき行動について、私なりの新たな考え方を模索し始めたのである。実際、仕事を再開して一カ月ほどで、顔色も良くなり、歯をくいしばることも少なくなった。自分で「ガールスカウト流の最初の決心」と名づけていた悲壮な決意は、次第に熱烈な興味へと変化していった。ニューズウィーク誌の談話で述べたこともあるが、私は言わば「恋に落ちた」のである。私は仕事が大好きであり、新聞に惚れ、会社全体に愛情を抱いていた。フランク・ウォルドロップへの手紙に、私は次のように書いた。「会社を愛するというのは奇異に聞こえるかもしれませんが、これは新聞が生き物であるという、マコーミック大佐［シカゴ・トリビューンのオーナー］の言葉に賛同の意を表していることに他なりません」

学ぶ習慣を次第に身につけ始めたのも、この頃である。行動する中で学ぶ、自発性を重んじたモンテッソリ教育法が、ふたたび私の得意技として戻ってきた。長年にわたって主要な教材となったのが、ポスト紙やニューズウィーク誌の編集者または記者たちと行う取材旅行だった。三〇年以上たってみると、過ぎ去った年と同じくらいの回数になっているのだが、これらの旅行こそ、マスコミ会社の社長として経験し得る貴重な機会の中でも、私に最も豊かで実り多い体験をさせてくれたものだった。

社長としての初の見聞旅行

もちろん、フィルと一緒にヨーロッパ旅行をしたことは何度もあるが、社長夫人という立場では、最も面白い場面から外されてしまう場合が多い。しかし、初めて経営者としての立場で行った旅行は、実にユニークなものとなった。ニューズウィークの編集長オズ・エリオットと、「ディー」と呼ばれていた彼の当時の夫人、ディードリーとの世界一周旅行だった。旅行そのものは本当に楽しかったのだが、心配は息子のビルとスティーヴを、またもや残して出発しなければならないことだった。しかもこの時は六週間にわたって放りっぱなしにしたわけで、これは少々長すぎたかなとも思う。

私の立場は社長だったが、女性であることに変わりはなく、香港特派員だったボブ・マッケーブから、男性のみの会食や、相当な数の説明会などをこなす意志が「本当に」あるのかどうか質《ただ》す手紙を受け取った時は困惑した。多少憤慨した調子で「もちろん、やります」と、次のような返事を送った。「私は業務を遂行しているのですから、一緒に仕事をするのが女性であろうと男性であろうと関係ありません。たまたまこのような仕事に就いているのですから、出来るかぎりのことを学ぼうと考えています」

しかしながら、いくつかの女性特有の問題は避けようもなかった。これは、一九六五年一月末に、出発地サンフランシスコでオズ・エリオットに会った時、彼の表情に表われた一種恐怖の表情で端的に示されていたようにも思う。

私はその時、黄色と赤で塗り分けられた非常に目立つ大きな箱を抱えていた。箱には「ケネス」と書かれていたが、これはニューヨークの有名なヘアドレッサーの店名だった。一九六〇年代中頃には、長期の旅行中に美容院へ行く必要がないよう、後髪の部分に「フォール」というヘアピースを付け、前髪の部分は自前の毛を巻き上げて全体的にボリュームを持たせておくのが流行していたのである。私の派手な箱の中には、頭の形をしたフェルトにピン止めされた「フォール」、つまりかつらが鎮座していた。私を見るなり、オズは厳かに宣言した。「それを持ち運ぶのが私の役目とは考えないでいただきたい」。オズが箱を抱えている姿を想像すると思わず笑ってしまったが、私はもちろん「心配ご無用。私が自分で運びます」と答えた。この件はそれで片がつき、私たちは出発した。

最初の目的地は日本で、当時最大の数百万部の発行部数を誇った朝日新聞の訪問から旅程が始まった。次に訪れたのは大手の広告会社「電通」で、ここではまず「歓迎フィリップ・L・グラハム夫人」と書かれた大きな掲示に啞然とさせられた。そして玄関を入るなり、八〇人ばかりの主に若い女性たちが拍手で迎えてくれたのだった。典型的な日本式の歓迎なのであろうが、こちらはびっくりするばかりだった。

佐藤首相とも短時間ではあったが会談し、続く数日の間に、宮沢喜一、中曽根康弘とも個別に会談することができた。この二人はともに後に首相になった。これを告白するのはきまりが悪いのだが、私とディー・エリオットとは、この世界旅行で出会ったセクシーな男性のリストを作成しており、中曽根氏との会談の最中、彼は当然このリストの中に入るだろうなと考えていたことを記憶している。

二月一日に、私たちは天皇・皇后両陛下に謁見する機会を得た。伝えられたところによれば、これは、海外から個人の立場で訪れた女性に対して、陛下が初めて正式な会見を許諾された記念すべき出来事なのであった。荘重華麗でお伽話のような思い出の一方で、この会見には、確かにミュージカル・コメディーのような要素も含まれていた。謁見場所まで導かれる前に、私たちは縞ズボンの侍従による説明を受けた。私たちは彼に、天皇陛下と握手をしてよいものかどうか、握手ではなくお辞儀をすべきなのか、あるいは他の形で敬意を表するべきなのかどうか等々について質問をした。

「陛下はあなたと握手をするのを大変喜ばれるでしょう」と侍従は答えたが、その言い方は、同席したオズ・エリオットが後日語ったところによれば、「正真正銘の神様」に対して取るような態度で臨めばよいのです、と示唆しているように聞こえたという。説明がすむと、私たちはおそろしく豪勢な謁見室に案内された。厚い詰め物を施した椅子が置かれており、金襴緞子《きんらんどんす》のカバーが掛けられていた。

天皇・皇后両陛下がお出ましになると、私たちは身を堅くして椅子に腰掛けた。天皇陛下と私とは、一種のラブ・シートのような椅子に座り、向かい側にはオズが座った。通訳は私たち一人一人につけられていた。会見の最初に長い沈黙があったが、これは陛下の方が会話の口火を切られるまで待つようにとの指示があったからである。天皇陛下は、手を握られたまま腕をふる習慣と、椅子に座られたまま体を弾むように上下させる癖をお持ちだったようで、向かい側に座っていたオズによれば、「ラブ・シートで陛下が上の方に上がるたびに、ケイは下の方に沈むように見えた」ということだ。

陛下が最初に話されたのは、「グラハム夫人、これはあなたの最初の訪日ですか？」というご質問で、ただちに翻訳されて伝えられた。私は次のようにお答えしたが、まるで他人がしゃべるのを上の空で聞いているような感じだった。「はい、日本へはこれが最初の訪問です。エリオット夫人にとっても初めての訪日ですが、オズの方は来たことがあるようです……えー戦時中で、つまりその……かなり昔のことになりますが」。オズが笑いを必死にこらえているのがはっきり分かった。会話の内容には総じて重要なものや興味を惹かれるものはなく、むしろ堅苦しく不自然で、一種の苦痛すら感じられるようなものだった。何回目かの沈黙の後、私は思い切って発言してみた。「陛下は海洋生物学に興味がおありになるそうですが……」。そしてオズがニューヨークの自然史博物館の評議員でもあることを話した。しかし、残念ながらこの話題も大きく発展することはなかった。

私たちは、この頃になると、会見が終わりになったのをどのようにして知ればよいのか、非常に気になっていたが、天皇陛下はごくさりげなく皇后陛下の方に目をやられ、お二人とも同時に立ち上がられた。私たちは再び握手を交わしたが、オズによれば、「陛下は握手に慣れておられなかったようで、上下するご自分の手をいつ引っ込めたらいいのかと、不安げに見つめておられた」ということである。こうして、宮中でのすべては終了した。縞ズボンの侍従は、謁見がたいへんな成功であったと保証してくれた。

アジアを旅している間中、議論の中心となったのがベトナム問題であった。そこで、香港を訪問した後、私たちはベトナムへ飛び、その後の一〇年間というもの世界中の人びとの耳目を集めた国の実態を直接見聞することになった。私たちの着陸した空港は、サイゴンにあったが、敷地が等分に仕切られて、民間航空機と、軍用ヘリコプターおよび戦闘機が別々に使用しているようだった。それは、平和と戦争との異様な混合だった。サイゴンは当時ベトコンによって完全に包囲されており、市内に出入りする道路の中で「安全」とされたものはほとんどなかった。ベトコンは時に空港の内部にも侵入することがあり、また私たちの到着した数週間前には、カラヴェル・ホテルの五階で爆弾が破裂していた。このホテルには米国のジャーナリストが多く投宿しており、もちろん私たちも泊まったのである。私の部屋が四階にあることを、多少の慰めと考えるほかなかった。

この訪問は一九六五年の二月のことで、この頃は米国の軍事顧問の数は増加していたものの、総数はまだ比較的少なかった。米国はまだ直接介入していなかったが、ニューズウィークは二人ないし三人の特派員を派遣しており、ポストも一人を送り込んでいた。到着の翌日、担当士官から説明を受けた後で、私たちはウェストモーランド将軍夫妻と昼食をともにする機会を得た。この旅行の間中、私は家族への手紙を書くことで観察や経験をまとめることにしていた。ウェストモーランド将軍について、次のように記している。「彼は無口な軍人タイプの典型のようです。もし非常に明敏な面があるとしたら、それは技術屋としてでしょう。なぜなら、彼は会話によって意志を明らかにすることをしませんし、堅苦しく、不安げで、むしろ怯えているようにも見えました」

オズと私、ボブ・マッケーブ、そしてニューズウィークのビル・トゥーイの四人は、昼食の後、そろって小さなヘリコプターに乗り込み、二五マイルほど離れた基地に向けて飛び立つことになった。この基地は、カンボジア国境地帯に近い「ブラック・レディ山」の頂上にあり、ベトコンによって完全支配された地域の外縁部に位置していたが、上空を飛行する軍用航空機との無線連絡のため、米軍によって使用が続けられていたのである。

「ヒューイ」と愛称がつけられていた、ベルＵＨＩＢ型ヘリコプターに搭乗するなり、私たちは、小さなキャビンに設置された座席が横並びのベンチのようなもので、機体にドアなど付いていないのに気がついて仰天させられた。ドアがないため座席に座ると私たちの足は機外にはみ出そうになるのである。私の席はパイロットの真後ろで、皆に見られていたこともあり、このぐらいのことは日常茶飯事であるかのように振る舞って平静を装うのに苦労した。ヘリがドア無しで離陸した時には、やはり息を呑んだ。後部両側座席の兵士たちは、装弾されたマシンガンをいつでも発射できるよう身構えており、私たちはさらにぎょっとさせられた。

ヘリはおよそ二五〇〇フィート程度の低空を、水田や畑をかすめて飛行した。同行した陸軍広報担当少佐の説明では、眼下に見える家々はすべてベトコンのシンパの家だということだった。政府系の住民は塹壕と有刺鉄線で厳重に囲まれた集落の中にかたまって住んでおり、これらの集落もいくつか散見することができた。しばらく飛行を続けると、ヘリは小規模なヘリコプターパッド〔離着陸設備〕に到着した。パッドは小さく、二機のヘリでいっぱいになる程度だった。パッドのある山は、主として海兵隊員で構成された米軍事顧問の特殊部隊によって保持されていた。待っていてくれたのは、スティーヴ・キャニオンのような風貌の将校で、ソードリン中尉といった。中尉によれば、その当時でも米軍と南ベトナム軍の関係はうまくいっておらず、成果を評価できるようになるには、少なくともあと五年はかかりそうだという。

この山頂には一三名の米軍兵士と、約一〇〇名の南ベトナム軍兵士が駐留していた。施設周辺は有刺鉄線と機関銃座によって囲まれていた。案内役の将校の話では、この区域は比較的安全で、攻撃を受ける危険性はあったものの、実際には驚くべき平和が続いているとのことであった。食料となる運命を赦免された七面鳥が、ペットとして飼われていた。ベトナム兵たちは、この七面鳥の首に特殊部隊を表わす赤のスカーフを巻いてやっていたので、施設内部がすべて彼の領土であるかのように、我がもの顔でのし歩いていた。

見学が終わって、いよいよ離陸する段になって、米軍兵士の一人が次のように忠告してくれた。つまり、ここは山頂なので、離陸直後ヘリコプターは一時的にではあるが急激に下降するというのである。この忠告は非常にありがたかった。私の逆立った神経を和らげるにはあまり役立たなかったが、安全高度に達するまで、機関銃座の配置に付いた兵士たちが必死に武器にしがみついて緊急事態に備えるのを見ながら、胃の腑が落ちそうになるのを少しは理解できたからである。

ふだんの私であれば、エレベーターに乗るのさえ少し躊躇するところなのに、ヘリコプターに搭乗するたびにパニックに陥らずに済んだのは、南ベトナムの現実をもっと詳細に知りたいという好奇心の方が大きかったからだろう。いずれにしろ、私はメコン・デルタの和平工作が順調に進んでいるとされる二つの集落を、ヘリコプターで訪れた。

また私たちは、キエン・ホア県の県都であったベン・ト市まで飛行し、そこから自動車で近郊のビン・グエン村まで足を延ばした。その村では、楽観的ではあるが決然とした態度の県知事チョー大佐と会談した。チョー大佐は、村落においていかにして勢力の拡大を計っているかを語ってくれたが、一方で彼は、ベトコン勢力が二〇年間にわたってインフラストラクチャー〔基幹施設〕の整備と住民教育を進めていることなども話した。しかしながら、米軍事顧問や南ベトナム軍幹部たちは、未だに事態は有利に推移していると考えているらしかった。私の記憶する限りでは、ただ一人の米軍大佐だけが、ベトコンがあらゆる地域に出没していることに注意を喚起しながら、いかなる犠牲をはらっても侵入を阻止する決意を明らかにしていた。

ベトナムで現実に見聞したこと、行ったことについて、どのように対応すべきなのか、私には確信がなかった。もちろん私たちの旅は、同行し案内してくれた広報担当士官たちによって、あらかじめ規制を受けていた。さらに重要なことは、ベトナム紛争の歴史的経緯や関連の諸問題について、私の理解はあまりにも限られており、大部分聞く側にまわり、ほとんど質問しないで終わってしまったことである。また私は、主要問題に関するラス・ウィギンスの見解と、それを基軸として展開されていたポスト紙の論調をいつも受け入れていた。ラスがいかに熱烈に米国のベトナム介入に賛成していたかも十分知っていた。

周囲の男性が述べることを聞く側にまわるという習慣の結果、私のベトナムを去る時の考え方は、ベトナムに到着した時と全然変わっていなかった。つまり、たとえ小規模に限定されたものといえども、米国は最初からベトナムには介入すべきでなかったのだが、現実に米軍が今ベトナムに存在している以上は、共産勢力に対抗する南ベトナムを支援する以外に、取るべき方法はないだろうというものである。

後年になって、チャル・ロバーツが、ウィギンスについて次のように記している。「彼は無思慮なタカ派ではなかった。全面戦争支持派からは、むしろ非難されていたくらいである」。確かに、すべての問題に関して、ラスは無思慮な態度を決して取らなかった。彼は取るべき立場を決める前に、長く苦しい熟考を重ねていたのである。

当時ポスト紙は、ベトナム戦争への米国の介入を強力に支持する論調で有名だった。そしてラスは、リンドン・ジョンソンの戦争政策を、彼が大統領職にある間中ずっと支持し続けていた。これは、ラスがジョンソンの政策に盲目的に追従したからではない。そうではなく、世界の超大国としての責任から、世界のいずれの地域においても、正統な権力が簒奪《さんだつ》されるのを防ぐために米国はその力を行使すべきであると堅く信じていたからである。また彼は、一九六三年当時のベトナム国家元首で、米国と同盟関係を結んでいたジエムの暗殺を、米国側が事前に知っていたという事実が、以後の重大問題を発生させた原因であり、「腐った不誠実な同盟関係」を生んだ元凶であると感じていた。事実、ラスは合衆国政府の国際的な威信を損なわないで、ベトナム介入に替わり得る政策とは何かについて、常に模索を続けていた。

私自身のベトナム戦争に対する立場も、時間がたつにつれてごく僅かに変化はしたが、ラスの見解とほとんど同じだった。しかし、それも私の息子がベトナムに派遣されるまでのことだった。息子の従軍は私に新しい個人的な見解をもたらし、間接的にではあるが当事者としての戦争に対する視点を与えてくれた。そして、フィル・ゲイリンが新しく論説ページを担当するために着任してから、私たちはポストの論調を、徐々に方向転換させていくことになるのである。

私たちは二月一〇日にベトナムを出発し、カンボジアとタイに立ち寄った後、インドへと向かった。インドでは、めまいがするような数日間を送った。中でも最もびっくりさせられたのは、人口問題担当大臣とのインタビューだった。彼は白い色をしていただろうと思われる服を着ていたのだが、埃にまみれたその服は、実際には汚い灰色にしか見えなかった。うす汚れた自室の、ガタガタ音のするデスクの前に座っていたのだが、デスクの上にはさまざまな産児制限の用具が並べられていた。そして、絶えず避妊リングのインサーターを手にして、振り回したり手のひらに打ちつけたりしても遊んでいた。そのとき彼が言った言葉を忘れることはないだろう。「避妊リングの使用を始めた婦人の多くが頭痛を訴えますが、私の考えでは、その頭痛は避妊リングからくるものではなく、むしろ姻戚関係の問題からくるものだと思いますね」

ニューデリーからの夜間飛行で、油田の廃油燃焼の火が砂漠を焦がすベイルートに到着した。ベイルートはまだ戦火に見舞われておらず、美しい街並みが広がっていた。レバノンの人びとは、私たちが滞在している期間中ずっと、エジプトの指導者ガマル・アブデル・ナセルを論駁してやまなかった。

レバノンから私たちはエジプトに飛び、そこでナセルその人にインタビューしたのだが、この会見が大きな誤解を生むことになるとは思ってもみなかった。中東地域の評判では、ナセルは東側陣営を西側陣営に対抗させ、この冷戦構造からエジプトのみ漁夫の利を得ようと画策する人物とされていた。ちょうど一カ月ほど前に、東ドイツ大統領ワルター・ウルブリヒトがカイロを正式訪問したあとのことだったので、インタビューの中で私たちはナセルに対して、ウルブリヒトを招待するにあたってはソ連からの圧力があったのではないかと質問した。ナセルは勢い込んで否定した。しかし間の悪いことには、インタビュー後数日して発売されたニューズウィークには、ナセルの発言とはまったく逆の記事が掲載されたのである。

この記事は、私たちのインタビューとはまったく関係のない情報源から書かれたもので、発行前に見る機会はなかったし、当時ベイルートにいたニューズウィークのスタッフも目にしていなかった。私たちもインタビューの一部を電送しようと試みたのだが、ニューズウィークの記事に入れてもらうには間に合わなかった。私たちのインタビュー記事は、数日後にポスト紙上で正確に発表されたのだが、その時までにナセルは烈火のように怒り狂っており、私たちのことを「人の名を汚すことしか考えない嘘つき」と決め付けていた。どんなに説明しようとしても聞き入れてもらえない。結局、そのような故意でない過誤や混乱については、不本意ではあってもある程度は潔く認め、個人としては悩まないことを学んだのが収穫だった。

その後、ローマとロンドン――そこでは休養をとり、パーティーに出席した――を経由して、私たちは帰国の途についた。ローマでは、魅力的なイタリア人のジャーナリストと行きずりの恋をしたのだが、後日パム・ベリーが次のような手紙をくれて励ましてくれた。「時々は女性になりきって、自由で軽薄に振る舞う必要があると思います。そうすることは、きっとあなたのために非常に良い結果を生むでしょう。私は、あなたが仕事の人身御供となってしまうのではないかと、ずっと心配していました。しかし、先週木曜日にカウリー通りを歩いておられるのを拝見しましたが、以前とは全然違って見えたのにびっくりしたのです。その時はなぜあなたが変身したのか知らなかったわけですが」

私はこの旅行の間中、それまでにしたことのないほど激しく働いた。しかし、決して疲れることはなく、それどころか経験することすべてが私に力を与えてくれた。そして、私は以前にも増して仕事に対するエネルギーと意欲に燃えて帰国したのである。

アドリア海の船旅

その夏には、純然たるお愉しみの旅行に出た。トルーマン・カポーティが、世界的に知られた美女で、フィアット社長ジャンニ・アニエリの妻でもあるマレイラ・アニエリとクルーザーの旅を楽しむつもりだと、ずっと以前に話していた。マレイラがアドリア海と周辺のギリシアの島々を巡るために大型の帆船をチャーターしており、トルーマンやマレイラの友人知人で暇も金もたっぷりある世界的著名人たちを招待していたのだ。私は世知にはかなり疎かったが、もちろん、まったくうぶというわけではなかったので、トルーマンへの返事としては、場違いで落ち着けないでしょうと答えておいた。しかし結局はマレイラの招待に応じることになったのだが、心配は大きかった。

この航海は、それまで経験したことのないもので、自分の新しい人生を考える機会になった。フィルなら絶対にやらなかっただろうし、フィルと一緒でなくとも、以前の私なら参加しなかっただろう。私の中のピューリタン思想が、出発直前までそれらのことを気に病んでいた。

トルーマンと私は、ロンドンを経由して、マレイラと落ち合う場所に向かうことにした。途中のロンドンでは、ブルース夫妻とパム・ベリーに会うことにしてあった。これより以前に、アドレイ・スティーヴンソンから連絡があり、彼の妹のバッフィー・アイブズと一緒に、彼女のスイスの別荘で一夏を過ごさないかと誘いを受けていた。マレイラとの航海に参加することにしたので、こちらの方は断わる口実ができて一安心だった。ところが、ロンドンに着いてみると、アドレイもいるではないか。彼もまたブルース夫妻とともに、グローヴナー・スクエアの米国大使館に逗留していたのだ。私は少々気が沈むのを感じた。しかし、その週の客は大変大勢だったので、万事支障なく快適に運んだ。アドレイの親友のマリエッタ・ツリーも当時ロンドンに滞在していた。

三日目の七月一三日の晩、私たちはそれぞれ別の行先に出かけた。アドレイはBBCの放送に出演することになっていた。夕食を済ませて大使館に戻った時、彼は誰かと二階の執務室で話し込んでいるのを見かけた。もう遅い時刻だったし、誰と話しているのか分からないうえ、邪魔もしたくなかったので、私は部屋の前をそっと通りぬけ、ホールの端にある私の寝室に入った。寝室のドアが勢いよく開けられた時、私はまだ読書をしていた。アドレイだった。彼は喧嘩腰で入ってくるなり、なぜエリック・セヴァレイド〔CBSのジャーナリスト〕との話に加わらなかったのかと文句を並べ始めた。エリックと話をしながら、私の帰るのを待っていたというのだ。

その後、アドレイは少なくとも一時間は私の部屋で話をしていたと思う。彼が立ち去ったあとで、ネクタイと眼鏡を忘れて行ったのに気がついた。そこで、私はそっとホールを横切って彼の寝室の前に行き、それらをドアの前に置いて引き返した。

次の日、午後遅く大使館に戻ってベルを鳴らすと、執事がふさぎ込んだ様子で玄関を開け、いきなり「スティーヴンソン閣下のこと、ご存じでしょうか？」と訊いてきた。

「いいえ」と私は答えた。「どうしたんですの？」

「お亡くなりになりました」というのが返事だった。

私はショックを受け、とうてい信じることができなかった。英国ではその季節に珍しいような陽の光の降り注ぐ中で、彼はマリエッタと一緒に午後遅くの散歩を楽しんでいたのだが、突然致命的な心臓発作に襲われ、その場に倒れたのだった。私が玄関に立ちすくんでいる時、エリック・セヴァレイドが戻ってきた。マリエッタとフィル・カイザー公使も一緒だった。彼らは救急車でアドレイを病院に運び込んだ帰りだったのだ。

エリックは、アドレイが前夜、非常に疲れているように見えたと言った。話している最中に、アドレイは何度も椅子の背にもたれかかり、目を閉じて休んでいたというのだ。その後、私が部屋で見た時には、彼の様子は全然違っていた。ネクタイと眼鏡を彼の部屋の外に置いてきたことを後ろめたく感じながら、私は昨夜のことを思い返していた。

アドレイは、私にもまた他の人たちにも、早く国連での仕事を辞任してしばらくゆっくり休養したいと考えていること、そして休養の後でまた民間ビジネスの世界に復帰したいと思っていることなどを話していた。しかし、その時には彼がどんなに疲れているかなど思ってもみなかった。いろいろな面で、彼は幸せでなかった。エリック・セヴァレイドは数日後のCBSイヴニング・ニュースの中で、アドレイが次のように語っていたと話した。「しばらくワイングラスでも片手に隅の方に座って、みんなが踊っているのを眺めていたい心境ですね」

私たちのロンドン滞在中に、マレイラの父親も亡くなったため、彼女は予定より一週間長くイタリアに留まることになった。私たちのプランは変更され、トルーマンと私だけでアテネに飛び、そこからマレイラの美しい帆船「シルヴィア」に乗り込んで、寂しいけれども華やかに出発した。船には私の大好きなイタリア・ワインがどっさり積み込まれていた。トルーマンは、『冷血』のゲラ刷りを持ち込んでいた。この小説は、四回に分けて、まずニューヨーカー誌上で発表されることになっていた。心地よい風になぶられながら、後甲板の椅子にゆったりと座り、私たちは何時間も、一節一節、細部にわたって話し合った。犯人はなぜそのような行動をとったのか、いったい何をしたのか、カンザス州ガーデン・シティーとはどんな所か、刑事や判事の性格はどうなのか、彼らがカンザスでどんな日常生活を送っていたのか、と。

ようやく、マレイラと他のゲストたちが乗船してきたので、私たちはとうとう目的の航海を始めることになった。この旅は部分的にではあるが、フレイヤ・スタークの書いた『リキュア〔古代の小アジアの一地方〕の岸辺』の内容をなぞる形で行われ、当時ほとんど旅行する人のいなかったトルコの南岸を南に下ることになっていた。大勢のゲストの割りには帆船のサイズが小さかったのと、エアコンが装備されていなかったために、気温が非常に高くなってくると、船上生活はそれほど快適ではなくなってしまった。それでもマレイラ自身が気さくで優しく我慢強かったので、航海は楽しく、騒然とした出来事の多かった一年の中で、格好な骨休めの機会となったのだった。

編集局の刷新を考える

ポストで最初に働き始めた時に、私が当然のように思っていたのは、何事も以前とまったく同じように継続するだろうということだった。しかし、私の監督下になって持ちあがってきたことの一つは、驚いたことに、ポストの編集の質に関する問題であった。ポストが完全には満足できる状態にないという事態を、私は気づかなかった。編集局長のアル・フレンドリーと、論説面をみている主筆のラス・ウィギンスに全面的な信頼を置いていたし、すべてがうまく運んでいると信じていた。事実、フィルの死後およそ一年たった時点で、私はアルに次のような私的な手紙を書いている。「このようなことは書かなくても、あなたはお分かりのことと思いますが、ともかく気が済まないので書かせていただきます。この一年間、あなたは本当に素晴らしい活躍をしてくれました、そして本当に立派でした」

紙面が期待されるほどには良くなく、向上の余地が多分にあるという考え方を最初に耳に入れてくれた一人に、スコッティー・レストンがいる。彼はグレン・ウェルビーの家に向かう途中、このように言ったのだ。「君は、相続した新聞よりずっと優れたものを次の世代に残したくはないか？」

この質問は、びっくりするには当たらないように聞こえるかもしれないが、当時の私には驚きだった。私は、過去において私たちが成し遂げていたような進歩を、現在は達成していないということ、あるいは私たちが行っていることは、一九六〇年代の現在としては不十分であるということをまったく考えていなかった。

論説委員室や編集局内部で何が起こっているのかということを、どうして気になり始めたのか、もはや思い出すことは難しい。だが、注意信号のようなものがいくつもあったのは事実で、これらに気づいた私は、当然新聞が進むべき方向のことを考え始めた。将来の問題について個人的に相談を持ちかけたのは、ウォルター・リップマンとスコッティーだった。

本当のところ、私はスコッティーを必要と感じていた。彼は個人的にも非常に親しい友人であり、新聞を発展させるために力を惜しまず助けてくれた。一九六四年の夏、彼に何回も会ってポスト紙に来てくれる可能性がないかどうかを打診した。話し合ったことの一つに、ずっと以前からの彼の懸念、つまりフィルが発行人としての立場を超えて口出しすることが多かったという問題があった。これについては、私の場合は状況が違うということで合意した。最後には、フリッツの助言もあり、ウォルターやラス・ウィギンスとの相談を経て、スコッティーに、ニューヨーク・タイムズのコラムを続けながら、わが社の編集顧問になるという、曖昧なポストを提案した。確かに、これは妥当な案とは思われなかったのだが、ラスとアルに恩義を感じていた私は、彼らの考え方に反対したくなかったのだ。

スコッティーは、当然のことだろうが、この提案をはっきりと、しかし気持ちよく、非常に前向きの態度で断わってきた。私たちはしばらく彼なしで仕事を続けたが、しかし私は、問題が存在することを次第に認めざるを得なくなった。では一体、どのような形でこの口火を切ればよいのだろうか?

もちろん私には、ニュースの質を云々するための、洗練された高度な専門知識はなかった。しかし私の観察では、幹部たちの間に優柔不断な態度がはびこっており、これに加えて誤った判断も——特に人事に関して——繰り返されているのが分かった。私は、いわばアドレナリンの不足を随所に感じていたのである。また噂では社会部でも活動の沈滞が甚だしいという。私の所まで届いたある情報によれば、社会部では夜九時を過ぎたら、もう死んだ猫を振り回して放り投げても当たる人が全然いないということだった。

そのうえ、問題は明らかにアル自身にもあった。当時、政府部内で働いていたボブ・マニングが会いに来て、アル・フレンドリーと交替したいと提案してきたこともあった。彼の意見では、自分こそが紙面を刷新し活性化するのに適任だと言うのである。私は言下にこの申し込みを断わったが、このエピソードもまた、心の中に疑惑の種をまくのに十分だった。一九六五年になれば、アルは編集局長を一〇年間務めたことになる。彼が急に老け込んできたという話は、いろいろなところで聞かれた。確かに彼には疲れが見え始めていた。それにともなって、次第に人の意見に耳を傾けようとしなくなっていた。これは、彼のような仕事では非常に困難な状況を招く、まずい事態だった。

彼自身にも不安があったのだろう、毎年二カ月の休暇を取る必要があると宣言して、この期間を妻のジーンと二人で過ごすための別荘地をトルコ国内に購入した。アルは私の友人ではあったが、編集局長という地位は、新聞を毎日発行する上で最も重要な「かなめ」となる役である。そして、このポストを二カ月も空けるという考え方を、私は憂慮した。

これらすべてが明らかな注意信号だったが、どのようにして対処したらよいのか、私は困惑するばかりだった。アルは、貧弱な体制の中で長年素晴らしい仕事をしてきた人物だったし、彼とジーンは二人とも私の最も親しい友人でもあったから、彼を動転させるような仕打ちはしたくなかった。新聞に新しい活力を与える必要があるということを、それとなくアルにほのめかしたこともあるが、その時も彼は私の気持ちを理解しようとせず、私の判断を真剣には受けとめていなかった。そこで、彼が他の人びと、特にウォルター・リップマンと話をして、彼らが新聞の現状についてどのような考えを抱いているか、そして新聞をさらに発展させるために何をすべきかについて意見を求めてはどうかと提案した。アルはこれに同意したが、その時はウォルターはメーン州に避暑に出かけており、彼らがすぐに会うことはできなかった。

ちょうどその頃、ベン・ブラッドレーがニューズウィークから二度にわたって昇進の機会を与えられたが、必然的にニューヨークへの転勤を伴うものだったため、二度ともその昇進を断わったという話が伝わってきていた。彼とはさまざまな仕事で何度もニューヨークに行ったり来たりしたことがあったし、会議や昼食で同席したことがあったのだが、彼自身のことは詳しく知っているというわけではなかった。フィルのひどかった時代に彼がフィルに肩入れしていたことを連想せずにはいられなかったが、一方で彼はニューズウィークのワシントン支局を見事に運営していたし、有能な人材を周囲に集めており、人の受けも非常に良かった。私には、彼の卓越した能力が会社にとって非常に有用であることが分かっており、彼を失うことを恐れた。ハンサムで魅力的だったから、いずれどこかのテレビ・ネットワークに引き抜かれる恐れが十分あったのである。

ベンの野心がどのようなものかを知るために、昼食に招いた。そのようなことをするのは初めてだった。当時は女性の方から男性を昼食に招待して料金を支払うのはまだ一般的でなく、気詰まりなことだったので、一九六四年の一二月、私はFストリート・クラブに彼を招待した。そこは請求書にサイン〔当時はまだクレジット・カードがなかった〕できたので、どちらが支払うのかを決める場面を避けることができた。今の人たちから見れば、奇妙に思われるかもしれない。

その時の会話は、いろいろと脇道にそれた。ニューヨークのニューズウィークになぜ行こうとしないかも訊いてみた。もっとも、彼とトニーとの間には六人の子供があり、四人は彼女の連れ子で、二人が彼ら自身の子供であること、そのほかにベンの若い頃の結婚でもうけた子供ベン・ジュニアもいるので、住宅環境を変えるのは非常に難しいだろうということは分かっていた。彼は、このワシントンで支局を運営しているのが大変楽しいこと、そして昇進のために急いで転勤したくはないと考えていることなどを話した。

「しかし、将来的には何をやりたいの?」と私は訊いた。

「そうですね。せっかくお尋ねいただいたわけですから申し上げると」とベンは、彼特有の華麗な言葉遣いで答えた。「もし可能ならば、ポストの編集局長として残りの人生を捧げたいですね」

私は驚愕した。これは彼の予想していた質問ではなかったのだろうし、また私の予想していた答えではなかった。正直に言えば歓迎したくないものだった。しかし、かねてからの私の懸念を考慮すれば、当然考えられる回答であった。私がベンに伝えたかったのは、将来の希望について話し合うということであって、今すぐに実現しようとか、ごく近い将来に具体化しようというものではなかった。しかし、ベンは明らかに彼のポストの可能性が開けたと考えた。そして、したたかにその可能性を追求した。私を見かけるたびに、「今度はいつ頃、もう少し詳しいお話ができますか？　次の段階としては何をやりましょうか？」と問いかけてきた。私は彼の執拗さにびっくりしてしまった。

私はまず、この案をスコッティーに相談する機会をつくった。スコッティーはベンを個人的にはよく知らなかったが、多分うまくいくだろうと考えていた。ウォルター・リップマンはベンをよく知っている一人だったが、好意的な態度で、ベンはポストのために大きなことをやってくれるだろうと言った。これに元気づけられて、私は話をフリッツに持ちかけたが、彼も大賛成だった。またオズ・エリオットも、もちろん賛成だった。

ベンと私は、続く数カ月の間に何回か会って話し合った。彼は、愛する現在の職を去るからには、ただ単にアルが退職するのを待つために、ポストで二年から三年も安閑と過ごすつもりはないとはっきり言った。しかし、一年ならば、ポストに移って待つことにやぶさかでないことも分かった。私はこうした考え方にはあまり乗り気でなかった。心のどこかで、この男は仕事もまだ得ていないというのに、なんだってこう厚かましいんだろうと思う一方、やはりこれがわが社にとって必要であり、私も実は望んでいることなのかもしれない、とも思うのだった。

ベンはせきたてたが、私は引き伸ばし続け、一九六五年の夏になって初めて、ベンをニューズウィークからポストの編集局次長として引き抜く案を、ラスとアルに伝えた。彼らは最初は否定的だった。ラス・ウィギンスは、ベンが来るならば他の者と同じように記者として来て、実力によって昇進すべきだと主張した。アル・フレンドリーは、二、三年のうちには全米新聞編集者協会の会長に就任する見込みがあり、彼としては非常にこのポストに就きたかったので、編集局長の職を急いで退きたくはなかった。ベンは事実、一年以内に昇進したいという希望をアルに話したが、これに対してアルの答えは、「君はいったい何をそんなに急いでいるんだね？」というものだった。しかし結局ベンは、見解の相違を承知の上で、ポストにやって来た。

編集局長更迭の苦渋

一九六五年七月七日、全国および国際ニュース担当の編集局次長としてベンがポストに参加することが、ラスとアルとによって発表された。ベンは当時まだ若く、四三歳だったが、ニューズウィークのワシントン支局長として、すでに四年の経験があった。ニューズウィークの新しい支局長としては、メル・エルフィンが選ばれ、その後二〇年間にわたって堅実かつ効果的にその職を務めた。ポストでは、古手で敏腕のベン・ギルバートが、ローカルニュースと管理担当の編集局次長に任命された。

ベンの就任は九月一日ということになっていたが、彼は夏休みを取らず、八月二日には早くも出社した。ニューズウィークを土曜日に退職し、翌週の月曜日にはポストに着任したのである。私は七月二〇日に次のような手紙を送った。「アルからの嬉しい知らせでは、あなたは他の人たちが一カ月かかって身につけることを、ただの三〇分で学んでしまうそうですね」。確かに、ベンは着任するやいなや駆け出していた。

それ以後ずっと、ベンはカリスマ的な指導者であり続けた。彼は極めつけの美男子であり、愉快な性格、洗練された都会人の典型で、政治的センスも十分だった。すべての要素が彼を際立たせる役目を果たしていた。さらに重要だったのは、彼が常に猛烈に働いたことである。現場の仕事を覚えるという決心のもと、深夜まで働き、土曜日も休まなかった。彼がすぐに気づいたのは、ラスが論説面にばかり精力を注ぎ、アルは実際のところ仕事のエネルギーを失ってしまっているということだった。こうした状況のなかで、ギルバートが「全部のネジとネジ回しを制御して」紙面を統括しているのが実情だった。ベンは、アルがたとえば各部局の機能や組合の活動など新聞の基本というものを理解していないと感じた。彼の認識不足が、ポストに重大な損害を与えていると思った。最初からベンは、良い編集者であるためには、すべてがどのようにして成り立っているのか知っていることが重要と考えていたのだ。

私が最も望んでいたのは、タイミングの問題が後にずれ込むことだった。アルを追い出すことになるような問題を考えたくはなかったので、事がなんとなく穏やかに過ぎ去ってくれないかと望んでいた。しかしベンに関するかぎり、事はそう穏やかには進まなかった。その秋、アルとジーンがトルコでの夏休みを終えて帰ってくると、私はポストの将来について再びアルと話を始めた。アルは、私が示唆したように、ウォルター・リップマンと昼食を兼ねて話をすることにしたという。ウォルターの方も私を電話口に呼んで「どこまで話したらいいと思う?」と尋ねてきた。私は、彼がその場で言えると思う限りのことを話してほしいと、次のように言った。「その場の感じで、行ける所まで行ってちょうだい」。私が意図していたのは、ウォルターも同じことを考えていたと思うのだが、アルに対して新聞の欠点について述べ、新聞を向上させるのに何ができるかを話すことだった。その他には、含むところはまったくなかった。

昼食の後で電話が鳴りウォルターが出て、「まあ、話が非常にうまく進んだので、全部片付けてしまったよ」。その表現を高校以来聞いたことがなかったので、私は心配になって尋ねた。

「その、『全部片付けた』ってどういう意味?」

「ああ」、彼は答えた。「経営管理の仕事は人間をすり減らすから、辞めて、原稿書きの仕事に戻ることを考えなければならない時が来るもんだ、と言ったのさ」

私は啞然とした。ウォルターがそこまで話すとは思ってもいなかったのだ。ベンが参加してからまだ三カ月しかたっていない。そして、アルをそんなに早く無理に移動させるつもりはなかった。あの強引なベンでさえ、丸一年は当然かかると考えているし、私はもっと長くかかることを予想していたのに。

私には知らせずに、ベンはいろいろと異なった方向からも圧力をかけていたに違いなかった。そして、もちろんアル自身とも、今後の状況について話し合っていたのだろう。彼の性急さは、ロンドンのサンデー・タイムズの特派員ヘンリー・ブランドンが本社の編集者デニス・ハミルトンにあてて書いた手紙からも見て取れる。日付は一〇月一二日である。「ベン・B〔ブラッドレー〕の主張によれば、アルが未だに現職に留まっており、彼に聖なる牛を殺させるような状況には耐えられないので、ベン・Bは二カ月以内に上層部の決断を強く求めるつもりのようだ」

ベンの圧力はあったのかもしれないが、私としては古くからの親友に対して、そんなに唐突に面と向かって現職から退いてくれと頼むことはできなかった。しかし、ウォルターが実際のところ「全部片付けた」話をしてくれ、私自身もその頃には関係者全員にとってそれが最上の策ではないかと考えるようになっていたので、人事の変更に手をつけることにした。私にとってはかなりの勇気を要することだった。

ウォルターと電話で話し終えて受話器を置こうとした時、アルが青白く硬直した表情で私のオフィスに入ってきた。アルは言った。「これは君の望んだことなのかい?」。もう引き返すことは不可能だった。非情な決断はすでに下されていたので、私は淡々として言った。「そう、残念だけど、そういうことなのよ」。公平に見て、確かに正義は彼の側にあった。彼は言った。「君の口から直接聞きたかったよ」。その時、彼に事情を説明したかどうかについてはまったく記憶がない。しかし、私たち双方が感じた苦痛は未だに心の中に残っている。

結局のところ、ベンでさえも事があまりにも急速に展開したのに驚いた。彼が着任してから三カ月後の一一月一五日、ベンがアルに替わってワシントン・ポストの編集局長となることが発表された。発表の中には、アル自身が「経営管理業務から外れ、全国的および国際的事件の取材・執筆という古巣に戻ることを希望した」という内容も含まれていた。アルはポストの副主筆となり、引き続いて副社長と役員会メンバーを兼務することになった。

アルおよびジーンとの関係は損なわれ、苦いひずみが残ったが、彼ら夫妻は努めて以前と同様に礼儀正しく私に接してくれ、週末にグレン・ウェルビーの家まで来てくれさえした。奇跡のように思えたのは、アルが大物の一流記者として蘇り、人生を再構築したことである。幸いなことに、アルは会社の株式を多数所有しており、かなり裕福だったので、ロンドンにマンションを買い、トルコの別荘はそのまま所有し、ジョージタウンの広大な家も持ち続けることができた。最も重要なことは、ワシントンでの居心地が良くなかったために、彼はしばしば海外に出かけて記事を書くようになったことである。そして、海外において彼はジャーナリストとして最も重要な仕事の数々を成し遂げ、中東六日間戦争の報道記事に対しては、ピューリッツァー賞を受賞することになる。

歳月を経て、私たちの関係は元の親しさに戻った。これはまったくアルとジーンの人徳によるもので、終生私に対して不満を抱き続けても当然だったにもかかわらず、彼らの心はあまりにも寛容で、そのような方向には決して向かわなかったのである。後年、あの配置転換に際して、二つの後悔が残るとして、アルは次のように書き送ってきた。「一つは、私自身の方から自発的に決断する知恵がなかったこと、もう一つは、事が決まった後、自分自身を見失ってぶざまな態度を取ってしまったことです」。これは実質上解任された人としては並はずれた非凡な人格の持ち主の言葉だと、私は今でも思っている。

皮肉なことには、ベンの就任発表の直前、一一月二日に、アルは「ワシントン・ポストはどこへ向かうのか」と題するメモを私に提出していた。このメモは、「幸運と良き経営に恵まれて、ポストを世界一の新聞にする条件は、現在すべて整っている」と書き始められていた。七ページにわたるメモは、次のような「最後の言葉」によって締めくくられていた。「現在の状況から、『最高』となるためには、非常に苦しい決断の数々を強いられることになる。究極的な意図や目標の取りまとめ、経費に関する決定など、最も困難な決断は、もちろんあなた自身が行うことになる。これらの決断は決して容易なものではなく、穏やかに終始するものでもなく、また一夜にして到達し得るものでもないだろう」

あらゆる点で、彼の指摘は的を射ていたのである。

第3章

ベトナム戦争とポストの立場

ベン・ブラッドレーはただちに新聞の改造に取りかかった。彼とニューズウィークの仲間たちは、ワシントン・ポストの活気のない記事と主張のない編集方針に対してかなり批判的だった。彼は紙面を変えようと、はっきり決心していた。人材の発掘者、そして人の才能を花開かせる開発者として、彼はその類い稀な能力を十分発揮し、署名入り記事の書ける有名な大物記者をつぎつぎと引き抜いてきた。早々と入社してきた人たちの中には、スタンリー・カーノウ、ジョー・クラフト、ウォード・ジャスト、ディック・ハーウッドなどがいた。

バート・ローエンがニューズウィークから経済担当編集者として移ってきて、ビジネス担当記者一人でカバーしていた分野の拡充を始めた。特筆すべきは、政治記者としてスター的存在だったデヴィッド・ブローダーがニューヨーク・タイムズ紙から来てくれたことだった。ベンはまたニコラス・フォン・ホフマンも雇い入れたが、このホフマンこそ、後にサンフランシスコのハイト・アシュベリーにおける麻薬現場を最初に取材した記者となるのである。その時の彼の記事はあまりにも生々しく実情を描いていたため、触発されたベン自身がサンフランシスコに飛んで、ヒッピーたちの世界を自分の目で確かめようとしたほどだった。ニック〔ニコラス〕の奇抜な発想と独創性は、リスクを引き受ける編集責任者を必要としたのだが、まさにベンがその役目を果たしたのだ。

またポストは、少なくともニューヨークの三つの新聞が、激しい労働争議による危機の末、消滅したことによっても大きな恩恵を受けていた。ヘラルド・トリビューンからはハリー・ローゼンフェルドが移ってきて夜間の海外ニュース編集者となり、後にデーブ・ラヴェンソールに交替したが、二人とも編集陣にとっては非常に強力な補強だった。一九六六年から六九年にかけて、私たちはおよそ五〇人のニュース要員を新たに加えた。一九六九年度の編集局予算は二二五万ドル増大し、総額で七〇〇万ドルを越えた。

この間、もちろん退社する人も相次ぎ、そのうちのいくつかは、本当の意味で言わば新旧の交代を象徴するものとなった。長らく夜間の社会部を担当してきたジョン・ライズリング、カメラマンのチーフのヒュー・ミラー、そして政治及び国内問題のスター記者だったエディー・フォリアードの三人が、ほぼ同時期に退職することを決心した。私はお別れのパーティーで、彼らがポストに尽くしてくれた総計一三〇年の努力に対し、厚く感謝の気持ちを述べた。それ以外の退社していく人たちについては、非常に心を痛めた。いい人材を失うことは辛かった。私が何か間違ったことをしたからではないか、あるいは何かしなかったことが原因ではないかと思い悩んだ。他の会社から、断われないような好条件を提示されて退社する場合もあることには、思い及ばなかった。

ベンの場合、経営者としての才能は才能発掘者としての才能には劣っていたと思う。しかし、彼は彼なりに経営管理の分野でもじわじわと能力を発揮していた。重要だったのは、彼が部下を奮い起たせる能力があったこと、そして失敗を犯しても結局はそれを訂正して前へ進むことができたことだろう。彼は急速に要領を習得していった。その中には、経理に関してジョン・スウィーターマンといかにして渡り合うかも含まれていた。

最初はベン自身の編集局予算に関しても、ジョンの方が豊富な知識を持っていたため、一年目は完全な敗北に終わった。しかし、敗北は二度と繰り返されなかった。二年目に入ると、ベンはほぼ互角の立場でジョンに対応できるようになり、私の暗黙の後押しもあって、状況は次第に変化していった。ジョンは、自分の考えや発言に信念を持つ人びとと、新聞にとって最も重要なことを追求する人びとに対して、尊敬の念を失わない人物だった。そして、ベンは新聞を向上させようと懸命だったのであり、もちろんそうした行動の代価は結果的に高くつくものである。

ベンの登場によって、私の生活は思いもかけない変化を余儀なくされた。彼は、私の決断によって主要な役職に抜擢された最初の人間であり、彼と私との関係は、以前からポストにいた人たちと私との関係とは驚くほど違った。私の社主としての立場とは関係なく、以前から働いていた人たちにとっては、私はまだ新参者で、後輩の若手に過ぎなかった。彼らはおおむね友好的で寛容だったが、ほとんど常に彼らが先生もしくは指導者として振る舞い、私は配下だった。しかしながら、ベンと私とは、ほとんど同じ考えで共通のゴールを目指すパートナーだった。彼を選択したのは突飛な決断だったと見る人びとも多数いたが、私にとっては正しい選択だったのだ。

さまざまなアイデアが、流れ出るようにベンから提出されてきた。彼はいつも重要な「なぜ」を質問してきた。「なぜメリーランド州の郊外に印刷工場を、建設もしくは買収しないのか？」「なぜ偉大な新聞が劣勢にならなければならないのか？」——ポストが実行しなければならないと考える事柄についてのメモが、次々と提出された。ある事柄は正しく、あるものは誤っていた。そして、ほとんどのアイデアが興味深いものだった。

ベンは体力的にも能力的にも優れていたので、ほとんどの場合、私は思い通りの行動を取らせ、おおむね彼の考え方には賛成の意向を示した。賛成しない場合にも、彼の実績を考えて、あからさまな正面衝突は避けるようにした。時がたつにつれて、私は彼とうまくやっていく方法を呑みこんだし、彼の方でも私と協調していくやり方を身につけたと思う。ある事柄についてはよく話し合ったし、彼がまったく興味を示さない事柄もあったが、彼が時間を割かない、あるいは興味を感じない事柄は、かなり早い段階で分かっていた。私たちの関係は、互いに好感を持ち合い、素晴らしく相互補完的で、建設的で、プロフェッショナルなものであり、感情的にも複雑ではなかった。そして最も大切なのは、私がポストに不断の進歩を認めることであった。

ニューズウィークの再構築も、ポストの場合と同じようにドラマチックだった。オズ・エリオットは、先端的な問題に対して非常に鋭い感覚を持つ人物なので、ニューズウィークは一九六〇年代にはかなり際立った存在だった。「ホット」な雑誌として、重要なトレンドを先取りし、人種問題について数々の記事を掲載し、また女性の地位向上問題についても取り上げ、これらの問題の今日性や社会性について、競争各社が気づくずっと前から報道を行っていた。

だが、経営的な観点から見ると、その運営は何かと適切さを欠いていた。フリッツ・ビーブは、編集責任者と経営責任者の双方に対して驚くべき寛大さを見せ、彼らが比較的自由に運営を行うのを許し、厳密な予算を組んでそれを守らせることをしなかった。私は、この雑誌がどの程度の利益をあげることができるのか、あるいは利益をあげるべきなのかについて、まったく予測もつかなかった。また、ニューズウィークの各担当責任者は、私の質問に対して感情的に反発する傾向があったし、どのような提案についても上からの介入であるように受け取ることが多かった。会社には当時、専任の経営担当スタッフはいなかった。その仕事をしていたのは私とフリッツだけで、他に二人を結ぶ電話線があるのみだった。経営部門が拡大し始めると、ニューズウィークの幹部たちは、そういう発想を嫌悪し、脅威を感じた。

オズ・エリオットが編集長で、ギブ・マッケーブが社長兼発行人の間は、編集の内容面でも広告収益の上でも、雑誌の実力はますます増強されていった。しかし、編集長が何代か代わり、特にオズが退社したり、また戻ったりしたことによって、社内の雰囲気は落ち着きがなくなり、居心地の悪い雰囲気を生んでいた。しばらくの間、こうした混乱は続き、才能を持った多くの人たちが去っていった。

新聞や雑誌の記事であれ、あるいは巷のゴシップであれ、私たちが犯したとされる人事や編集上の決定の失敗で厳しい批判の矢面に立たされるのは、たいてい私だった。また私は、ニューズウィークの編集者たちが不満を抱いている時に、彼らの文句を受け付ける窓口だった。結果として、私は社の内外からの不平不満の標的とされたのである。

このような混乱は、ニューズウィークが売りに出されるという噂に油を注ぐことになった。それはやがて報道機関の取り上げるところとなり、会社のスタッフに激しい動揺を与えた。この噂はおそらく財務アナリストたちが——特に株式を公開した後——株主に責任のある会社となった現在、そうした利益の少ない部門を保持し続ける理由は考えられないと分析したからではないかと思う。しかし、私は当時も今も一貫して、ニューズウィークはわが社にとって重要であると考えている。

私が就任した時に、会社の第三の部門である放送は、主として二つのテレビ局から成り立っていた（現在では六局に増えている）。一つは、ワシントンDCを本拠とするWTOP局で、これは幅広い視聴者層に人気のあるフランチャイズを持つ局だった。もう一つは、フロリダ州ジャクソンヴィルのWJXTで、独自の調査報道を通じてその地歩を固めようとしている局だった。

ジョン・ヘイズが、見事にこれら二局の運営の指揮をとっていた。しかし、一九六六年にリンドン・ジョンソン大統領が彼をスイス大使に任命した。会社内部から彼の後任を探そうと努めたが、結局失敗し、フリッツと私は、当時ウェスティングハウス放送グループの社長だったラリー・イスラエルを招いた。彼はさまざまな新しい人びとを引き連れて来たが、なかでも最も貴重な人材はジム・スナイダーで、彼は後にWTOPラジオのニュース部門の責任者となり、またその直後にWTOPテレビでも同じ職務についた。ジムは、まさにテレビニュースにおけるベン・ブラッドレーだった。カリスマ的で、行動力を持ち、創造的、献身的、タフ、そして才能を持つ人たちを開発する能力にも優れていた。

ラリー・イスラエルは、数々の非常に有益な事業を行った。彼の発案で、私たちはマイアミのテレビ局を買収し、フィルの名前を記念してコールサインをWPLGと改称した。また、一九七三年にはハートフォード〔コネティカット州の州都〕のテレビ局を買い入れた。ラリーはまた、系列の放送局では煙草広告をしないという決定を、法律で強制されるずっと前に行っている。さらに、ハワード大学にFMラジオ局を贈呈するというアイデアを出したのも彼である。私たちはFM局の価値を十分には認識しておらず、贈り物の価値を過小評価していたのは事実だが、これは実にユニークな行動だったと思う。当時、黒人ないしは黒人団体によって所有される放送局は、米国内にまったく存在しなかった。この局が全米初であり、後日ハワード大学の運営によって、ワシントンでは第一級の放送局として認められるようになった。

ラリーはとにかく放送が好きで、番組編成の面でもニュース面でも、非常に高いレベルを保持しなければ気がすまなかった。系列の各放送局は、確かにこの方面では向上したが、彼は残念なことにラジオ局の運営についてはほとんど知識がなく、経営管理のセンスにもあまり優れておらず、人の心をとらえて行動させる才覚に乏しかった。私自身もいくつかの会議で、彼が人を怒鳴りつけているのを目撃して困惑したことがあるが、結局それはそれでうまく運んでいるのだろうと納得していた。しかし、私の判断は誤っていた。

経営管理修業

ワシントン・ポスト社の社長として、私はこれら三部門をすべて統括しており、このためフリッツの補佐に頼る部分が多かった。フリッツはおおかたニューヨークにいて、ニューズウィークの運営に当たっていた。この他、それぞれの部門のさまざまな人たちの助けも得ていた。ただ残念なことに、フリッツと私は共通の弱点を持っていた。それは私たちが経営の専門家ではなかったことで、経営管理に関連する問題は際限なく発生し、手に負えないものが多かったのである。

私は、メディア業界の内外を問わず、良い経営とは何かについて大いに興味を持っていた。さまざまな課題に挑戦する中で、私は経営問題についても次第に真剣に取り組みはじめた。当時私の周囲にいた人たちは、私がしつこくいろいろなことを根掘り葉掘り尋ねるので、嫌気がさしていたのではないかと思う。しかし、私は何かに突き動かされているように、さらに経営のことを知りたかった。新聞経営の実態を知るために、全米各地を訪ね、旅行した。計画立案では定評のあったテキサス・インスツルメンツを訪問したし、ゼロックスとNCRの本社も訪ねた。また、新聞発行人協会（ANPA）の主催する、実践的な一週間の制作過程コースにも参加した。

会社首脳部を対象としたIBMのコンピューター教室で、七日間にわたって、コンピューターには何ができて、会社にとって何がメリットとなるのかを学んだこともある。三〇年前のことであるが、当時のコンピューターはまだ比較的単純だったにもかかわらず、会社幹部には、この新しい技術を理解し、いかなる方面で活用できるかを学ぶのはかなり骨の折れる仕事だった。大都市の新聞各社にとってはまた別の問題が付随していたので、困難はさらに大きかった。活版印刷工組合が持っていた圧倒的な支配力である。

しかし、私はコンピューターが重要な意味を持つことを知り、このコースを受講しようと決めたのである。コースは、ニューヨーク州エンディコットにある、古いカントリー・ハウスで行われた。参加したのは一〇名で、最も優れた頭脳と権限を持つ各界の指導者たちが全米から来ていた。そして、もちろん私を除いて全員が男性だった。ボストン、シカゴ、シャーロットの大銀行の幹部が三名、保険会社社長が二名、ニュージャージーのバンバーガー・ストアの社長、フィリップスの社長、ヴァン・ヒューゼン衣料会社の社長、そして大手印刷会社の社長だった。

私より遥かに経験のある聡明な男性たちにまじって、ただ一人の女性として参加している不幸な状況がまたもや始まったことに気がつくと、たちまち私はパニックに陥ってしまった。私の困惑が多少ともやわらいできたのは、参加した男性たちもまた同じように不安に襲われていること、そして一週間もの難しいコースの中で孤立無縁となった状況に困り果てていること、などに気がついてからである。私たちの絆は急速に強まった。ちょうど、外洋汽船の乗客たちがすぐ親密になるような感じだった。

一週間の研修中で楽しい思い出の一つになったのは、夜になってから、私たち研修生の寝室にされていた小さな一室に集まってさまざまな話をしたことだ。アルコール類の持ち込みは禁止されていたが、私よりずっと大胆な男性たち数人が、スーツケースの中に酒壜を忍ばせてきていた。一〇人全員がベッドの周りで立ったまま、夕食前の密かな飲酒を楽しんだのだ。各界の重鎮たちが、居心地悪そうに立って、人目を忍んで紙コップの酒を飲んでいるのは笑わずにはいられない光景だった。一週間が過ぎる頃には、私は学んだ内容を十分覚えているのに気がついた。少なくとも、コンピューターについてジョークを飛ばせるようにはなったのである。

ジョン・スウィーターマンとの関係では、しかしながら、ジョークどころではなかった。問題のいくつかは、私の関心が編集サイドに偏りがちで、営業サイドの方に向かなかったことに起因していた。しかし問題の多くは、直接的には、私とジョンとの付き合い方そのものに原因があった。私は彼が十分に考えを受け入れてくれないのが不満だった。一方では、私の就任によって新聞の運営にどの程度大きな変化が起きているかについて、私も確実に把握しているとは言えなかった。彼に対する一種の恐怖感は克服できそうになかった。そこで、私は可能なかぎり彼の判断を尊重して彼に従い、意見の違いが生じるような兆候がわずかでも見えた時には、出来るだけ早めに引き下がることにしていた。

ある意味では、ジョンは私の生まれながらの性格の犠牲者だったと言えなくはない。それは、間違っていること、あるいは改善できそうなことに対しては徹底的に食らいついていくが、正しいことに対してはそれほど関心を向けないという性格である。この性格は私自身にも向けられ、たいてい過剰な自己批判に苦しんでいた。しかし、他人はこの標的が彼ら自身か、あるいは彼らの仕事に向けられた時にだけ、私のこの性格に気づくのだった。私は、いつも他人の失敗ばかり探し、後知恵を働かせて批判する人間のように思われていた。こうして私は、特にジョンのような人物にとっては、非常に付き合いづらい人間だったに違いない。私自身はといえば、後に彼に感謝するようになり、今も多大な親愛の情を抱いている。

新聞を運営していく立場の人にとって何が最も重要な要素か、ジョンに意見を求めたことがある。「優れた判断力さ。経験がないことなどは気にしない方がいい」と彼は答えた。私は多くの外部の人びとに助言や援助を求め、社内の人材に頼っていないように見られていた。こうした不平は当を得たものだったが、私としては専門的な職場で、その道のプロたちがそれぞれどのように異なった態度をとるものか、まったく知識がなかったのである。それを学ぶにはもっと長い年月が必要だった。人の頭脳を拝借するのが私の勉強の方法だったのだ。ただ、ジョンにとっては、フィルの下で働いていた時と、私と一緒に働くようになってからとでは、状況があまりにも違いすぎるのだった。

経営について必死に学ぶ一方で、私には他にもやることが山積していた。会社は、数年のうちに何件かの買収を行っていたが、そのことで私は会社が経営的に前進しているのを感じていた。最初の案件は一九六六年のことで、これはすぐに大きな収益の中心になるものではなかったが、素敵な成功だった。複雑で時には腹の立つ交渉の末、私たちは、ホイットニー・コミュニケーションズおよびニューヨーク・タイムズ社と共にパリ・ヘラルド・トリビューンの株の三分の一をもつオーナーとなった。後に「インターナショナル・ヘラルド・トリビューン」として知られるようになるこの新聞は、二〇万部という比較的少ない発行部数にもかかわらず、世界中に影響力を持つ卓越した新聞である。その読者層には政府要人や各界指導者が含まれている。

とりわけ重要だったのは、これが私たちの記者にとって世界的に知られるきっかけとなり、海外のニュースソースにとりつく機会を与えてくれたことだ。また、これによってポストとタイムズが世界中の読者にとって、より身近になったことも見逃せない。頭の痛い問題が含まれていたにせよ、ワシントン・ポスト社にとって、小さいが重要な前進となったのは確かである。

カポーティが仕掛けた舞踏会

仕事の要求は日増しにきつくなっていったが、社交的な面では次第に賑やかになってきた。この時期は特にパメラ・ベリーとの親交によって多くのものを得た。彼女は政治的な会合の催される折りにはよくワシントンを訪れ、また私がロンドンを訪れる時には時局などについて何時間も話し込んだ。エドワード・ヒースが首相になった年、私たちは総選挙を一緒に取材して回った。労働党の記者会見にも参加したり、ヒース自身の選挙活動を追うため、ロンドン郊外の彼の選挙区ベクスリーで午後いっぱいを過ごしたりした。ヒースの保守党が総選挙で勝利を収めた現場に居合わせたのはたいへん刺激的な経験だった。そして英国の慣例に従い、彼は二四時間以内に労働党のハロルド・ウィルソンの去ったダウニング街一〇番地の首相官邸に入ったのだった。

テッド〔エドワード〕・ヒースとは友人になったが、私たちの関係は当時ニューヨーク・デイリー・ニューズにゴシップ記事などを書いて有名だった「スージー」なる記者が流した情報によって、なんとも馬鹿げた新聞記事になってしまった。彼女によれば、私は毎晩ロンドンでヒースに会っていて、キャンドルを灯したディナーを共にするため、帰国の予定を延ばしていることになっていた。ロンドンのタブロイド各紙は言うに及ばず、由緒あるマンチェスター・ガーディアンも、米国のウィメンズ・ウエア・デイリーもこの話に飛びついて、派手派手しい見出しで報じた。テッドも私も丁重にこの報道を否定したが、ちょうどその頃ロンドンに滞在していた息子のダンは、新聞紙上で母親と首相とのロマンスと伝えられる報道を読んで大いに楽しんだらしい。

この当時最も親しく付き合っていた友人はポリー・ウィズナーだった。悲劇が彼女を襲ったのは一九六五年のことである。彼女の夫のフランクが、メリーランド州ガリーナにあった農場で、フィルとまったく同じ方法で自殺したのだった。私たち二人の人生がこれほどまで同じパターンで進んで行くのは、ぞっとするような、不気味な思いだった。フランクの死後、ポリーは長いこと引きこもった生活を送っていたが、後に二度目の夫クレイトン・フリッチーという、幸せな伴侶とめぐり合うことができた。

二人とも未亡人になってから初めての旅行は一九六六年のことで、私の母が好んだサラトガ・スプリングズの温泉に出かけた。そこに滞在している間に、トルーマン・カポーティが電話をしてきた。彼は私を元気づけるために、盛大な舞踏会を催すつもりだと言った。彼の言葉によれば、「あなたがこれまでに出たパーティーの中で最も素晴らしいものになる」ということだった。

私の最初の反応は、「そんなこと、してくれなくて結構よ。本当に有り難いとは思うけど。私に元気づけは必要ないわ」であった。しかし、トルーマンは自分のプランをいきなり話し始め、私の反応など全然気にもとめなかった。彼の説明では、ニューヨークのプラザ・ホテルの大舞踏会場が大変気に入っているのと、映画『マイ・フェア・レディー』の中に出てくるアスコット競馬場のシーンで、セシル・ビートンが登場人物全員に黒と白の衣装を着せていたのが非常に印象的だったので、今度計画している舞踏会でも、参加者には黒と白の服で、顔にマスクを付け、真夜中になったら外してもらうということだった。そして、私がパーティーの主賓だという。

私には彼の計画自体がよく分からなかったし、本気とも思われなかったので、あまり深く考える気にはなれなかった。しかし、その直後、ポリーと私が「21」でトルーマンと一緒に昼食をとっている時に、あのパーティーは私のためというより彼自身のためなのだと気がついた。

彼は、『冷血』を書き上げたばかりで疲れ切っていたので、何か変わったことをやってエネルギーを取り戻したかったのだ。私は単なる「ダミー」だった。

いずれにしろ、興奮はかきたてられていくばかりだった。トルーマンの「黒と白の舞踏会」と呼ばれるようになった、このパーティーは、ある意味で私の社交生活のハイライトとなった。さっそくゴシップ記事は、誰が一一月二八日のイベントに招かれなかったか等々を取り沙汰するようになった。パーティーの数週間前から、雑誌や新聞が数ページを割いて、出席を予想されるニューヨークや世界中の若い美女たちを扱っていた――彼女たちの衣装、ヘアスタイル、そしてマスクはどんなものになるか等々。トルーマンは招待者のリストを作成するのに大変な時間をかけていた。一時は次のように語ったと伝えられた。「同伴者なしで招待された方々は、非常に金持ちであるか、非常に才能があるか、あるいは非常に美しくなければならない。当然、この三つすべてを備えた方が最もふさわしいのですが」

彼のリストにのった人びとは、ニューヨーク、カンザス（『冷血』の舞台）、カリフォルニア、ヨーロッパ、アジア、南アメリカなど全世界から来ることになっていた。職業も、舞台や映画、文壇、芸術界、実業界、そして報道関係など多岐にわたっていて、すべてトルーマンの友人だった。ゲストの中には、ジャネット・フラナー（ニューヨーカー誌のパリ特派員、ジュネ）、ダイアナ・トリリング、クローデット・コルベール、フランク・シナトラと夫人ミア・ファーロウ、グレンウェイ・ウェスコット、ソーントン・ワイルダー、キャサリン・アン・ポーター、ヴァージル・トムソン、アニタ・ルースなどが入っていた。私は二〇組のゲストをワシントンから招くことを許されていた。

私はフランス製のドレスを持っていた。ピエール・バルマンのデザインで、バーグドーフ・グッドマンの店でコピーされたものだった。白いクレープ地のシンプルなもので、青ねずみ色のビーズが首の周りと袖の部分に付けられていた。マスクの方は同じバーグドーフの店で、当時まだ帽子を製作していたハルストンに頼んでドレスに合うように作ってもらった。ハルストンに指示したのは、私の身長が五フィート九インチであること、あまり頭の上にそびえ立つようなものにしてほしくない、ということだけだった。それに、トルーマンと私は会場で来客を迎えなければならず、マスクに把手が付いていて手で支えるようなタイプは使えないことも付け加えた。

ニューヨークにいる時にはたいてい「ケネス」の美容サロンを利用していたが、店には私を個人的に知る人はいなかった。髪をカットし整えてくれるヘアドレッサーも特定の人はいなかったし、ましてメイクアップをしたことなど一度もなかった。舞踏会の前夜、「ケネス」の店から出ようとした時、受付で働いていた女性が、「グラハムの奥様、黒と白の舞踏会に招待された方々の髪のセットで、私どももとっても忙しいんですの。あの舞踏会のこと、お聞きになりました?」と尋ねた。

「ええ」と私は答えた。「おかしいでしょう、私が主賓ということになっているの」

彼女は息を呑んだ。そして、誰が私の髪を担当することになっているのかと訊いた。誰なのか私には分からなかったし、メイクアップの予約も取っていなかったのだ。彼女はあわてて動き始め、ケネス自身が私の髪を担当すると言い出した。事実、彼女は私をケネスに引き合わせてくれ、彼は翌日の最終予約をとってくれたのだった。

翌日、彼が美しいマリッサ・ベレンソンの髪に一つ一つカールを作ってピン止めしていくのを見ながら、私は自分の番を待っていた。最後に、彼は私の髪にとりかかってくれた。待った甲斐があったというものだった。鏡の中をのぞくと、最高の自分が映っているように感じた。もとより、その夜の舞踏会場を埋めつくした知的な美女たちに競べれば、最高の私も見捨てられた孤児のように見えたことだろう。

トルーマンはパーティーの細部に至るまで、すべてを完璧に計画していた。舞踏会に先立って数十回の晩餐会を手配し、参加者全員がいずれかの晩餐会に出席できるようにするなど、水際だった運営の指揮をしたのだった。彼と私はペイリー家に立ち寄ってグラスを傾けた後、いよいよ「プラザ」に向かった。すでに玄関前に群がっている人びとを押し分けて中に入らなければならなかった。二〇〇台以上のテレビカメラとスチールカメラのレンズの砲列が、ロビーから狙っていた。この光景は気分を高揚させたが、同時に恐怖を感じさせるものでもあった。このような情景は見たこともなく、ましてやこれだけの注目の的になったことなどなかったのだ。

トルーマンは、唯一つだけ私に頼んだことがあった。私たち二人用にピクニック・ディナーを注文して、舞踏会場に下りて客を迎える時がくるまで、ホテルの部屋でそれを食べながら待っていたい、というのだ。彼の望んでいるのが主にキャビアとシャンペンであることは分かっていたので、私は「21」から「バード・アンド・ボトル」を取り寄せることにした。私は自分でキャビアを買ったことがなかった。値段を聞いて四分の一ポンドだけ注文したのだが、その量たるや、それぞれのスプーンにただの数杯分しかなかった。加えて、鳥肉は乾いてパサパサだった。私は大変恥ずかしい思いをしたが、幸いなことに、トルーマンは非常に興奮していたので、機嫌をそこねることにはならなかった。

夜一〇時ちょうど、私たちは客を迎えるため下に降りて行ったが、何人かのゲストはもうすでに到着していた。一〇時半になると客はどっと流れこんできた。私はトルーマンの横に立って、彼が来場する一人一人を紹介してくれるのに応えていた。

不思議なことに、いちど報道カメラマンたちのレンズの砲列を切り抜けると、ゲストたちはカメラを忘れ、それと同時に自意識も忘れるようだった。そして、舞踏会は本当に親密な、気楽な、和気あいあいとしたものになった。ピーター・ドューチンの魅惑的な音楽と、上等でシンプルな食物が非常に効果的だった。思い出に残るシーンは数々あったが、リンダ・ジョンソン、マーガレット・トルーマン・ダニエル、アリス・ルーズヴェルト・ロングワース――いずれも元大統領の娘――が、一緒に会話を交わしたこと、ローレン・バコールとジェローム・ロビンスがダンスのリードを取って皆を大いに舞い上がらせたことなどがハイライトであった。

トルーマンは多数の若い人たちも招待していたが、その中にはマリエッタ・ツリーの末娘で当時まだ一六歳だったペネロープも含まれていた。トルーマンはペネロープが傑出していることを見抜いていたので、彼女を招くことでマリエッタに挑戦したのだろう。

スーザン・メアリー・オルソップは、その夜、舞踏会に出かける直前に、マリエッタとツリー家の書斎で一時を過ごしていた際、この高校生が入ってきた時の衝撃を憶えている。ペネロープは、当時はそれだけで目をむくような代物だった黒のレオタードと、何か小さな胸当てを着け、黒と白のマスクを手に持っていた。スーザン・メアリーは、たしかに彼女が目のさめるような華麗さと美しい肢体を持っていることを、この時改めて思い知らされたと話している。彼女の家庭教師が、どうしてよいのかわからず、涙ながらに彼女に続いて書斎に入ってきた。しかし、ペネロープは舞踏会に出ることを許され、そしてあの鋭い観察眼を誇る編集者だったダイアナ・ヴリーランドが、その夜のうちに契約し、後にニューヨークでも最もギャラの高いモデルの一人になったのだった。

なぜ私が主賓だったのだろうか？　真相はよくわからない。トルーマンと私とは仲のいい友達ではあったが、私たちの関係は、ベーブやマレイラという、おそらく当時世界有数の美女二人とトルーマンとの関係のように親しいものではなかった。二人のうち、どちらがより美しいかを話している時、トルーマンは「もし二人がティファニーのショーウィンドウに並んでいるとしたら、マレイラの方が値が張るだろうね」と言ったことがある。彼は、スリム・キース、パメラ・ヘイワード、リー・ラジーウィルなどとも大変仲がよかった。しかし、多くの友達とつぎつぎに喧嘩別れしたあとでも、彼女たちに抱いたような興味を私に対して持つことは結局なかったのだ。彼は私に対して、ある種の保護者のような感情を抱いていたのではないだろうか。

トルーマンは、私が彼の多くの女友達のような華麗な人生を送ってはいないことをよく知っていた。彼はあのパーティーを私のために開いてくれることで、そのような魅惑的な人生の過ごし方を、ただ一度だけ非常に身近に、見せてくれようとしたのではないだろうか。それに、華麗な人生という点から言えば、当時の私はいわば中年になってからデビューしたシンデレラのような珍しい存在であり、あのような舞踏会の主賓にはふさわしかったのかもしれない。私は招待された客のほとんどを知らなかったし、彼らも私を知らなかった。彼はパーティーの成り立つ理由、つまり主賓の存在を欲していたのであり、私はまったく違う世界からの来訪者で、彼の魅惑的な女友達と競う立場にはなかった。トルーマンに関する伝記作家の一人、ジェラルド・クラークは次のように推測している。

「彼女〔ケイ〕は、議論の余地はあるにしても、全米で最も権力のある女性の一人だった。しかし当時ワシントン以外ではほとんど知られていない存在でもあった。彼女にスポットライトを当てるのは、究極的には言わばピグマリオンとしての役目を果たすことだった。それは、亡くなった夫の影を抜け出して、彼女が登場したのを象徴することでもあった。彼女は一人の独自の女性として世界の前に立つことになったのである」

パーティーに関する報道は、国内でも国際的にも、その後数日から数週間も続き、トルーマンを非常に喜ばせた。ロングワース夫人によれば、パーティーは「見るスポーツの最も洗練されたもの」であり、この発言はニューヨーク・タイムズの関連記事の見出しとして使われた。タイムズは大きな写真を掲載し、大きく紙面を割いて詳細な記事を載せるとともに、招待者全員のリストを公開した。ポストは、立場が微妙だったので、婦人欄の第一面で内容を報じた。

舞踏会の翌日、ダイアナ・ヴリーランドが電話をかけて来て、当夜の扮装そっくりそのまま、髪型もメイクアップも衣装も同じようにつけて、もう一度セシル・ビートンに写真を撮らせてくれないかと頼んできた。彼は舞踏会の前にも私の写真を何枚か撮っていたのである。彼女によれば、「ケネス」のセットによって私は見違えるほどよくなったという。アーサー・シュレジンジャーによるお世辞たっぷりの記事とともに、この写真は次の年の一月に、ヴォーグ誌に掲載された。

こうした世間の注目に対する私の反応は複雑だった。有名になること、そして評価の上がることに、私に一種の恐怖を感じずにはおれなかった。そして、真面目なプロフェッショナルになろうと決心していた私自身を傷つけることにもなったと思う。しかし不思議なことに、パーティーそのものは、マリー・アントワネットの最後のご乱行などと非難されることはまぬがれた。多分これは、ウーマン・リブ運動が活発化する以前のことであり、都市における深刻な人種問題が表面化するより数年早かったせいだろう。そしてベトナム問題は、まだ私たちの社会を揺るがす火急の大問題とはなっていなかった。あの時が、それほど咎め立てされないで、あれほどの大舞踏会を開催できた最後のチャンスだったかもしれない。

ただし、もちろんある程度の批判はあった。ピート・ハミルはニューヨーク・ポストで、招待者の間で交わされた会話のいくつかとベトナムのホラー・ストーリーとを対比させ、パーティーを批評した。また、クエーカー教徒の友人ドルー・ピアソンは、妻のルヴィーと私が親しかった関係で、私の招待客としてパーティーに参加したが、かなり批判的なコラムを書いた。招待に応じるからには批判的な記事は書かないとルヴィーに約束しておきながら、彼は、トルーマンのパーティーは「彼を有名にしたカンザスの悲劇〔『冷血』のこと〕の意義を損なうものでであり、マレイラ・アニエリはその衣装代をイタリアの洪水被災者のために献金すべきだったと書いたのだった。

私にとっては、あのパーティーは素晴らしく楽しかった。私の現実生活からはとうてい考えられないものだっただけに、余計にそう感じたのかもしれない。あのとき人びとは私をまつりあげ、有頂天にさせてくれた。私の生活スタイルには決して似つかわしくなかったが、あの魔法の夜だけ、私は変身することができたのだった。

ベトナム戦争をめぐる亀裂

一九六六年、長男のダン〔ドナルド〕・グラハムは、学生新聞クリムゾンの編集に学生生活のほとんどを費やしたにもかかわらず、ハーヴァード大学を卒業した。しかも優等で。彼は徴兵を待たず、陸軍に志願する決心をした。この決心は私を大変驚かせた。大学院への道を選ぶのではないかとずっと思っていたからである。その頃は、大学院進学者には徴兵は適用されなかった。ダンの友人のほとんどは戦争に反対していたし、彼自身にもためらいがあったと思う。しかし、将来の決心を訊いたとき、彼は静かにこう言ったのだった。「金持ちの子弟は学校に残れて、貧乏な人たちが徴兵されている。僕は、そんなことにはがまんできないからね」。彼がベトナムに派遣される可能性あるいは確率が非常に気になったが、そのような心配を議論するのは無駄なことが分かった。

一九六六年八月二二日早朝、私は車を運転してダンをワシントンのユニオン駅まで送った。私たちは別れの言葉を交わし、彼は列車に乗り込んでノース・カロライナ州フォート・ブラッグに出発して行った。二四年前、フィルの従軍を見送った時の思い出が蘇り、胸が張り裂けそうだった。ダンの手紙も父親のフィルにそっくりだった。道理の通らない軍隊生活、至る所で目にする心ない蛮行、恐怖を助長するためだけの規則など、抑圧された状況に対する皮肉っぽい記述が続いていた。

まだ学生のうちに、ダンはクリムゾンの編集を一緒にしていたメアリー・ウィスラーと恋愛していて、結婚しようと決めていた。私は彼のこの決心には、穏やかに懸念を表わしていた。理由は、まだ二一歳という二人の若さと、従軍のもたらす錯綜した感情に流されている可能性であった。しかし、彼は意志を曲げなかった。両家の家族全員と、ダンとメアリーの友人たちは、一九六七年一月、メアリーの育ったシカゴに集まり、結婚式が行われた。

挙式後たった六カ月で、ダンはベトナムに向けて出発した。この戦争は後に全米を苦悶させる大問題に発展するが、当時はまだ火種が燃え広がり始めたばかりだった。しかし、それが私の個人生活の中に侵入してきたのだ。第一空挺師団に配属されてベトナムに従軍しているダンから頻繁に配達されてくる手紙によって、そこで何が実際に行われているか、その真実を知ることができた。最初の手紙の一通、ベトナム到着後二週間で書かれたものには、すでに懐疑の影が色濃く反映している。

「空挺師団の兵士たちが、この国の人びとに何をしているかを考えるだけでうんざりさせられますが……僕は、兵士たちがその行為をやり通す態度、彼ら自身にはまったく関心もなく信じてもいない大義名分のために、この国で嫌悪する戦闘に従事し続ける態度は称賛に値すると思います」

彼はまたメアリーに対して、戦争の結末がどうなるにせよ、「最悪の状態はわれわれの側にふりかかるのではなく、この国の貧しい貧しい人びとにふりかかるのです。貧しいベトナム人たちは何が起ころうとも苦しみ続けるに違いないのです」とも書いている。

九月になると、彼は私に次のような手紙を送ってきた。「こちらにいて漠然とではありますが見えてきたことが一つあります。それは、明らかに間違っている政策が遂行され続けているということです。これは何故かと言うと、政府にとって政策の転換は、それに先立つ誤りを認めることとなしには実行不可能だからです。たとえば、マクナマラ〔国防長官〕が北爆はうまくいかず、実質的な効果を上げていないので中止すべきと判断したとします。この場合、ジョンソン〔大統領〕は国民に向かって『さて、われわれは数機の飛行機を失い、数百人のパイロットを失い、また数百万ドルを失いましたが、これはわれわれの政策が誤っていたためと結論せざるを得ません』と言えるでしょうか？」

しばらくの間、ポストはベトナムに、ただ一人の特派員しか送っていなかった。ウォード・

ジャストで、彼は一九六七年一〇月中旬の段階で〈アウトルック〉欄に、ベトナムに関しては、何事もただちに信じるのは危険であるとの記事を寄せている。

ダンはこの記事を読み、同感して次のように書いてきた。「この国に派遣されている米軍の間には、本当にいまいましいほどの自己欺瞞が横行しているのです」。彼が見るところでは、ベトナム一般市民の犠牲者は「身の毛もよだつ」ほど多く、彼によれば「基本的には無実の傍観者であり、援助を求めたわけでも、北ベトナムと戦うよう頼んだわけでもない人民に、私たちがこのような大きな災厄をもたらしているのは、何とも言いようのない恐ろしいことです。戦争の結果がいくらかは肯定的なものであったとしても、われわれがこれまで彼らにしてきた行為によって、親米的にすぎる政府は南ベトナムでは絶対に長続きしないと思います」。

テレビ放送がベトナムの戦争を全米の家庭の茶の間に持ち込むにつれて、家庭前線も次第に沸騰していった。多くの若者たちは、戦争に抗議することが、戦争に参加して国家に奉仕するのとまったく同様に愛国的な行為であると考えるようになった。ダンは、全米におよぶデモの波を伝え聞いて、その影響に心を痛めている。

「保守的な、あるいは政治問題には無関心な僕の知人たちが、ちょうど僕が通過してきたような経過をたどって、過激派の主張する癪にさわる真実（たとえば戦争は悪であるとか、われわれはベトナム人民に対してあまりにも残酷である、等々）を認め、抗議運動に参加して興奮しているのを見てきましたが、一方こちらでは、まったく異なった経験をしている人びとも沢山いるのです。彼らは、多くの友達が死んでいくのを目のあたりにしています。彼らはまた、いずれ自分たちも死んでいく運命にあるのを知っています。しかし、今すぐ死にたくないのも事実です。彼らの立場では、ベトナム人への対処の仕方など、二の次の問題にしかなり得ないのです。僕たちは、戦争が終わる頃にはバラバラになっているのではないでしょうか。何が起こるか心配になります」

彼の述べた、バラバラに崩壊してゆく状況を、私自身も家庭の中で経験させられることになった。次男のビルは、ダンと正反対の方向を選び、戦争に対して抗議し、デモをする側に廻った。ビルと三男のスティーヴはともに米国を変容させた世代に属していた。彼らは髪を長く伸ばし、麻薬を経験し、それまでとは異なった新しい人生の送り方を始めていたのである。

一九六七年の秋、いわゆる「徴兵阻止週間」の際に、ビルはオークランド徴兵センター前でデモを行って逮捕された。現場写真によれば、彼は腕を振り上げた状態で、武装警官に立ち向かっているように見えた。警察側の主張では、これは威嚇行為になるのだった。しかし、ビルの主張によれば、武装警官を殴ろうとしているのでないことは明らかで、これは自己防衛の行為であった。担当判事は、デモ参加者全員を投獄するという意向を示していた。私たちの会社の顧問弁護士ビル・ロジャーズがビルの弁護を引き受けてくれ、サンフランシスコの弁護士仲間と連携をとりつつ活動してくれた。私は、ビルに前科がつくのを避けたかった。そして、結局ロジャーズがビルを実刑判決から救ってくれたのだった。しかし、ビルは大学三年生の時に再び逮捕される。この時彼は、防衛関連の研究も行っていたスタンフォード大学科学調査研究所前で座り込みに参加していた。この時には、座り込み参加者は自分たちグループを代表する弁護士を雇っていたので、私は介入できなかった。

私にとってこれらの経験は、一種異常な、そして辛いものだった。息子の一人はベトナム戦争に参加しており、もう一人は国内で戦争に抗議しているのである。ある意味では、この差は彼ら自身の個性の違いから生まれてきたものだった。しかし、もっと大きな理由は、三年という彼らの年齢差だったのかもしれない。いずれにせよ、彼らの意見の違いは二人の人間関係を損なう結果にはならなかったし、また私と彼らとの関係を変化させることもなかった。しかしながら、彼らのまったく異なる対応は私自身の戦争に対する疑惑を深める結果となり、この問題に対して取るべきポストの立場についての私の気持ちに影響を与えずにはおかなかった。

ラス・ウィギンスは、ポストの主筆として、論説とニュース報道の両方を監督する立場にあったが、特にベン・ブラッドレーがニュース部門を統括するようになってからは、主として論説部門に努力を注いでいた。私は、依然として政府支持の立場を取り続けていたラスの方針に基本的に従ってはいたが、戦争に対する新聞の立場については疑問を感じ始めていた。

私個人に対して議論をしかける人びとも増えてきた。その多くは友人たちで、ビル・フルブライト、ウォルター・リップマン、そして当時はあまり親しい友人ではなかったが、時折会う機会のあったボビー〔ロバート〕・ケネディなどだった。フルブライトはポストを、追従的なまでに政府寄りの立場を取っているとして激しく非難していた。彼は私を連邦議会議事堂での昼食に招待し、私たちの論調を変えさせようと試みたことさえあった。私は、もちろん彼の意見を拝聴したが、どの程度心を開いて彼の言葉を聞いたか定かではない。当時の私は、とにかく戦争に関してはラスが正しいと信じていたのである。

読者からも不満の意見が寄せられるようになってきた。一九六六年三月、私自身の疑問がそれほど大きくなかった頃、あるポストへの投書に対して私は次のように弁解がましい返事を書いている。

「私たちは一般的にベトナムに関する政府の立場に賛成してきました。ただし、この問題については、見解の相違が大いにあり得るところでもあり、私たちは決してホワイトハウス側と接触していませんし、ましてや政府部内の誰ともわれわれの論調について話し合ってはおりません」

また、他の女性読者に対して、一九六七年六月に次のように返事を書いた。

「ベトナムに関する私たちの立場の決定に際しては、この困難でいらだたしい問題に対してすべての人が抱いている深い関心と苦悩とをもって対処しています。北爆に関する私たちの論調については、主筆のラス・ウィギンスが偏見のない正しい検討を常に加えているものと確信しています。しかしながら、五〇万人の米国の軍隊が南ベトナムにいる以上、彼らは私たちからの可能な限りの援助を必要としていると考えざるを得ません」

こうした見解にもかかわらず、ポストの立場についての私の心配はますます増大していった。また、戦争に対するニュース報道の立場と、論説ページの立場との間に大きな差異が目立ち始めた。一九六六年の論説では、明確に次のように述べられている。「われわれは弱小民族が自治を行い、彼ら自身の決定を下す権利を擁護するために南ベトナムにいるのである」。この一カ月後、ウォード・ジャストは特派員電として次のように伝えてきている。「われわれがここにいるのは、住民の自由を守るためとわれわれは考えているが、この地の住民はそうは考えていないのである」

一九六〇年代後半と七〇年代前半は、ベトナム戦争を考えることで、新聞社における私たちの時間とエネルギーのほとんどが消費されたようなものだった。特に、論説会議においては、その傾向が最も激しかったと言えるだろう。ベトナム問題に関連する論説は、少なくとも一九六六年末まで、ほとんどラス自身が執筆していた。

ベンと私は、ラスが六五歳で退職する意向を固めていることを知っていた。その時点は一九六八年末のはずだった。そこで私たちは、彼の後を継いで論説面を主導してくれる人材を探し始めた。なにかの機会に、ウォールストリート・ジャーナルの尊敬すべき外交問題記者フィル・ゲイリンからベンのところへ、そのポストに興味がある旨の手紙が届いた。一九六二年にフィル・グラハムが彼をポストに引き抜こうとしたことがあったが、その時にはゲイリンはジャーナルに残る決心をしたのだった。しかしその後、彼にとっては次第に居心地が悪くなり、友人のベンがポストに移ったこともあって、私たちの新聞に来ることを積極的に考えるようになったに違いなかった。

ベンがゲイリンの起用を提案してきた時、私は歓迎した。一九六六年八月、フィルとシェリーのゲイリン夫妻が、夏休みを過ごしていたマーサズ・ヴィニヤード（マサチューセッツ州南岸沖の島、高級避暑地）に私を訪ねて来た。彼とは長い散歩をして、新聞の将来に関する問題を話し合った。特に話題となったのは、首都の新聞としての論説面の役割、フィル自身のローカルな問題への知識の不足、私たちの今後の関係の在り方などだった。私はこの時、ウォルター・リップマンに会って話を聞くようフィルに勧めた。後日、彼は実際にリップマンに会い、論説面に関して簡潔で大きな教訓を得たと話してくれた。それは「予測能力を過信するな」ということだった。

また私たちは、「びっくりさせないルール」と私が名づけた約束について、かなりの時間をかけて話し合った。私が説明したのは、私と一緒に働くすべての編集者に話していることと同じなのだが、前もって話し合うことなしに紙面で重大事項の発表を読む破目になったり、突然重大な変更を知らされるのはご免だということだった。私は、離陸の時から着陸の時まで、意志決定の過程の中に身を置きたかったのである。編集者としての彼の立場には完全な自主性が与えられるだろうし、すべての点で意見が一致することも望まないが、「常に会話する」状態を保ち、その中でお互いが何を考えているのかを知っている必要があると述べたのである。朝起きて論説を読んだら、私のまったく賛成できないような内容だった、という事態の起きないようにしてほしいと彼に警告しておいた。もし万が一そのようなことが起きた時には何か代償を支払うことになるでしょうね、と私が話した時、彼が冗談混じりに答えたのを憶えている。

「それは社主の側でないのは確かですね」

私たちが最も話し合ったのはベトナムに関してだった。フィルはウォールストリート・ジャーナルの取材で二度にわたってベトナムを訪れていた。この取材の結果、彼は戦争反対の立場を明確にし、勝てる見込みのない戦争と結論していた。しかし、彼の物の見方は穏健なものであることが分かって大いに安心した。私たちは、ポストの論説がこれまでとってきた戦争支持の立場から、何としてでも脱却すべきであるという点で一致した。ただし、せっかちに行うのは避けなければならなかった。過去の立場から、非常にゆっくりと方向転換する必要があったのだ。彼の比喩的な説明によれば、ちょうど巨大な船を方向転換させるのと同じだということだった。方向を変える前に、スピードをまず落とさなければならない。

一九六七年一月に、フィル・ゲイリンが私たちの新聞に論説委員として、しかし明らかにラスを引き継ぐ目的で乗船してくると、論説面担当者間の緊張は高まり、論説会議でのベトナム戦争に関する論争は騒然たるものとなっていった。この頃には、ラスを除くほとんどの論説委員がベトナムに対する見方を変え始めていた。ハーブロックは、一九六五年から六六年にかけては戦争に関して比較的温和なタッチで筆をとっていたが、次第に政府の政策に批判的な漫画を描き始めた。私がいつも洞察力のある、偏見のない、しかも正確な報道と思っていたウォード・ジャストのベトナムからの記事も、戦争に対する彼の幻想が醒めるにしたがって、厳しいものに変化していった。

しかし、その性格に似合わず、ラスは従来の立場に固執した。幸いなことに、ラスはいつも機嫌のよい人間で、寛容な心を持ち、個人的な感情に流されることがなかった。これらによって、ベトナム問題が巻き起こしがちだった過激な感情にもかかわらず、彼と議論することが可能になった。ラスとフィルとの議論の行方は、いわば一進一退の状況を生み出したが、結局ポストは戦争に対するその論調を変化させ始めた。この間の面白い挿話としては、フィルが一九六八年七月にメグ・グリーンフィールドを論説委員に引っぱってきた時――ベトナム問題をめぐる論争が真盛りであった――ラスがフィルに言った言葉がある。「君は人生最大の間違いを犯したようだね。彼女は私の側《サイド》の人間だよ」

ジョンソン対ポスト

確かに、ベトナム問題への対処には「側《サイド》」があった。ジョンソン大統領が時の経過とともに次第に感じていたと思われるのは、彼が一方の「側」におり、私とポストとがもう一方の「側」にいるということだっただろう。もちろんこの場合、大統領の友人ラスは除いての話で、ジョンソンはラスの論説記事の一つがベトナムにおける一個師団に相当する力を持っていると述べたほどである。

あの戦争は、私とリンドン・ジョンソンとの長い友情に亀裂を生じさせた。しかし、戦争が大問題となる前から、私は彼と反対の側にいたと思う。彼は自分から電話をかけてこなくなり、一九六六年頃には、私たちの関係ははっきりと疎遠なものになっていた。内輪の親しい集まりには呼ばれなくなり、時々招かれる国家的行事の際にも、私への挨拶は冷たいか、ほとんど無視された。レディー・バードとは美化委員会の会合で定期的に会っていたし、私自身が忙し過ぎたこともあって、大統領が努めて私から遠ざかろうとしていることには十分気づいていなかった。

しかし、明らかに、ジョンソンはフィル・グラハム亡き後のポストとうまくやっていくことは困難と見ていた。確かに大統領は私たちの新聞の報道姿勢に対して、特にベトナム問題に関して、次第に不快感をつのらせていた。ジョンソンにとっては、忠誠心――それも彼の定義による忠誠心――がすべてであった。テキサス州の新聞各紙とその社主たちは彼に忠誠を尽くしていた。フィル・グラハムもまた忠実だった。ところで、ポストが俺の政策に関してあのような姿勢で報道し論評を加えるのを、なぜケイは許しておくのか?――ジョンソン周辺の人びとによれば、彼はこのような考え方から、私が新聞を陰から指揮して彼の権勢を損ねている張本人であるか、あるいはあまりにも寛容で容認しすぎる人間と見ていた。彼は、補佐官たち、なかでもジャック・ヴァレンティとジョー・カリファーノを使って私に接近させ、私を間接的に叱責しようとした。

ある時、ジャックは私を訪ねた後、ジョンソンの所に戻って、「大統領、ケイはあの記事を書いていないし、書かせる命令も出していないと言っていますが」と報告した。ジョンソンはこれに答えて、「まあ、俺があのいまいましい新聞を所有しているなら、俺のやりたいことを忠実に果たしてくれる人間だけを周りに集めておくんだが。くそ、今すぐあそこにビーグル犬の群れでも送り付けてやりたい気持ちだ。少なくとも俺が訓練してやることはできるからな」と言ったという。そこでジャックが、大統領も自分の所有するオースティンの放送局の記者たちに対しては何を報道するかいちいち指図していないことを指摘すると、ジョンソンは答えて、

「俺はオースティンにいるわけじゃないんだからね。ケイ・グラハムはあそこの自分のオフィスに座っているんだろう。あの馬鹿記者どもが何を書いているのか知っているはずなんだよな」と言ったという。

これは政治家の新聞発行人に対する、まさに古典的な見方と言えるかもしれない。ほとんどの政治家たちは、発行人がオフィスに座って、何をいつ報道するかについて指令を出しているものと思っているようである。

ジョンソンは、彼がこれからやろうとしていることに関するポストの予測記事を読むのをことのほか嫌悪していたようである。彼と私がこの件で最初に戦いを交えたのは、ワシントンDCの「市長」にジョンソンはウォルター・ワシントンを内定しているという噂を、われわれが嗅ぎつけた時である。大統領は直接私に電話をかけてきて、もしこの記事が載ればウォルターは任命されないことを理解してほしいと言った。カリファーノもその日に何度もベンと電話で話し、ワシントンのチャンスをつぶさないため、なんとか記事を発表しないでくれと懇願してきた。しかし、これがベンの良い面でありまた頑固な面でもあったのだが、この記事を掲載しないはずはなかった。私の方も、ベンにストップをかけるつもりはなかった。私たちがこれを公表した後、大統領は事実数週間にわたって任命を延期し、やっと当初の計画通りの任命を発表したのだった。ジャック・ヴァレンティによれば、「あのようなリーク〔機密漏洩〕は、誰かが大統領に強力消毒薬でも振りかけたようなものだった。彼にとっては、ああいう行為は個人的な侮辱に等しいものだ」という。

大統領が明白に理解していながら、決して容認しなかったこと――ここがまさに普通の人間には理解できないことなのだが――は、良い新聞を制作するために編集者が必ず保持しなければならない自立性であった。私はそれこそが自由であり、認可されるものではないとよく口にしてきた。私はその時も、また現在も、リンドン・ジョンソンにたいして敵対的であったことは決してない。私は新聞社で、私の定義に従って仕事を行っていたのであり、彼は彼で自分の職務に忠実だったのだ。

ジョンソン大統領は、実は職務上の件でも何回か私を呼び出している。最初はジョン・ヘイズをスイス大使に任命する際だった。ヘイズは大統領選挙戦の、放送関係の問題を解決する手助けをしており、これはジョンソンのヘイズに対する返礼の意味があった。キャロル・キルパトリックが、ラスと私と一緒に出かけて話をしたこともあった。その内容は主にベトナム関連のものだったが、かなり気楽で非公式な雰囲気の会話だった。

この時、ジョンソン大統領はその直前に行われた北爆一時停止について語ったが、彼は、この決定は誤りだと思うと言った。なぜなら、ホー・チ・ミンは、この決定を米国の弱さと優柔不断の表われと見るというのである。彼は私を真っすぐ見据えて尋ねた――君と息子が道を歩いている時に、誰かが近づいて君の顔を平手打ちし、一歩下がった後でまた君の顔の反対側をひっぱたいたが、息子の両腕は後手に縛られていた。息子はどう感じるだろうか。「さて」と大統領は言った。「これが、北爆一時停止に際してわが将兵がベトナムで感じていることなんだ」

ジョンソンは、この作戦は最終的に効果をあげないと信じていた。つまり、戦争を長期化させ、わが軍のモラルを低下させ、爆撃再開の際にも困難を招きかねないというのだ。

大統領は明らかに、戦争の行く末とわが軍の被害を、非常に心配していた。彼の説明によれば、米軍はこれまでにすでに二五〇〇人の将兵を失い、さらに一週間に五〇〇人の割合で戦死者を出し続けており、敵方の戦死者はこれに数倍するということだった。この戦争はどのような形で終わると思うかと彼が尋ねたのに対し、ラスは画然とした終結はないかもしれないと答えた。しかし大統領は、この戦争はもうすぐ終わると確信していると語った。

チトーとのインタビュー

一九六七年の夏、私はヨーロッパ旅行をしたが、その旅程の中にはチャールズ・ライツマンと夫人のジェインがチャーターしたヨットで、ギリシアの島々とダルマティア沿岸〔アドリア海〕を巡る航海も入っていた。私の母は、私たちがユーゴスラビアに立ち寄ることを知り、以前に彼女が最高裁判所長官アール・ウォレン、ドルー・ピアソンと共に旅行した際にチトー大統領に面会したことを思い出し、彼に会ってみないかと訊いてきた。彼女は実はもうすでに、私がユーゴスラビアを訪れることをチトーに書き送っていたのである。

チトーは過去二年間、いかなるインタビューにも応じていなかった。しかし、彼が面会することを承諾したため、私は急遽ヨットを降り、ローマに飛んで、予定されたインタビューの準備を二日にわたって行った。当時ニューズウィークのローマ支局長だったビル・ペパーも同行することになり、また同じ頃ヨーロッパを旅行中だった息子のビルも一緒に行くことになった。

私たちはベルグラードまで飛行機で行き、その北方にある街からモーターボートを使って、チトーが避暑のため滞在していたブリオーニ島に連れて行かれた。チトーのオフィスに座るやいなや、彼は猛烈な速さで話し始め、その内容については明らかに発表されることを予測していた。テープレコーダーはまだ日常的に使われていなかった。ビル・ペパーをちらと眺めると、私もメモを取った方がいいと思ったので、チトーがさまざまな問題についてしゃべる内容を、たっぷり二時間にわたって書き留めた。

インタビューが終わると、私たちはベルグラードに戻った。そこで私は不器用で実に遅い仕事ぶりではあったが、できる限りの範囲で内容をまとめ、その記事をポストに送った。ワシントンではそれを私の署名入りで第一面に掲載した（他の新聞社の場合と異なり、ポストの編集者たちは、発行人の寄せてきた記事といえども、掲載するか否かを決定する権利を持っていた。実際に、旅行先から私の送った記事がボツになることも多かった）。

数週間オフィスを明けてから戻ってみると、留守の間に各種の問題が山積していた。私は仕事を再開し、一週間ほどは夜間も働いて、たまった仕事を片づけた。あらかた片づいたので、ビル、スティーヴ、ラリーと彼女の夫のヤンを連れてグレン・ウェルビーに出かけ、ゆっくりと家族団欒の週末を過ごそうとしたのだが、これが新たな危機の原因となった。それは、私たちがテニスを楽しんでいる時のことだった。私はサーブをしようと球を投げ上げ、青空と太陽の方を見上げたのだが、そのまま暗黒の中に気を失ってしまった。

私の昏倒は、むしろ周りにいた人びとをびっくりさせた。私自身には何が起きたのかまったく分からなかった。気がついてみると、ビルとヤンが側にいて元気づけてくれ、しばらく気を失っていたので救急車を呼んだと説明してくれた。すでに、ジョージ・ワシントン大学付属病院に検査のため入院させる手筈になっていた。医師たちは予測としては最も危険であった脳腫瘍の可能性を含めて、あらゆる検査を行った。しかし、六日間におよぶ検査の結果、医師たちは、私の脳には何らかの原因、たとえば生まれた時に生じた傷、あるいは昔の結核の痕などで生じた変形部分があるだけであると結論した。

医師たちは、ディランティンと呼ばれる抗発作薬を服用するよう命じた。これは非常に強力な薬品だったが、私には何の説明もなかった。この薬に慣れるだけでおよそ一年もかかったが、それでも私の体は完全に順応するまでにはならなかった。突然めまいがしたり、体に震えがきたりする発作を、いつ何時起こすかもしれなかった。これからもう一生、旅をすることも、スポーツなどで体を動かして気分爽快になることもできないかもしれないと思い、非常に不安だった。

その後、体の震えもこなくなったので、薬の服用を止められないかと思って、私は何度も神経科医を訪れた。医師はそのたびに大脳スキャンを行い、問題は依然として残っているので薬は飲み続ける必要があると言うのだった。その後、およそ一五年もたってから、非常に優秀な神経科医に出会った。彼は、「薬を止めた場合、新たな発作を起こさないという保証はできませんが、服用をこれ以上続けるよりは、中止して発作が起きるかどうか様子を見たほうがいいかもしれません」と言ってくれた。私はただちに服用を止め、直後から気分がずっと良くなり、その後一度も発作を起こさなかった。

消耗し尽くしたジョンソン

一九六八年は、国家にとっても私個人にとっても、非常に重大な年になった。ベトナム戦争への介入は、過去に例を見ないほど社会を分断する結果をもたらしていた。三月一六日、ボビー〔ロバート〕・ケネディは、民主党大統領候補の指名選挙に立候補することを明らかにした。ジョンソンは、キャロル・キルパトリックとのオフレコのインタビューで、ケネディの表明で驚くことも慌てることもない、以前からケネディが出馬するだろうと予測していた、ケネディ上院議員はジョンソンの提出する立法案件についてことごとく批判するか、あるいは反対する材料を出してきたからだ、と語った。ジョンソンはまだベトナム政策に誤りはないと確信しており、それを裏書きするものとして、アジアの指導者たちが現在の方針を継続するよう求めているという事実を引用していた。

しかし、キルパトリックと話した二週間後、ジョンソン大統領はテレビ放送の中で行ったベトナム関連のスピーチの最後で、世界を驚愕させることになる。彼は再選に出馬しないことを表明したのである。彼はこのように述べた。「私は大統領職が、この政治的に非常に重要な年において、党利党略の争いの中に巻き込まれることを許容すべきでないと判断しました」。ジョンソンは、つとに知られたエネルギーも衰え、ついにレースから下りることを決断したのだった。

多くの面で、ジョンソンはベトナム戦争によって消耗し、燃え尽きたと言える。人びとが彼をどのように見ているか、彼はよく知っており、いつも恨みに似た感情を抱いていた。またこの戦争が、国内的な政策の成功をほとんど覆い隠してしまったことも無念に思っていた。

選挙不出馬を決めてからおよそ一カ月後、キャロル・キルパトリックは、ミズーリ州インデペンデンスから首都に戻る途中の大統領と、数時間を同じ機内で過ごした。ジョンソンはトルーマン夫妻を訪れた帰りであった。その時、キャロルが書きつけたメモをもとに報告したところでは、ジョンソンはNBC記者のレイ・シェーラーの方を向いて、NBCは言語道断なまでに偏見的な放送をしていると叱責し始めた。「ケネディ暗殺と私とのただ一つの違いは、私がまだ生きているということだけで、こっちの方がよっぽど苦しいんだ」。そしてまた「プレス〔新聞・放送〕が私を理解しているより、私の方がよっぽどプレスを理解していると思う」とも言ったという。

大統領選挙キャンペーンが進行するにつれて、私の家族内での政治論議も過熱していった。ダンは、ある程度距離をおいて成り行きを見ていたので、二人目の赤ちゃんを生むため入院していたラリーや病気療養のために同じく入院していた私の母との議論を大いに楽しんだようだった。「二人が話したがっていたことは何だと思いますか?」とダンは書いてきた。「もちろん、ボビー・ケネディのことです。お祖母さまは明らかに不支持で、ラリーは支持派ですからね。家族全員が集合したら、前例のないほど面白くなるのではないでしょうか。党大会の終了するまで、ここに居残ろうかと思っています」

母は、乳ガンの手術のために入院していた。私は非常に心配だった。母は八一歳だったし、関節炎のため、ほとんど車椅子の生活を余儀なくされていた。しかし、母には精神的なエネルギーがあったし、物事に対しては気分のおもむくままに対処していた。

手術前日の夕方、私はベッドの脇で母と過ごしながら、なんとか手術のことを忘れていてもらおうと、いろいろな話をした。ボビー・ケネディは、彼女にとっては感情的な問題になりつつあった。母は、普通の人にはありえないような激しさで彼を嫌悪していた。母は落ち着いているどころか、ボビーのことを何度も繰り返して話題にし、非常に激しく非難し続けた。私は彼を尊敬していたので、母の激高した長広舌には耐えられなくなってきた。とうとう私は、はっきりと話題を変えるしかないと宣言し、その時はそれで事が済んだ。翌朝、私の兄が麻酔から醒めはじめた母のベッドの側についていた。朦朧としながらも、彼女は片目を開け、はっきりとした声で、「何でケイはボビー・ケネディなんかがあんなに好きなんだろうね」と言ったという。

銃後を担う米国全土の国内戦線は、その春、大変な騒動に見舞われた。四月にマーティン・ルーサー・キングが暗殺され、全国に炎のような騒動がもちあがった。ワシントン市内でも、彼が殺された夜は一晩中事態は収拾されなかった。私は社内に残り、残業していた何人かは屋上に登って市内に広がる火の手を見ていた。火事はポスト本社のある一四丁目の周辺で最も激しかった。暴動と掠奪行為が至る所で繰り返された。最後に、およそ一万四〇〇〇人の州兵が投入され、地区警察を総動員した三〇〇〇人近くの警察官と共に、各所に配備された。

ジョンソンの補佐官ジョー・カリファーノが後日語ったところでは、黒人指導者のストークリー・カーマイケルが一四丁目で暴徒を組織し、ジョージタウン大学の方へ突撃してあたりを炎上させようとしている、という情報がホワイトハウスに届いた。ジョーは、ジョンソン大統領がその報告を読んだ後、にっこり微笑して「畜生め、俺はこの日のくるのを三五年間も待っていたんだ」と言ったのを聞いたという。暴動の最中にあってもジョンソンのユーモアのセンスは衰えず、エリートたちの聖域に対する日頃からの軽蔑を思う存分ぶちまけたのであった。

ボビー・ケネディ撃たれる

六月五日早朝、寝室の電話が鳴った。出てみるとベン・ブラッドレーの声で、ボビー・ケネディが撃たれたという。そしてベンはこう付け加えた。「印刷を中止して、この記事を載せた版を作らなければならないが、ジム・デイリーが印刷中止を拒否しているので、あなたも急いでこちらに来てくれませんか」。デイリーはポストのゼネラル・マネジャーだったが、新聞の発行が遅れ、講読者からの苦情が殺到する事態を恐れたのだ。

私は印刷工場に到着するなり、発送場で販売担当マネジャーのハリー・グラッドスタインを見つけ、どんな代案が可能か相談した。その結果、時刻はもう午前四時になっており、通常の発送開始時間を過ぎていたので、とりあえずこれまでに印刷された新聞を配送し、その後で号外を配達することに決定した。この措置には高い経費がかかることは分かっていたが、この超大ニュースを読者に知ってもらうためには、どうしてもやらねばならないことだった。

私の決断は、ジョン・スウィーターマンとの関係をさらにこじらせることになった。彼の意見を求めておけばよかったのである。しかし、私は現場におり、そのような経営的な慣例のことなど思い浮かばなかった。事実、その時ジョンは会社に向かっている途中で、到着すると私に向かって「発送場で指示を出していたそうだね」と冷たく言い放った。私はその通りだと述べ、その時はそのまま別れた。私の思うには、ジョンも私と同じ決断を下していたかもしれないのである。というのは、彼は必要と思う時には金を惜しまない人間だったし、あの時は明らかに必要な状況だったからだ。

会社の人間関係にさらに変化が起こったのは、ボビーが死亡した夜のことだった。この時には私は直接関係していなかったのだが、新聞そのものが関係していた。ハーブロックは、不名誉紳士録という漫画を描き、その中にガン・コントロール〔銃砲規制法案〕に反対投票した全上院議員の名前を書き込んでいたのである。説明文には「殺人」としてあった。フィル・ゲイリンにとっては、ハーブロックのこの漫画を、ボビー・ケネディ暗殺の日に掲載するのは、あまりにも無思慮に思えた。彼は、説明文を抜いて絵だけを掲載することにした。ハーブはこの措置を怒り、強硬に反発した。

　この事件は、当事者の二人にとって、お互いに「口をきかない」状況が少なくとも六カ月は続くという結果をもたらしただけでなく、ハーブ自身が編集上の支配を避け、次第に独立的な態度を取るようになっていく原因となった。彼は編集局に入って来ると、親しい信頼するグループの所に行き、彼の判断の適不適をチェックしてもらうようになった。ゲイリンにとっては腹立たしい限りだったが、当時ハーブは非常な力があり、人望もあったので、独立的態度をひけらかしつつ何とかやっていくことができたのだ。

　翌六月六日、私は「復活の町」に、黒人聖職者で町のリーダーでもあったウォルター・フォントロイ師と一緒に出かけた。土埃の舞う冷え冷えとしたその地域には、ワシントン目指して行進してきた黒人団体や市民権運動の参加者たちがキャンプをしていた。さらに翌日には、聖パトリック聖堂で行われるボビーの葬儀に参列するため、ニューヨークに飛んだ。葬儀は悲しみに満ちたものとなった。遺体は、さらなる悲しみの中を、葬儀列車によってワシントンに移され、アーリントン墓地に埋葬された。この日の記憶は、まるで焼き印を押したように、私の心の中に永久に残るだろう。悲しみに沈む会葬者たちが線路の両端に長く連なり、涙を流す人びとが駅の構内を埋めつくしていた。悲しみに満ちた人びとの列は、墓地の丘を登り、彼の兄が眠る横に造られた墓所まで続いていた。

　ボビーは複雑な性格の持ち主のように思えた。彼は、兄のジョン・ケネディの選挙運動の事務長を務めた時に見せたように、非常にタフな政治家になっていたかもしれない。私たちはたびたび仲たがいをし、一度など私が泣き出したこともあった。それは、ロビン・ダグラス・ホームが書き、ポスト紙に掲載されたジャッキー・ケネディに関する記事をめぐっての議論だった。ジョー・オルソップの家で開かれた夕食会の席上、ボビーはこの記事について私と新聞の両方を非難し、激しい調子で「あなたもご亭主を亡くしているのだから、もっと分かっていいはずではありませんか」と言ったのである。この発言を聞いた時、ジョーでさえ頭を振って「まるで若い甥が、大金持ちの伯母を詰問しているみたいだね」と述べたほどである。

しかし、私たち二人はこのようなことをすべて乗り越えて友人になったのだった。数千人の人びとが目のあたりにしたと思うが、私も彼が急速に成長し、変化し、そして魅力的な政治家になって、ジョン・ケネディとは異なるけれども同じように強力なカリスマ性で、人びとと心を通わせるようになるのを見てきた。いくつかの問題については、ボビーの立場には疑問の残る場合もあったが、私の信じる多くの事柄についても彼は熱烈で雄弁な提唱者になってくれた。

ニクソン復活とハンフリー

一九六八年の夏は、さまざまな政治的問題で明け暮れた。ジョンソンとケネディが参加しない大統領選挙戦は、予想とはまったく違う展開となった。ヒューバート・ハンフリー、ユージーン・マッカーシー、リチャード・ニクソン、ロナルド・レーガン、ネルソン・ロックフェラー、そしてジョージ・ウォレスのすべてが走り出したのだ。

今や有名となった「もうニクソンをほったらかしにはしておけない」という演説と共に、ニクソンが政治の晴れ舞台に復帰した。彼にはイメージ上のさまざまな問題が残されていたので、予備選挙の期間中は、その課題の克服に専念していた。七月中旬、彼はポストの編集昼食会に招待された。出席者の中には、記者や編集者に混じって、一週間前にベトナムから帰還したばかりの、息子のダン・グラハムもいた。ロックフェラーは、その前の週に、大集団を率いて同じ昼食会に出席していた。ニクソンはただ一人でやって来た。彼はポストに来ることができて大変嬉しいという言葉から始め、私たちと面談するのを歓迎した。私が一九四六年に初めてお会いしましたねと言った時、「いいえ、ケイさん違いますね」と彼は自信たっぷりに言った。「あれは一九四七年のことでした。私たちはあなたのご両親の素晴らしい邸宅でお会いしました。有名な方々が大勢来ていて、私のような貧相な下院議員としては、身の処し方も分かりませんでした」

私たちは席について昼食を始めたが、ニクソンは太りたくないという理由で、食事を一切とらなかった。私は彼を説き伏せて、アイス・コーヒーを飲んでもらうことにした。しかし、彼はコーヒーを取るには取ったが、決して飲もうとはしなかった。少なくとも二人が昼食後に印象記録を書き残した。編集者のアル・ホーンとウォード・ジャストで、そのメモは現在でも残っており、私たちが何を議論したか、ニクソンが何を語ったかを思い出させてくれる。

ニクソンは、最初の投票で指名を獲得するという確信を持っていた。そしてロックフェラーの共和党でのチャンスは、マッカーシーの民主党でのチャンスよりずっと小さいと思うと述べた。彼はすでに副大統領候補の人選について考えていた。そして、その人選は、本選挙で勝つためにどの州を必要とするかによって決まることも、よく承知していた。彼は副大統領候補として何名かの可能性を上げたが、その中にスピロ・アグニューは入っていなかった。彼はまた、ハンフリーは現政権のこれまでの政策と相反する方針を打ち出していればもっと効果的に選挙戦を戦えただろうが、ジョンソンとの違いを明確に打ち出すには、彼から離れるのがあまりにも遅すぎた、との意見も述べた。

ベトナム戦争については、彼が政権の一翼を担っていた当時とは状況がまったく異なっており、ドミノ理論は一九六八年現在では、過去に考えられていたほどには妥当性を持っていないと思っていた。また、一般大衆は明らかに戦争の終結を望んでいるが、新しく大統領に就任する人物は、大勢に妥協せず、いわゆる「名誉ある解決」に向けて努力すべきであるとも認識していた。

ニクソンは、この昼食会で聡明な判断力を示し、参加した私たち全員に強い印象を残した。当時ポストに加わったばかりのメグ・グリーンフィールドが、昼食会の後「家に飛んで帰って、いま見聞したばかりのことを考え直してみたい」と話していたのを憶えている。ゲイリンも、この昼食会の思い出を後に語っているが、それによれば、あの会合はニクソンの生涯の中で誰にも脅威を感じずに話すことのできた、きわめて珍しい例だと思うと言っている。

完全な非公開で行われたので、限られた人びとを前に、ニクソンはまるで世界の頂点に立っているかのようだった。しかし、マイアミに行くやいなや、ロックフェラーとレーガンからのごく軽い挑戦を受けて、彼はまた怯えてしまい、相手の二人が共同戦線を張って彼を陥れ、当選を阻止しようと画策していると思いはじめたのである。フィル・ゲイリンによれば、この時から彼はまた卑劣漢に戻ってしまったのだった。私は共和党大会に参加し、ニクソンの指名を目のあたりにした。カリフォルニア州知事選での敗北からみれば、これはまさに奇跡的な復活だった。

スティーヴと私は一緒にシカゴに飛び、緊迫した雰囲気の民主党大会を傍聴した。ハンフリーが、平和を旗印に掲げるマッカーシーを破って指名を獲得したが、党大会の混乱はハンフリーを瀕死の状態で秋の本選挙に向かわせることになる。街頭で繰り広げられたデモの暴力的な光景をすぐに忘れることのできた人は少ないだろう。私もデモの様子をニック・フォン・ホフマンと共に間近で目撃したし、全国放送されたテレビの画面には、デイリー・シカゴ市長が自分の喉を手で横に切る仕草をしながら、デモ参加者たちを分断し、追い散らそうとする模様が映されていた。

ポストの紙面では、私たちは中立の立場を堅持した。少なくとも建前上は。ただし、実質的にはハンフリーを支持し、論説ページには次のような記事を載せた。「これを信じるか、あれを信じるかを決めれば、おのずとXに投票するのか、Yに投票するかは決まるであろう」。ニクソンの指名決定の時には、ポストは次のような社説を載せていた。「彼はベトナム問題に対して、公的立場では尊敬すべき理解と自己抑制を示している。すなわち、国民の社会的病いのある局面に関する理解は称賛に値する」。しかしながら、その社説の続きでは、私的な立場では「彼は戦争に関して、法廷問題に関して、あるいは居住に関する人種差別問題や銃規制問題に関して、議論の場で自身の主義主張を表明することを頑なに拒んでいる。今頃になれば、われわれは彼のことをもっと知っていてよいはずだが、にもかかわらず彼は未だほとんど知られていないのである」とあった。

私たちは、ニクソンの副大統領選任についても論評した。「スピロ〔アグニュー〕の危険性」と題する社説で、ポストは次のように述べている。「十分な時が経過した後では、アグニューを副大統領候補として選んだニクソンの決断は、ローマ皇帝カリギュラが執政官として彼の愛馬を選任して以来の、最も常軌を逸した行動と考えられるかもしれない」。これを書いたのは、当時論説面を担当していたウォード・ジャストだったが、彼は続けてこう述べている。「読者諸氏は、アグニューを危険視することも、また誇りをもって支持することもできるだろう。しかし今のところわれわれとしては、怖いもの見たさで注視する方を選ぶものである」

常に政治評論家をもって任じていた私の母は、選挙前に手紙をくれたが、それにはニクソンから送られてきた印刷された書簡が同封されていた。「親愛なるユダヤ教信者の皆様へ」となっており、ユダヤ教の新年を祝うものだった。母の添え書きによれば、「彼は、あなたの論説記者たちが想像している以上に、ワシントン・ポスト紙にユーモアを発揮する機会を与えてくれそうな気がします」。

ヒューバート・ハンフリーは友人の一人だった。私は彼を大変尊敬しており、彼ならば理想的な大統領になれるだろうと思っていた。しかしながら、彼はリンドン・ジョンソンのお気に入りにはなれなかった。ジョンソンは彼をしゃべり過ぎと見なしており、ジャック・ヴァレンティに次のように話しているほどである。「ミネソタ出身の連中ときたら、口を閉じておくことさえできないんだ」。ジョンソンは、ハンフリーの多弁が、自分に災難をもたらすと思っていた。つまり、ハンフリーはその多弁で遂には政府を危機に陥れるような情報を漏らすと思ったからである。ジョンソンは、ハンフリーが意図的に漏らすとは思わなかったが、話しているうちに興奮してしまう性格のハンフリーは、ただ聞いていればよいのに、自分から演説を始めてしまうのが困るのだと考えていた。

もちろん、ハンフリーがあまりにも感情溢れる演説をし過ぎるという点では、ジョンソンは正しかったのかもしれない。しかし、彼は素晴らしく雄弁であり、人びとを笑いの渦に巻き込むと同時に涙を誘うこともできる人物だった。彼はぶっつけ本番で、非常に気のきいた発言をすることがよくあったが、まずいことにその後も延々としゃべり続けるため、目も眩むような最初の発言の効果も次第に薄れ、結局聴衆はうっとりするどころか話に飽きてしまうのだった。しかし、これらの欠点を補ってあまりあるのが、ヒューバートのユーモアだった。彼はとにかく信じられないほど面白い人物だった。そして私は、いつでも彼と一緒にいるだけで楽しくなれたのだった。

ハンフリーの魅力的な側面にもかかわらず、リチャード・ニクソンが大統領選史上まれに見る接戦の末、大統領に選ばれた。フィル・ゲイリンは、ポストの社説でニクソンの勝利にふれ、次のように書いた。「彼は、自身を試すチャンスを与えられた。そして、彼に対して安全と福祉に関する大幅な権限を委ねた国民からは、激励、協力、思いやり、それに寛大さが与えられたのである」

ハーブロックでさえ、短期間だったとは言え、ニクソンに対して親密な思いやりを示した。選挙運動期間中ばかりでなく、ニクソンの政治活動の全期間を通して、ハーブロックの漫画に描かれるニクソンは、夕方になると目立つ不精髭をつけていた。ニクソンの髭は、月日がたつにつれて次第に濃く描かれるようになり、とうとう本物の顎髭のようになってしまっていた。そこで、ラス・ウィギンスはハーブに剃刀を贈り、そろそろ漫画のニクソン氏に髭を剃ってもらう時期ではないかと暗に提案した。

ある日の編集会議の席上、この髭問題が討議され、ハーブはその日の漫画に描かれたニクソンの人物を特徴づけるように長く伸びた髭をさし示した。彼の主張によれば、髭の伸びた顔は人物の個性なのであって、たとえば大きな耳や巨大な鼻などと同様に、風刺漫画家にとっては正当で格好の標的になりうるということだった。事実、選挙翌日の彼の漫画は、合衆国大統領は単なる候補者の一人だった時とはまったく違った扱いを受けるべきだという、彼の考え方を如実に表わしていた。つまり、当日の漫画の中で、ハーブロックは自分のオフィスを理髪店として描き、その壁に次のような告知文を書き込んでいたのだ。「当店では、合衆国の新大統領にはどなたにも無料の髭剃をサービスしております。店主　H・ブロック」

社内の混沌と手探り

ポストでは、この選挙年の間、多くのことが進行中だった。ラス・ウィギンスが彼一流の丁重な態度で、一九六八年六月の彼の六五歳の誕生日に、「不似合なファンファーレや特別に周知されることなく」その年末に退職したいと願い出てきた。ラスは私への手紙で、「騒がしいパーティーが性に合わない」上に、このような方法で去るほうが今後の慣例としてもふさわしいと述べていた。

私はラスに、あなたのいないポストは文字通り考えることもできない、と書いた。社長に就任したばかりの時、私の周囲には沢山の助けになる人びとがいたが、なかでもラスは最も頼りになる人だった。「最もありがたかったのは、多くの人が私を本気で受けとめてくれなかった中で、あなただけが真面目に、しかも真面目すぎることなく、適切に私を扱ってくれたことです」。しかし、ラスの退職は予定よりずっと早くやってきた。ジョンソン大統領が九月末になって、ハンフリーの選挙運動のために職を去るジョージ・ボールの後任として、ラスを国連大使に任命したからである。ラスがポストにきてから、すでに二一年が経過していた。彼が去るのを見守るのは、私にとって身を切られるような思いだった。

ラスの退職にともなって、会社の機構とポストのニュースや論説の管理運営について一連の変更が行われた。政治的に中立で、党派に属さない立場をとっていたベンは、これまで硬派のニュースを重視し、論説にはあまり興味を示していなかった。そこで、ラスの退職によって彼が編集主幹（担当役員）に就任した時に私と合意したのは、当時フィル・ゲイリンの指揮下にあった論説面については、ベンではなく私に報告することだった。私は当時メグ・グリーンフィールドをよく知らなかったのだが、最初の頃、フィルが彼女をあらゆる場所に同伴するのを見て不思議に思ったものだった。メグは急速に社内での地位を確立していき、ポストにきてからたった一〇カ月の段階で私はフィルに書簡を送り、将来「ナンバーツー」を必要と考えているかどうか、そしてそれがメグだった場合「女性だからといって差別するかどうか」、あるいは「彼女自身が拒否すると思うかどうか」と打診した。

メグが社に加わってちょうど一年を迎える時、フィルは彼女を論説ページ担当の副主幹に任命した。メグの驚くべき意志力と優れた原稿執筆力および編集能力、そして彼女の桁外れの作業能力を、正当に評価してくれたフィルに対して私も感謝した。女性解放運動がまだ端緒についていない時期に、彼女を論説副主幹にすえたのは、フィルの先見性を示すものだった。フィルにとって、メグは本当の意味でのパートナーだった。彼らの共同作業について、フィルは一度このように表現している――。「二人で、子供用ピアノ連弾ワルツ『チョップスティックス』を弾いているようなもの」だ。

この数年はまた幹部社員の異動の相次いだ時期でもあった。ベンが編集主幹となり、空いた編集局長のポストにはアトランタ・コンスティチューションの元編集局長ジーン・パターソンを連れてきたが、三年ほどでベンとそりが合わないことが判然とし、ジーンは退職していった。そして、ジーンが去った後は、編集局次長のハワード・サイモンズがただちに後を引き継ぎ、ベンの性格とやり方に順応していった。彼の意欲は旺盛で、ベンの定義する仕事のやり方で見事に成果を上げたのだ。つまり、彼はベンのやらない仕事、あるいはベンが飽きてしまったり、他に興味があってやろうとしない仕事を引き受けたのである。二人の関係を組織図に明示するのは難しかったかもしれない。しかし、いずれにしろ二人の関係は明らかにパートナーであり、しかも非常にうまく機能する関係だった。

幸運なことに、ハワードの才能はベンの能力と非常にうまく補い合うものだった。彼の興味は科学（science）、医学（medicine）、教育（education）、宗教（religion）、その他なんでもござれ（all that shit）の多岐にわたり、これらの分野の頭文字を集めると「SMERSH」、スメルシュ〔旧ソ連KGBの暗殺班〕となるのだった。ハワードは、これらの分野に興味があり、もっと本格的にこれらの分野の報道がしたいと望んでいる記者たちのグループを組織し、自らそのリーダーとなった。彼は多くの記者たちにとってまたとない手掛かりとなり、また才能ある若手を探し出して、採用し、そして後々まで彼らの面倒を見た。さらに、彼には独特の剽軽で風変わりなユーモアのセンスがあり、これもまた私たちを長年にわたって楽しませてくれた。

私は次第にポストやニューズウィークの記事に関して、新しい提案や批判あるいは誉め言葉を自信をもって伝えることができるようになった。そして、自分が編集者たちに出した取材提案が通り、やがて記事として掲載され、なにがしかの効果を生むのを見るのは非常に嬉しいことだった。ハワードは、私がこのような小さなことで満足感を得ているのを知っており、私をからかって、もし記事を書けば「ブレンダ・スター〔女性記者、新聞連載漫画の主人公〕賞」を出せるかもしれないなどと言うことがあった。そのブレンダ流にあやかって、かつてある話をベンに提供したことがあるのだが、ベンは私を信じられず、ほぞをかむことになった。

トルーマン・カポーティが私を信頼して、ジャッキー・ケネディがアリストートル・オナシスと結婚すると打ち明けてくれた。もしこれが事実とすれば大ニュースである。私は旅行中だった南アメリカからベンを電話口に呼び出し、トルーマンは本当のことを言っていると思うと伝えた。ベンはただちに調査し、電報で返事をよこした。「ブレンダ、あなたは本当に凄い。しかし、当方は少々怖じ気づいている。ニュースの出所は確認したが、他の多数の情報源はすべて否定的かつ懐疑的。当紙の評判を賭けるにはあまりにも頼りない話と決断する」

もちろん、トルーマンは正しかったのである。そして、ポストは私の大スクープを逃した。幸せだったのは、ベンも私も決して根に持つようなことがなかったことである。

ハワードもまた泉のごとく湧きだすアイデアを提出してきた。あるものは良く、あるものは駄目だった。ともかく彼は、新聞の将来に関して考える材料を多数与えてくれた。ポストを改善するための提案を、決して飾らない言葉でメモにして提出してきたが、ある時など、次のような前書が付けてあった。「読み終えたら食べてしまうこと」。また、金曜日のポスト朝刊に併せて週刊誌を発行・配達するというアイデアを出したのも彼だった。この趣旨は、現在でもポストの重要な呼び物の一つとなっている「ウィークエンド」版の考え方の原型となるものだった。

ハワードは私へのメモの宛名を「ママ」としていた。この呼称は、彼だけでなくベンも時折り使っていたのだが、ベンの方は「母上《マム》」という宛名も使っていた。私は全然気にならなかったし、むしろ気に入っていた。ベンとハワードのチームワークは、何年間も非常にうまく機能した。それが次第にまずくなるのは、ウォーターゲート事件以後のことである。

一九六八年秋にラス・ウィギンスがポストを去り、私は古くからの最も重要な友人を一人失ったが、同じ年の暮れ、今度はジョン・スウィーターマンが、日々の新聞発行の責任から解放されたいと伝えてきた。これはつまり退職したいという願いに他ならなかった。彼との間には多くの問題もあったが、過去、現在にわたる多大な貢献については十分に分かっていた。この新聞が風前の灯だった一九五〇年の着任以来、合併を経て、現在の安定と力強さを得るまでの間にジョンが果たした役割は言葉で言い尽くせないものがあった。フリッツと私は何とかして思い止まらせようとした。しかし、ジョンの決心は堅かった。後年になって、ジョンは当時の心境を、「自分は疲れきっており、もうやることはやった。あとは自由がほしい」と思ったと話してくれた。

ジョンが本気であることが分かったので、新しくつくった副会長に就任してもらい、社内全部局を対象とした将来構想にかかわってもらうことにした。また、彼の後任を探す手助けもしてくれるよう頼んだ。ジョンは、私が発行人となるべきであり、私にはそれができると主張した。当時、私はワシントン・ポスト社の社長だったが、新聞に関しては役職を持っていなかった。私はすぐに、そのような役割は果たせないので、誰かを探さなければならないと返事した。しかし、ジョンは頑固だった。しかたなく、非常におびえながら、私は過去に父が果たし、後に夫のフィルがつとめた肩書を付けることになった。これによって私は、新聞の経営担当責任者を探さなければならなくなったが、適当な人材を探し出し、適切に評価する方法については全然見当がつかなかった。まだ、私は「ヘッド・ハンター」のことも、そのような事業があることも知らなかった。その役職に必要な能力についても、完全に把握しているわけではなかった。

新聞業界で数人の知人に当たりをつけてみた結果、友人の一人だったボブ・マクナマラに事情を話してみることにした。ジョンソン政権は分裂寸前だったので、彼ならば誰か適当な人材の心当たりがあるかもしれないと思ったのだ。ボブは、ポール・イグナチウスを推薦してきた。ポールは元海軍長官で、ベトナム戦争では補給か確保に功績があったことで特に知られていた。彼と共に働いた人たちから寄せられた評価によれば、彼は構想力に富むというものから、予算運営感覚がある、利益至上主義などさまざまだった。私たちは当然ポールに関心を寄せた。彼はまたいくつかの建設計画にもかかわっていた。当時私の心の中で最も大きな比重を占めていたのは、ポストの新社屋の建設計画だったので、この点では彼が適任だと考え、新聞業界での経験はまったくないが、これは後から学ぶことができると判断した。

このような経過で、私はポールを招くことを決断し、ポールは一九六九年一月、新聞の社長兼ワシントン・ポスト社の執行副社長に就任した。しかし、当初から彼の職務は困難の連続だった。私たち双方にとって非常に辛い時期だった。もとより彼は六カ月の取り決めで入社したのでないことはよく分かっていたけれど、私はフリッツに、この人事は間違いだったのではないかと話した。フリッツは、至極当然のことだったのだが、私があまりにも性急すぎると言い、もう少しチャンスを与えるべきだと主張した。こうして、私たちはポールと一九七一年まで仕事を続けることになった。

確かに、ジョンの退職によって、私にとっては非常に困難な時期が到来した。問題はあらゆる所から続々と発生するように見えた。この会社の経営はとうてい不可能なように思えた。ポストでは、ますます厳しくなる労働組合との問題に加えて、これまでも良くなかった制作工程の問題が非常に悪化していた。ニューズウィークでは、編集面でも営業面でも問題が山積していた。各放送局では、収益やマージンの心配が常につきまとっていた。

これらはそれぞれ一つの真空状態の中で発生しているわけではなかった。私は当初、一度に一つの問題に集中して解決していけばよいと思っていた。その間、他の問題は静止状態に置いておけるというわけだった。しかし、これはとんでもない思い違いだった。会社全体があらゆる問題をめぐって旋回していたのである。私は、自分の能力不足を呪った。私に欠けている能力のすべてが積もり積もって巨大な欠陥となり、会社全体への損害となっているのではないかと焦燥にかられた。実際に会社が潰れるのではないかと本気で心配し、頭からそのことが去ったことはなかった。

自分の決断に悩み、決断しなかったことについても悩んだ。私の職権の罪と、私の怠慢の罪が重くのしかかった。私を責め立てた数々の失敗の中でも最も苦しめたのは、具体的《コンクリート》に文書の形式になっているものだった。たとえば建築契約や労働契約などで、これらは本当にコンクリートのように堅く冷たく感じられた。

この当時の最も辛い思い出は、ポストの新社屋を建設しようとした時のものだった。私たちは建築家としてI・M・ペイを選んだのだが、新聞制作には役立ちそうもない精緻極まるビルの基本計画とデザインの過程で、すでに四年近くの無駄な時間を費やしていた。そして最終的には、私たちだけでなくペイ自身も希望を失っていた。私たちは巨大な損失をここで打ち切る決断を下し、私たちの目的には合いそうもないビルの計画を中止することにした。旧社屋を設計建築した、ペイの会社ほど著名でない会社に再度、急遽仕事にかかるよう命じたことなどを除けば、ペイ設計のビルを中止したことは正しい決定だったと思う。これによって失った金額と時間は大きかったが、決断は正しかった。

しかし、私はその決断を悔いてもいた。一九七二年にビルが完成して以来、この平凡で、時代遅れで、妥協だらけの建造物に対して、非常に奇妙な矛盾した感情を抱くようになった。建設の過程に私も参加した、そのビルのどこを見ても、意志決定の過程と、その中での私の役割がお粗末だったことを思い起こさない日はなかった。私にはまだ学ぶべき多くのことが残されていた。

大混乱と疑心暗鬼の割には、ポスト紙と会社での多くの事柄は意外にうまく展開していった。ベンの指揮下で行われた画期的事業の一つが、〈スタイル〉欄の創設だった。これは、以前には〈ウイメンズ・セクション〔婦人欄〕〉と名づけていた紙面に代わるものとして企画され、「女性のために、女性に関するすべてを記事に」しようとするものだった。基本的な案はベンが企画し、デーブ・ラヴェンソールが具体化のチーフとなった。デーブは、この新しく企画される紙面にどのような内容を盛り込むかの梗概をまとめた――出来事よりも人間を主体に、公共問題よりも個人生活を重点に。読者対象は、男女両性のワシントン市民、黒人と白人、郊外在住者と都市圏住民、意志決定をする人、それに主婦であった。

実際に発足する前、その欄は〈試験風船〉と呼ばれていた。正式に何という名称で出発するかについて何回かの会合が持たれたが、結局ベンの提案した〈スタイル〉という名前が採用された。もちろん「ライフスタイル」の省略形だったが、彼の感じでは曖昧な言葉だった。〈スタイル〉欄が発足した当初は、私は慎重ながらも楽観していた。掲載記事のなかには気に入らないものもあったが、最終的な判断を下すのは控えていた。しかし、かなり早期の段階で、この新しい欄が進もうとしている方向について、危惧は次第に大きくなっていった。私は、このような状況をどのように処理してよいのか分からなかった。改良を要すると思われる部分について、どのように建設的な批判をすればよいのか。

私はこれまで、事情を冷静に判断し、たまに不満を言うのではなく、非常に頻繁に歯科用ドリルのような辛辣な批判を向ける傾向があった。ベンの強みの一つは、私に立ち向かうことになろうとも、自分の信念を貫こうとするところにあった。私たちの数少ない正面衝突の例が、この〈スタイル〉欄であった。ある時は「もう少し時間を下さい。うまくいきかけているのですから」。また別の時には非常に強い口調で「おせっかいはやめて下さい」と言った。これは厳しい命令とも受け取れるもので、普段穏やかなベンを見慣れていた私の目を覚まさせるのに十分だった。あまりびっくりしたので、それ以後は冷静になることができた。これまで過剰な要求をしていたことに気がついたのだ。しかし、こうしたことで多少の向上はあったのだろうが、依然として悪い所ばかり見つけ、良い所については無視してしまう傾向は治らなかった。

実は、この場合正しかったのは、私たちが古い因習を打破し、より重要でまったく新しい方向を手探りしていたことだった。それは、やがて夜明けを迎える新時代の生活様式であり、そこでは女性と男性の興味が次第に一致し、女性だけが食卓の支度をすべきだとは誰も考えないような世の中のことを指していた。ベンの語ったところによれば、「誰も彼もこれまでの伝統的な女性向けニュースには飽き飽きしていることは明らかです。ディーン・ラスク国務長官夫人がどこかの大使館（一〇一もあった）で建国記念パーティーに出席している写真などには、みんなうんざりしているのですから」。

事態は次第に改良されていった。〈スタイル〉欄は何代かの編集者の担当を経て、それぞれがこの欄に何かを付け加えていった。最終的に、一九七六年になって、私たちはシェルビー・コッフィーを見いだした。魅力的な南部出身の彼は、生まれながらの記者であり、また編集者でもあった。記者たちは彼を慕った。〈スタイル〉欄は、彼のもとで本格的な離陸をしたのである。そこに集まった記者たちも才能溢れる人材ばかりで、素晴らしい記事が生み出されていった。ポストの最も優れた才能の一人、トム・シェールズは、シェルビーによって採用され、一般記事の記者として教育された後、テレビ番組批評記者となった。私は彼の見解にはいつも感心していたので、実際に番組を見るより彼の記事を読む方を優先したほどだった。

ベンはサリー・クインも雇ったが、彼女もまた記者として第一級の才能を示し始めた。最初サリーはフィル・ゲイリンの面接を受けたのだが、この時彼女はアルジェリア大使の渉外秘書を務めていた。フィルは彼女をベンに紹介したのだが、ベンは、「彼女は素晴らしいんだが、今まで記事を書いたことが一度もないんだ」と言った。フィルは答えた。「まあ、完全な人などいないからな」

このようにしてサリーは私たちと一緒に仕事をするようになったが、彼女のジャーナリストとしての経験といえば、ニューヨーク・タイムズの記者ウォレン・ホッグが気紛れに代役的に使ったことがある程度で、ほとんど無経験も同然だった。仕事についた最初の日、あるパーティーの記事を書かされることになった彼女は、神経が麻痺してしまったような経験をしたと語ったことがある。彼女はウォレンを電話で呼び出し、「もう締め切りなのに、私ったら神経衰弱になったみたい」と言った。そこでウォレンは、そのパーティーのことを電話で友達の一人に話しているように書いたらどうかと提案した。最初の記事はこのような次第で大変うちとけたスタイルになった。サリーが言うには「あれは多くの人に好評でした。内容が楽しくて読むのが楽だったから。私も気楽な気分で書けました。最初の数週間で、私に期待されているのはこのスタイルだと分かったんです」。

ヘンリー・キッシンジャーも、彼の名前が〈スタイル〉欄に登場した時の印象として、腹立ち紛れに私にこう言ったことがある。「マクシーン（ゴッシップ記者のチェシール）の記事を読むと彼女を殺したくなるけれども、サリーの記事を読むと自殺したくなる」。彼の言わんとしたのは、サリーには何でもしゃべってしまうように人を仕向ける天分があり、その思わずしゃべった内容そのものでその人を表現する才能があるということなのだ。次第に腕を上げるにつれて、さまざまな人びとのプロフィールを扱ったサリーの記事は、ワシントン中の話題になるようになった。時として、人を打ちのめしてしまうような力を持つようにもなった。

一九八三年シェルビーが全国担当デスクになって〈スタイル〉を離れた時、メアリー・ヘイダーが後任になった。彼女はシェルビーとは違った意味で非常な成功を収めた。彼女の努力によって〈スタイル〉はよりバランスのとれた、より気楽に読めるものになった。また彼女は多くのスター記者を連れてきたので、パーティーの記事などはこれらの才能溢れる記者たちによって扱われることになった。これらの優秀な記者たちは、短期間この欄を担当した後、さらにジャーナリストとして栄光の道を進んでいった。こうして、〈スタイル〉欄は、今もデヴィッド・フォン・ドレールのもとで、多くの新進記者の才能と技能を育てる場になっている。〈スタイル〉はポストの売り物になっただけでなく、その考え方は全米の新聞に取り入れられ、見事に花を咲かせている。

第4章 私の女性解放運動

一九六九年にワシントン・ポスト社社長兼ワシントン・ポスト紙発行人に就任した当初から、責任範囲は能力の限度をはるかに越えていた。業務に精通しようと努力は続けたが、非常にまれな例を除いて、私が主導権をとって仕事のできたことはなかった。経営的なセンスもある程度は身につけたが、他の会社の社長たちよりは人の助力に頼ることがずっと多かったと思う。私が就任してから丸五年後に書かれた記事は、当時の私をこう表現している。「グラハム夫人は、権限を主張するより、責任を負わされることの方がずっと多い」

その通りだった。私は、いつも自分で主導権を握って、会社中の人びととの関係を冷静に最も適切な方法で処理していたわけではなかった。私は、常に自分に能力以上のことを期待していた。事実、一九六〇年代中頃から七〇年代中頃までの、一般的には豊かで充実していたと言われる年月は、私にとってはさまざまな意味で憂鬱な時期だった。

私は常に「場違い」というお荷物を背負っていたような気がする。当時感じていた不安や心配を考えると、初めて見たミュージカル・コメディー『乞食王子』の場面が思い返されてならない。突然王冠をかぶせられた乞食が王位を示すローブをまとって登場し、荘厳に、しかし不安気に大階段を降りてくる場面があった。居並ぶ弓兵たちが無表情に弓を引き絞る列の間を、神経質そうに左右を見回しながら降りてきた。私もまた誤って王位に就き、裁判にかけられているような感じを常に抱いていた。いつも試験を受けていて、一問でも間違えれば落第させられるような不安だった。単刀直入な質問、たとえばニューズウィークの街角スタンドでの販売部数などで、私はたちまち立ち往生してしまった。

望むような仕事ができない最大の理由は、私の自信のなさだった。これは一面では私の特殊な経験からきているのだろうが、大部分は当時一般に考えられていた女性の役割の狭さからきていた。これは私の世代の女性たちに共通した傾向でもあった。私たちは、女性の役割とは妻となり母となることと信じ込まされてきた。また、私たちが生を受けたのは、男性を幸せに、快適にさせるためであり、子供たちにも同様にするためだと教育されてきた。

私もまた同世代の多くの女性たちと同様に、知性の点で女性は男性に劣るという前提、また家庭と子供たち以外のものを管理し指導し運営することができないという前提を受け入れてきた。ひとたび結婚すれば、私たちは家庭を切り盛りし、住みやすい環境をつくり、子供の世話をし、夫に仕えることに専念させられてきた。このような思考方法、あるいはこのような生活態度は、やがて高い代価を支払わされたのだ。つまり、私たちの世代のほとんどは、社会的劣者になってしまったし、世の中の出来事に適切に反応することが不得手になってしまった。グループの中でも、私たちは会話や議論に参加できない沈黙の団塊だった。そして悲しいことに、こうした無能さがしばしば女性たちの中に――私の中にも――生み出された。散漫な思考過程、簡潔明瞭な表現の欠如、統一性のない論理、結末から考える後ろ向きの姿勢、説明過剰、くどい話しぶり、言いわけばかりする態度。

女性は伝統的に、人を楽しませなければならないという過剰な強迫観念に支配されてもきた。この症状はあまりにも強烈に私たちの世代の女性の心の中に刷り込まれていたために、長年にわたって私の行動を規制するものとなった。ある意味では現在もまだ私を規制しているとも言える。私は、事態を十分にのみこめていない時には、周囲の人びとを不愉快にさせるかもしれないような決定を下すことはできなかった。長年にわたって、私の指示には最後に次のような言葉が付け加えられていた。「あなたがそれでよければ」

人の感情を損ねることをしたかもしれないと感じるたびに、私は苦しんだ。このような行為を繰り返していると、最後には、中年になった時に、あらゆる物事を避けて通るようになってしまう。結局、夫にも飽きられてしまう。私たちがこのような状態になったのには、彼らにもかなりの責任があるはずなのに。そして彼らはもっと若い、まだ美しさを保っている女性の方に惹かれていってしまうのだ。

「ここは男性社会なのです」

仕事を始めた時には、私はまだこのような古い前提に縛られており、まるで石に刻まれた金科玉条のように、これらの教えを守っていた。当初は、共に働くことになった男性たちに比べれば、確かに「劣って」いたかもしれない。ビジネスの経験も経営の経験もなかった。行政、経済、政治、あるいは日常的に処理しているその他の問題についての知識も乏しかった。まるでサミュエル・ジョンソン〔英国の辞書編集者、批評家、詩人〕が述べたような、女性大臣そのもののような感じがした。彼によれば、「お説教する女性は後足だけで歩いている犬のようなもの。驚くべきは、それがいかに上手であったかではなく、彼女にそれができたという事実それ自体である」。自分自身が劣っていると思っていたので、私が女性であるという理由からくる男性のわざとらしい態度と、私がこの職に就いているのは生まれが定めた幸運と夫に死なれた不運によっているだけだというしごく当然の見方とを、区別することができなかった。

会社の支配権を握っている女性という立場は、わが社のようにごく小規模な企業であっても、当時は特異な驚くべきものだったので、必然的に私は非常に目立つことになった。一九六三年当時には、そしてそれ以後も数年間は、私の立場はきわめてユニークと見られていた。会社の内部でも女性管理職は皆無で、女性の専門職も珍しかった。おそらく私から四階級以内には女性はいなかったと思う。ポスト社内でのこうした状況は決して異常ではなかった。むしろ、当時はこれが通例だったのだ。ビジネスの世界は基本的に女性には閉じられていた。少なくとも、一九六〇年代全般を通じて、私は男性の社会に住んでいたことになる。一日中、秘書を除く女性と話すことがまったくなかった日も多い。しかし、私自身を社内の異種族と認識することはほとんどなかったし、同じ職場で働く女性たちの直面している問題の数々にも気づかないで過ごしていた。私のハンディキャップは、ただ単に私が新米で訓練されていないからだと信じ、問題は私が女性であるからだとは気づかないで過ごした年月はかなり長く続いた。

一九六六年の初め、クリーヴランド市の婦人クラブから講演を依頼されたことがある。クラブから手紙をもらい、その中に「女性の地位問題」をテーマに講演してくれないかと書かれていた。クラブの会長にあてた返事には、男性社会の中で働いていた私の立場が非常によく反映していると思う。

「このようなテーマについては、当然、私は以前からかかわっていなければならなかったのでしょう。しかし、正直に申し上げますと、私はこのような問題につきましてはあまり興味がありませんし、勉強もしておりません。しかし、将来的には関心を持つべきだと考えております。私の現在の立場は、あなたもよくご存じの通り、まったくの偶然によるもので、日頃から男性的な生活を送っております関係上、この問題にはあまり関係してこなかったのです……もしどうしても女性の地位というテーマに固執されるのでしたら、何とかご期待に添えるように努力はしてみます！」

私の古典的な態度をもっとあからさまに示しているのは、一九六九年にウィメンズ・ウエア・デイリー紙上に掲載されたインタビュー記事だろう。全体的に見れば神経の行き届いた記事だが、職場における女性についての話題はあまりにも無神経だった。この記事では、私が男性の編集者たちと共に、無意識のうちに当時は当然と考えられていた性差別的態度を取っているように描写されている。

「ケイ・グラハムは脇役として参加しており、支配することはない。むしろ積極的に主張したがる男性たちのグループに主役の座を与えている。いずれにしろ、強い意志を持ち主張のある男性たちに主要な役割を与えているのは、彼女の人生のほんの一部にしかすぎない。

『ほとんどすべての決定において、私はフリッツや他の男性たちの意見を尊重しています』

『女性であることは、この仕事には不利かもしれないと思います。専門家としてキャリアを積んだ女性なら別でしょうが、私の場合はそうではなかったのです』

『私の世代の女性たちには、仕事に対する真剣さが足りないと思います。今の若い女の子たちの方が、キャリアについてはずっと真剣です』

『私が女性を重役に就任させようと主張するかですって？　まだ、そのような事態に直面したことがありません。しかし、結局は適切な配置かどうかの問題でしょう。私自身としては、たとえば新聞の編集局長として女性が適切であるとは思えません』

『ここは男性社会なのだと思います……現在の社会では、多くの場合、指導的な仕事は女性より男性の方が有能でしょう。私の仕事も、女性より男性の方がうまくやれると思いますよ』」

郵便はがき

141-8205

おそれいりますが
切手を
お貼りください。

東京都品川区上大崎3-1-1
株式会社CCCメディアハウス
書籍編集部 行

■ご購読ありがとうございます。アンケート内容は、今後の刊行計画の資料として利用させていただきますので、ご協力をお願いいたします。なお、住所やメールアドレス等の個人情報は、新刊・イベント等のご案内、または読者調査をお願いする目的に限り利用いたします。

ご住所	□□□-□□□□ ☎ ― ―		
お名前	フリガナ	年齢	性別
			男・女
ご職業			
e-mailアドレス			

※小社のホームページで最新刊の書籍・雑誌案内もご利用下さい。
http://www.cccmh.co.jp

愛読者カード

■本書のタイトル

■お買い求めの書店名(所在地)

■本書を何でお知りになりましたか。

①書店で実物を見て　②新聞・雑誌の書評(紙・誌名　　　　　　　　　　)

③新聞・雑誌の広告(紙・誌名　　　　　　　　)　④人(　　　)にすすめられて

⑤その他(　　　　　　　　　　　　　　　　　　　　　　　　　　　)

■ご購入の動機

①著者(訳者)に興味があるから　②タイトルにひかれたから

③装幀がよかったから　④作品の内容に興味をもったから

⑤その他(　　　　　　　　　　　　　　　　　　　　　　　　　　　)

■本書についてのご意見、ご感想をお聞かせ下さい。

■最近お読みになって印象に残った本があればお教え下さい。

■小社の書籍メールマガジンを希望しますか。(月2回程度)　はい・いいえ

※ このカードに記入されたご意見・ご感想を、新聞・雑誌等の広告や弊社HP上などで掲載してもよろしいですか。

はい(実名で可・匿名なら可)　・　いいえ

この記事が掲載されたウィメンズ・ウエアが発売された当日、ポストの古くからの女性記者であり、編集者であり、友人でもあったエルシー・カーパーがえらい剣幕で怒鳴り込んできた。そして記事の最後の部分を指して、「あなたは本当にこう考えているの？ もし本当だとしたら私はこの会社を辞めるわよ」と言った。

私はショックを受けた。彼女の指摘していることは分かったが、しかし女性問題の本当の核心を理解したのはもっとずっと後のことで、しかもゆっくりとであった。

仕事の上では、女性としての私は依然、隔離された状況にあり、同じ職場でこれらの問題について話し合える仲間もいなかった。もとより、女性問題への理解は新聞業界の上層部にはまったくと言ってよいほど浸透していなかった。仕事を始めた当時、私が加わった団体は広報協会という業種団体だったが、多くの団体の中で女性を会員にした初めての団体だった。この団体の会合は、ただ一人の女性メンバーとしての私には特に厳しいものとなった。会合は数日にわたって続けられ、しかも観光地で開催されることが多かったからだ。しかも社交上の問題がいつもつきまとっていた。たとえば、誰と食事に行くか、予定のない時間帯に何をしているか、男性たちが夫人と一緒に行動する時、あるいはグループで行動する時にはどうするか、等々。

最も気が進まなかったのは毎年恒例のデトロイトへの旅行で、これは自動車業界の担当者たちとの交流が目的だった。言うまでもなく、自動車業界は完全に男性社会であった。何年にもわたって、私はまるで「痛む親指」のように目立っていた。私が会議室にいるだけで、出席者の中に不快感と過剰な自意識が生まれるのが感じられた。発言者全員が、取り澄まして次のような言葉で発表を始めるのだった。「レディー・アンド・ジェントルメン」あるいは「ジェントルメン・アンド・ミセス・グラハム」。そしてつねに、その後で密かなクスクス笑いが伴うのだった。私には非常に不愉快だった。むしろ無視されるか、あるいは少なくとも特別扱いされないことを心から願った。

ある時、この広報協会の会合で、友人の一人が、私にはまったく目新しいテーマについて議論の司会をつとめていた。恐ろしいことに、彼は出席者全員の意見を順々に求め始めたのである。私は彼の右側に着席していたが、彼は左側の人から意見を訊いていった。私にとっては、皆が言うことを十分聞いて、何を発言するか考える時間がたっぷり与えられたことになる。テーブルを順繰りに回って、私以外の全員の意見を聞き終えたあと、彼は少しの間言葉を休め、そしてまるで私が存在しないかのように、議事を進行してしまった。たぶん、彼は親切心からそうしたのだろう。私の付け加えるべきことはもう残っていないと思ったのかもしれない。いずれにしても、多少の沈黙があった後、全員が笑い出したので、私は何かあやふやなことを言って、事は収まった。あの時、意見を言わずに済んで助かったのか、あるいは無視されて動転していたのか、未だによく分からない。

私の経験では、男性にとって女性は目に入らないものであるかのように扱われることがある。女性がいるにもかかわらず、まるで目に見えないものであるかのように、男性がその向こうの物を見ることがあるからだ。この兆候については、ニューズウィークの重役だったピーター・デローに話してみたことがある。後日、彼がニューズウィークに広告を出している会社と出しそうな会社の最高経営責任者を招いて販売促進の典型的イベントを催したが、私は招待されなかった。このイベントはワシントンで行われており、私自身、ニューズウィークの最高経営責任者でもあったので、なぜ私を招待しなかったのか控え目に尋ねた。ピーターが答えた。「男性たちがあなたのことをまるで見えないかのように扱った会議のことを憶えておられますか。理由といえば、まさにあれですな」。妙な話だが、咎めるにはまだ自信がなかった。

満場の男性たちの中で、私だけが女性の場合、私が愚かに見えたり、無知と思われたりしないように非常な苦心をはらった。しかしながら、参加したほとんどの会議で、私だけが女性であることの不愉快さを味わうと同時に、年月がたつにつれて、その状況を楽しんでいる部分が芽生えてきたことも認めなければならない。友人の一人に、実際に次のように告白したことがある。「気分を害する場合もあるけれど、ドアの内側に入った最初の女性という立場は、面白い場合もあるのよ」

男性と女性それぞれの役割と分野について、私が伝統的な価値観にとらわれていた極端な例がある。取るに足らないが、妙に基本的な習慣だった。当時、ワシントンその他の都市では、大きな社交的晩餐会が開かれると、食事の後しばらく男性と女性は別々のグループに別れ、男性はダイニングテーブルに残ってブランデーを啜りシガーをくゆらせて本格的な議論を戦わせ、一方女性は、その邸宅の居間か夫人の寝室に集まって、化粧を直したり、おもに子供や家のこと――女性にとって興味のあると思われていたこと――について世間話をして過ごすのが常だった。ある時シシー・パターソンが夕食の後、同席したご婦人方と集まった際、主催者夫人に

「こんなことは急いで済ませましょうよ。私には家事の問題もないし、子供たちも育ってしまったんですからね」と言ったという話を聞いたことがある。しかし、彼女もまた私と同じように、古くからのこの習慣を受け入れていたのだった。

しかし、仕事を始めてから大分たって、政治やビジネスや世界情勢などについて、昼も夜も、夕食の後でも、男性たちと本格的な議論をするようになっていた私は、自宅で開いた晩餐会であっても、無神経にも、ご婦人方とは一緒のグループに入らないようになっていた。そして、とうとうある晩、ジョー・オルソップの家で何かひらめくものがあった。私が一日中働き、編集昼食会に参加するなど各種の問題に深くかかわっているだけでなく、世界中で発生している出来事に非常な関心を持っているのは明らかだった。しかるに、私には、話の途中で男性諸氏と別れて、少なくとも一時間は無駄に時間を過ごしつつ、また男性と合流するのを待っていることが求められていた。

その晩、私はジョー・オルソップに――彼は食後のテーブルに男性諸氏を長々と引き止めておくので特に悪名高かった――ご婦人方が別室に集まる時になったら、私だけ目立たないように失礼しても、きっとあなたなら理解してくれると思うと言った。しかし、理解するどころか、彼は非常に狼狽した様子だった。彼は弁解がましく、別れているのはまるまる一時間というわけではなく、男性諸氏がトイレを使う時間だけだからと言った。私は、それはナンセンスだ、私にとっては夕刻の早い時間が貴重であり、早く新聞を読みたいのであり、さらに、どうしたらいいかと言っているのではなく、そうしたいと希望しているのだと言った。ジョーは私の考えを受け入れようとせず、もし私が残るならば、男性女性を問わずすべての出席者が夕食後もテーブルに残るようにするからと約束した。

私の行動は何か大きな哲学的な考えに基づくようなものではなかった。ただ単純に、夕食後に早く家に帰ってポストの早版を読みたいと思ったにすぎない。しかし、私の仕事から得た経験が、遂には次第に強力になってきた女性運動と結びつくようになっていった。

私は別に革命を起こそうと思ったわけではないが、この無邪気な提案がニュースとして広まるにつれて、小さな社会変革を引き起こすきっかけとなった。この種の社交上の問題について私は一般的に保守的だと思われていたので、突然の立場の変更は特に効果的だった。男性が真剣な討議をしている際に、女性だけが座を外さなければならないという非合理性が社会的に明白となり、この習慣は次第に社交界から消えていった。

女性たちの反乱の中で

私には、女性観を根本的に変えてしまう劇的な体験があるわけではない。ただ、女性運動にかかわる数々の本質的な問題に少しずつ関心を向けていったのである。私の学習ぶりは遅々としており、多くの女性たちのペースにはとうてい追いついていけなかった。しかし、遅いなりにも次第にかかわりは深くなっていった。思い返してみれば、時代的な状況は別として、なぜもっと早くからこの問題に気がつかなかったのか不思議でならない。

この問題を考えていく上で最も助けになったのは、メグ・グリーンフィールドだった。彼女と私は女性問題に関してまったく別の立場から取り組もうとしていたのだが、お互いの姿勢は驚くほど似通っていた。メグは、女性解放運動が大きくなるずっと以前から、この問題に取り組んでいた。ポストに入社早々、彼女はオフィスのドアに「解放された暁には奉仕は致しません」という標語を貼っていたが、彼女も職場で、私が悩まされていたとまったく同様のさまざまな偏見に直面していた。

私たちは、二人の考え方を明確に言葉として表現する努力を始めた。メグは何かのメモの付記にこう書いたことがある。「私はこれまで女性解放に関する自分の立場を――どんな立場であれ――確立しようと努めてきましたが、その精神にほんの僅かずつでも近づきながら、まるでアンクル・トムのように、救いようのないほど卑屈な態度をとっているのに気づいて愕然とするのです。この際なにか読んでおくべき本があるでしょうか?」（事実、私たちはシモーヌ・ド・ボーヴォワールの『第二の性』をはじめ沢山の本を読み漁り、自分たちの態度を改善しようと努めた）。メグはさらにこの問題への追求を深め、あの時代としては恐らく最初ではなかったかと思われるポストの女性問題に関する論説に、心からの賛意を示したのである。

一九六九年八月、「そんなに遠くはないぜ、ベイビー」と題する論説は、フットボール競技場の記者席から締め出された女性スポーツライターのエリノア・ケインを取り上げた。試合を記事にすることができなかった彼女は、この事件を裁判に持ち込んでいた。そのポストの論説は次のように書き出している。「ヴァージニア・スリム〔たばこの商品名〕のTVコマーシャル〔〝君は大物になった〟〕が言うほどには、出世したベイビーちゃんたちの数は少ない」

そして給料などでの不公平を論じた後、論説は次のように指摘した。「まことに脆弱な女性会議として数年前に出発した女性解放運動は、いまや本格的に広がりつつある。自分たちの役割とされていたもの――実際には男性のエゴに仕える奴隷としての役割――に閉じこもっていた数知れない女性たちが、ついに知ったのである。学校、職場、教会、政府などのすべてが、女性を何らかの形で搾取し抑圧しているのだということを」

実は、この論説を書いたのは因習から解き放たれていた男性だったが、この中で彼は、法律的あるいは社会的な解決策をいくつか述べた後、次のように結論している。「おそらく私たちは、超革新的な概念を身につけることから始めなければならないのではないか。その概念とは、女性が人間であるということだ」

自分の考え方をまとめていく上で重要な影響を与えてくれたもう一人の友人は、グロリア・スタイナムだった。彼女は私よりずっと若く、時代環境のまったく異なった一九五〇年代に人格形成期を過ごしていた。私は、彼女がきわめて優れた指導力を発揮していたブルジョワ的女性運動の成り行きを、最初は遠くから眺めていたが、次第に避けるようになった。その理由は、先駆的な女性権利論者たちの行動にあったのだが、今から考えれば、基本的な平等という絶対条件を際立たせるために、わざとあのような極端な行動をとっていたようにも思われる。私には彼女たちの攻撃的態度は理解できなかったし、ブラジャーを燃やしてデモをするような象徴的行動は男性嫌悪にしか見えなかった。私にとってはこれらは逆効果でしかなく、問題の本質を見失わせ、女性運動はどこか間違っているように思われてならなかった。

しかし、時がたつにつれて、特にグロリアをはじめとする人びとが固定観念を次第に変えてくれ、運動の指導者たち、特に過激派の指導者たちが何を主張しているのかを理解させてくれた。グロリアがこの問題について最初に説明してくれた時の様子を今でも鮮明に憶えている。私は、「いいえ、ありがたいけれど、私には関係ないわ」と答えた。しかし、彼女は執拗に説明し続けて、私の古い考え方とそこから派生する神話を捨て去ることができるように、力づけてくれた。彼女は言った。「そんな神話なんてゼネラル・モーターズの自動車が女性の子宮を走り過ぎて行くようなものよ。分かるでしょう、それは私たちの父親から息子へと引き継がれてゆくのよ。しかし、私たちの中には本物の自分があるはずで、もし押し潰されていなければ、もしその声に耳を傾けるのを怖がらなければ、それが道案内になってくれるはずだわ」

私の中に本物の自分なるものがあるとしても、多分ひどく押し潰されているだろうと思った。しかし彼女は説明を続けて、女性解放運動の本質を理解することができれば、人生はもっと豊かになるはずだと言った。やがて必然的に、私にも理解できる時がやってきて、なんて彼女は正しかったのだろうと思ったのだった。後にグロリアが雑誌ミズを発刊するために資金協力を求めてきた時には、彼女の新事業の元金の一部にと、二万ドルを提供したのだった。

グロリアの協力よりも効果的だったのは、実際の職場での私自身の経験だった。ただ一人の女性として参加した数々のミーティング、重役会議、あるいは訪れたオフィスでの経験の数々が、相乗効果を発揮してくれた。私自身の会社の内部でも、女性がいかに見られているかの実例を嫌になるほど体験させられた。もちろんポストもニューズウィークも、白人男性こそが経営と編集の主導権を握るべく選ばれた人種であるという、古い考え方で運営されていた。両方の組織とも、経営面、広告面、制作面、そして特に編集面で男性優越主義がはびこっていた。そして、これが世の中の当然だと私も思い込んでいたのである。

リズ・ピーアだけが唯一の例外だった。彼女は生き残っただけでなく、成功したのである。彼女は一九五九年にコネティカット大学を卒業した直後、ニューズウィークに応募したが、最初に言われたのは、もし記者職を希望しているのだとしたら問題外だということだった。しかし彼女は執拗にねばって郵便物係の職を与えられ、毎週金曜日の夜間だけ、オズ・エリオットのためにコピーをとる仕事にありついた。コピーをとる女性たちは「エリオット・ガールズ」と呼ばれていた。そして、その中で彼女だけが、一九六一年から六九年にかけて、ニューズウィークの見習い記者となった（当時ニューズウィークが見過ごした才能の中には、エレン・グッドマン、ノーラ・エフロン、スーザン・ブラウンミラー、エリザベス・ドルー、ジェーン・ブライアント・クインなどがいる。全員が伝統的に女性の役割とされていたリサーチャー〔調査係〕として働いていたのである）。

リズ・ピーアは一九六二年に記者となり、一九六四年にはパリ支局特派員となった。彼女が後日語ったところでは、パリ特派員への昇進で給料も増えるのかとためらいがちに訊いてみたら、オズは憤然として、「何を言っているんだ。会社が君に与える名誉のことを考えてみろ」と言ったという。ある時、彼女が書いてきた手紙には、少数者心理の悲しいところは「多数派の意識にいつしか同調してしまうことです——能力が不足し、知力も劣り、教育もなく、責任能力も乏しいと思ってしまうこと」とあった。まさに私が抱いていた感情そのものだった。

自分でも驚いたのは、これらすべてのことが次第に私の骨肉となっていったことである。考え方は依然として単純だったが、女性問題の重大さと複雑さに気がつき始めていた。明らかに私の立場は、職場における女性問題を認識するというだけでなく、彼女たちのために何かを行う上でも有利だった。理解が深まるにつれて、問題に対する私の責任の重大さも分かってきた。ある場合には小さなことで、ある場合には多少大きなことで、女性の視野を広げ、特に焦点となっている問題への女性の関心を高めるための努力を続けたのだった。

経営者の立場から、私には問題の所在はよく分かっていたが、どうやって男性優位主義の管理職たちにその態度を改めさせるべきか、明確なアイデアが浮かんでこなかった。いずれにしろ、私を含む女性管理職には、古い偏見を打破するために特別の責任が課せられているのは確かだった。これを達成するためには、まず第一に偏見を受け入れないこと、しかる後に、偏見に出会うたびにこれらを論破してゆくことが必要と思った。双方が態度を改める必要があった。女性の側では、自分たち自身に関するあやふやな神話や仮説を、あまりにも長い間当然のこととして受け入れ過ぎていた。また男性の側は、彼ら自身がその被害者でもある固定観念を打ち破るための助力を必要としていた。

私もまた周囲の男性を教育し、彼らの意識を高めるため、かなりの努力をしたが、なにしろ私自身が意識の引き上げを必要とする初心者だった。会社の重役たちにニューヨーク誌に掲載された「貧民窟的な女性職場の現状」と題する記事のコピーを配布したこともある。人事担当役員がポストで新たに雇用された人たちを紹介する文書を配布してきた時には、その中で気づいた微妙な偏見の例を指摘した。人事担当の役員は、男性については「姓」を使って紹介し、女性については「名」を使って紹介していたのである。「もっと配慮を必要とする例がここにあります」と私は書いた。

「姓と名のどちらを使うにしても、統一してあればオーケーです。私としては〝名〟の方を使うのが好ましいと思います。これは、うわべだけのことのように見えますが、これが示している姿勢は重大です。文書は恐らく〝メアリー〟によって書かれたのでしょうが、彼女のボスは間違いなく〝ジョーンズ〟なのです」

会社ではよく女性の不満を聞いてほしいという要望を受けた。エルシー・カーパーは、さえない仕事ばかり担当させられると言ってきた。〈スタイル〉担当のメリル・シークレストは、いつも女性や主婦ばかりにインタビューさせられ、男性を扱う機会が与えられないと文句を言った。話し合いのあとで、いつでもあなたの意見を聞く用意はあるけれども、私としては編集者の立場も理解できると手紙を書いた。「編集者にはいつ、どのように記者を使うかを決定する権利があると思います」。ただし、編集者たちにやり方を変えるよう圧力をかけなかったことに悔いを残している。

ニューズウィークが一般向け記事の編集者を探していた時、私はニューヨーク・タイムズの腕ききの学芸記者アリーン・サーリネンを推薦した。しかし、編集者たちはただちに反対の意向を示し、見下したような態度で、女性を迎えるなど問題外と述べた。彼らの反対の理由は、仕事が終わるのは夜遅くになるし、週末の締切り期限のプレッシャーは大きいし、体力的にも厳しいものが要求される、などであった。私が彼らの論理を簡単に受け入れてしまったことを認めるのは、何とも気恥ずかしい。

社長の私でさえ、白人男性の下で運営されている物事を変えるのは大変なことだった。しかしながら、私の行動が多少の効果を生んだことも確かにあると思う。ベン・ブラッドレーとは新聞で用いられる用語についてしょっちゅう議論していた。一九七〇年のこと、ちょうどその年は「婦人年」だったが、私はプロのジャーナリストの協会「シグマ・デルタ・カイ」ワシントン支部の正会員として、初めて選ばれた五人の女性の一人だった。入会した夜の晩餐会で演説した折に、私は女性のことを新聞紙面でどのように言っているかについて触れ、私の協会加入を伝える記事の見出しとしてポストのデスク連中が考えているのは「ニュース記者の社交クラブ　わが社の祖母《グランマ》を会員に指名」に決まっていると冗談を言った。

実際、その一週間前には、ポストの女性記者たちで組織されている委員会から提出された数件の要求を、ベンが承認したばかりだったのだ。彼はこの要求に従って、ニュース記事の中に無意識のうちに侵入している偏見に関するメモを、編集局全体に配布した。この中では、「離婚婦人」「祖母」「ブロンド（あるいはブルネット）」「主婦」などの言葉は、かかわりのある男性に対応すべき言葉が使用されない時には、すべての記事において使用を控えるべきだと注意していた。彼のメモはさらに次のように続く。

「〝陽気な〟〝生意気な〟〝えくぼを浮かべた〟〝可愛らしい〟などは、すでにかなり以前から陳腐な決まり文句になっており、いい文章の紙面を作るためには使用を避けるべきである。女性の業績を扱った記事では、見下したような表現は決して使ってはならない」

訴訟と直訴をバネに

女性問題への社会的関心は次第に高まり、一九七〇年代初頭には爆発的勢いを得た。職業を持つ女性たちの多くが、機会均等のために、さまざまな裁判を起こし、自分自身を主張し始めた。一九七〇年三月、ニューズウィークで働く四六人の女性が、EEOC〔職業機会均等委員会〕に対して、社内の性差別を主張して訴状を提出した。偶然の一致というわけではなかったが、訴状提出の日は、ニューズウィークの女性問題に関する最初のカバーストーリー「反乱を起こす女性たち」の掲載号が発売された日であった。当時ニューズウィークには女性記者が一人しかおらず、彼女もこの記事を担当するには経験が浅いと判断されたため、そのカバーストーリーはフリーランス記者のヘレン・デューダー——ニューズウィークの記者ピーター・ゴールドマンの妻——が執筆したものだった。この事実も女性社員の不満に油を注ぐ結果になったのだと思う。

この時、私は海外にいたのだが、フリッツ・ビーブとオズ・エリオットの両方から電話が入り、訴状のことを聞かされたのである。「私はどちらの側と思われてるの？」と私は訊いた。

フリッツが慌てたように答えた。「これは重大問題なんですよ。冗談を言っている場合ではありません」。もとより私も訴状が冗談とは思わなかったし、冗談の意味で質問したわけでもなかった。そしてすぐ、どのような法律的対応ができるか検討した。とにかく女性社員たちは、エリナー・ホームズ・ノートンを弁護士に立ててきたのである。

帰国して、本格的に訴訟にかかわるようになると、経営側の一員として、私は組織の防衛に気を使いすぎたと思う。訴訟騒ぎによって事が大きくなり、社内事情がさらに緊迫度を増してきた頃、私はある読者に次のような自己弁護の返事を書いている。「ニュース週刊誌の伝統には、女性を差別する傾向があったことは否めないと思います。私たちは女性に与えられる機会を、さらに拡大するための計画を作成中ですし、これまでもその努力は続けています。もしニューズウィークの女性社員グループが、裁判に訴える前に私たちとこの問題について話し合ってくれたなら、問題はもっと容易に、もっと良い形で解決したと思わずにはいられません」

もちろん、あとから思えば、私の知らないうちに、彼女たちは直接の上司である下級管理職とは繰り返しこの問題で討議を重ねていたに違いないのである。最終的には、事態は改善の方向に向かったが、まだ十分とはいえなかった。一九七〇年八月、双方は「了解事項の覚え書き」を取り交わすに至ったが、二年後にはまた同じ裁判の繰り返しを経験することになった。この時は、編集者側が先の「了解事項」を遵守していないと訴えられたのだった。

ポストもまた訴えられている。一九七二年、さまざまな不平不満の大部分が表ざたにならず、ほとんど対応もとられずに終わっていたため、総勢五九人の女性社員たちが、明らかに経営側の反応に業をにやして、署名した文書を、私とベン、フィル・ゲイリン、ハワード・サイモンズに送りつけてきた。この文書は、先に宣言されたポストの「女性の尊厳と平等を、完全にそして本来的に意義あるものとする」という基本方針を、実際の社内統計によって実現されていないと証明したものだった。彼女たちは、二年前にこの基本方針が発表されて以後、ポストは前進どころか、実際には後退していると述べていた。以前の婦人向けページが廃止されて〈スタイル〉欄がこれに代わって以来、女性のポストが四つ失われていた。そして、私を除けば、メグ・グリーンフィールドだけが唯一人の上級の女性管理職だった。

これらの騒動が進行中に、ベンは編集局内に特別委員会を設置して、職場の機会均等のために何をなすべきかを検討させた。そして、その委員会の答申に基づいて、女性社員および同じようではあるがある意味で異なった偏見の犠牲となっていた黒人社員のために、新しいポストをいくつか創出することを承認した。私は次のような、格式ばってはいるが筋を通した声明を発表し、この問題に関して、さらなる留意が必要であると述べた。

「白人男性が、先方から応募してきた白人男性は受け入れるが、黒人や女性を雇用しようとしない傾向は、一時的な増員によって改善されるようなことではない。

私は、過ちが繰り返されることを恐れる。なぜなら、これが正しく行われるためには、長い時間と大きな努力、方針の変更を必要とするからである」

われわれがどんな決定をしようと、新聞の経営管理サイドで同様の努力がなされなければ意味がないと私は感じていた。経営管理サイドの方が、ニュース部門よりもさらに大幅な変革が必要だったのである。そこで、年初から裁判に持ち込むよりは社内の請願に訴える方法を推し進めたエルシー・カーパーに人事担当の管理職となってもらい、より多くの女性と黒人を雇用することを決めた。彼女はその雇用方針によって、会社に多大なインパクトを与えてくれた。

白人男性が主導権を握っていた他の多くの会社や新聞社と同様に、私たちの会社も学ぶべきことが多かった。ポストにおいてもニューズウィークにおいても、この問題に対処していく過程で、正しく行動したことも多いが、また誤った反応をしたことも数多い。一九六〇年代末までは、目標は正しかったかもしれないが、上がった成果は期待したほどではなかった。フィル・ゲイリンは黒人社員の雇用を促進しようと、黒人記者を入れたりはしていたが、具体的な目標も、その目標にたどりつく道筋も設定されていなかった。一九七〇年代になり、黒人と女性が多数入社してくるようになっても、ポストでもニューズウィークでも、これらの新入社員に対して、適切な気配りと理解、あるいは技術的対策が講じられたとは言いがたかった。しかし、これは米国全土において、おおかたの会社、団体で当時共通に見られた現象なのである。

さらに問題を複雑にしたのは、「資格のある」女性や少数民族出身者の雇用の仕方が不適切だったことである。雇った女性や黒人に適性がなかったり失敗を犯した場合、どのようにして引き続き彼らと共に働けるのか、あるいはどのようにして退職してもらうのかなどについて、私たちには知識がなかった。

しかし、いずれにしろ時がたつにつれて、両方の職場とも状況は目立って改善されてきた。しかし、裁判事件がなく、法律がなかったならば、事態の進展はもっと遅かったに違いない。

これらの裁判に対する私自身の反応は複雑だった。あるケースについては公正でないと感じ、あるものについては正しいと思った。事態が緊迫してくると、人はいつもせき立てられ、それがしばしば、良い方向に導くきっかけになるものである。皮肉なことに、ポスト、ニューズウィークとも、多くの新聞社や雑誌社よりも適切に黒人や女性を処遇できるようになっていった。他の会社では、そもそも経営側に対抗できるほど多くの女性や少数民族出身者が雇用されていなかったのだ。

女性問題や少数民族問題などの騒ぎの中で、最も重要なアドバイザーとなってくれたのがメグだった。裁判や機会均等委員会への提訴、あるいはその他の争いのさなか、彼女は次のような驚くべきメモを寄こして、クォータ〔数的割り当て論〕への警鐘を発していた。

「ポストにおいて、これまで以上に黒人と女性に対して平等な立場と均等な機会を与えるために努力しなければならないのは、誰しもが同意しているところと思います。こうすることによって、私たちはより公平な雇用者となるばかりでなく、より上質な新聞を作り出すことができるでしょう。私の知る限りでは（パーセンテージ論に寛容な人びとを含めて）、いわゆる〝クォータ〟システムを採用するのに特別熱心な人、あるいはそれに満足を感じる人は一人もいません。このシステムの賛成意見の基本となっているのは、私の理解するところでは、私たちが行動を開始し、ためらう人びとを動かしていくには、そのようなシステムが現在得られる唯一の方法だから、現在これを採用しなければならないというものです。

……しかし、最良の洞察に基づいて行動する力を奪うようなテクニック以外に、公平かつ望ましいと同意していることを実行できないと認めてしまっていいのでしょうか？　あるいは、契約とか同意書といったものに基礎をおく機械的な規範に服従するしかないのでしょうか？……無論、これらは具体的な実行上の問題です。私の判断では、これらとは別に、同じように重要な、あるいはそれ以上に困難な基本理念の問題もあると思います。なぜなら、過去の差別を排除し償いをしていくには、皮膚の色に関して完全に〝色盲〟であるわけにはいかないという意識から、私たちは知らず知らずのうちに、人を判断する基準として、新たな人種（あるいは性）を設定してしまう方向に向かっているのかもしれないからです……」「メロドラマ調の言い方を許していただけるなら」とメグは結論づけている。「私はワシントン・ポスト社が、性や人種の問題を法律的に処理するのに費やす巨大なコストに気づいた、流行や便宜に流されるのを拒否し、ノーと言えるだけの洞察力を持った数少ない団体の一つだったと将来知られるようになることを望むものです」

聖域に踏み込む

一九七〇年代初期には、私たちの職場以外にも、男性優位の時代遅れで啓発されない聖域がまだ残されていた。なかでもワシントンでは、ナショナル・プレス・クラブ、グリディロン・クラブ、ワシントン特別区評議会などが最たるものだった。

その一つ、ワシントン特別区評議会は典型的な例だった。皮肉なことに、この組織は大部分が私の夫のフィルによって創設され、ジョン・スウィーターマンなどポストの役員はほとんどが元または現会員であった。私が会員に含まれていないことはおぼろげに分かっていたが、それがはっきりしたのは、ある日のこと、新しく建設中だった地下鉄の見学に、評議会の会員と共に招かれた時だった。参加したグループを見回して見ると、私以外に女性の姿がまったくなく、会員には女性は一人もいないことに気づいたのだった。てっきりそれまで、会員には女性もいるものとばかり思っていたのである。私の記憶では、フィルが創設した時には女性会員がいたことは間違いない。なぜなら、私は少なくとも一人の名前は知っているからだ。一体どうなっているのかと尋ね、その時になって初めて、この「私」に参加を要請した人は誰もいなかったことに気がついたのだった。

私は当惑させられたというより、むしろ義憤を感じたのを憶えている。これは、女性の地位向上運動をさらに押し進めるためには大いに力になる感情だった。そしてまたこの怒りは、女性を会員として入れるか、さもなければポストがこれを記事にするか、いずれかであることを評議会の執行部に迫るためにも大変助けになった。こうして地下鉄見学に招かれた後、あまり時をおかずに会員として招かれ、一緒に数人の女性も加入したのだった。

周囲の女性たちから入る情報が心にしみ込み、考え方に影響を及ぼしていた証拠として、私がポール・ミラーにあてて書いた手紙がある。彼は当時ガネット社の会長で、後にAP〔米国連合通信〕の理事長を長年務めた人物だった。私は、次回のAP加盟社会議に持ち込み、非常に重要と思っていた問題を提起しようとしたのである。それはAPの役員会の構成に関するもので、役員会は白人の男性のみで組織されていたばかりでなく、経営志向で、編集志向ではなかった。このような状況が続くならば、この会議や社交的な集まりに継続して参加するのは気が進まないと書いたのだった。その思いは非常に強かったのだが、私の中の警戒心が邪魔をして、手紙は出されないままになってしまった。今となってみると、投函しなかったことが悔やまれる。

その後大分たってから、私自身が最初の女性役員に選出され、三期務めることになった。この期間中も、状況は相変わらずだった。会議に出席する人たちも同様で、すべて白人の男性ばかりだった。役員だった期間中ずっと、この問題を提議し続けたのだが、気のきいた冗談程度にしか扱ってもらえなかった。この間、APそのものも女性記者たちから告訴されたことがあり、これについても解決に向けて努力すべきだと主張したのだが、無駄だった。状況が変化するためには、さらに長い年月が必要だったのである。

私はいつも、時がたてば状況は好転するに違いないと考えていた。特により多くの女性が職場に進出し、個々の女性に周囲の関心が向かないようになれば、女性にとっての環境は好ましいものになると考えていたのだが、状況はそのようには展開しなかった。一つには、女性が期待したほどには増えなかったことがある。そして、未だに状況は変わらない。少なくとも経営に関与する最高レベルの場合においては。

結局のところ、女性運動が私に寄与してくれたのは、私自身の考え方をまとめる方法を教えてくれたことだった。私にとって最も重要なのは、「女性の平等」という運動の中心的主張ではなく、女性には自分に適したライフスタイルを選ぶ権利がある、という考え方だった。女性には、男性をつかまえ、占有し、彼を楽しませるために生まれたのだという考え方以外にも、別の基準の考え方が許されているはずである。最終的に実感したのは、もし女性がこのことを完全に理解し、その考え方に従うならば、女性自身にばかりでなく、男性にとってもより好ましい環境が生まれるに違いないということだった。

読者に顔を向ける

一九六〇年代後半から七〇年代前半にかけて、このように個人的にも職業的にもさまざまな問題に苦しんでいた頃に、皮肉なことに、私自身に対する評価が高まり始めていた。私のことが急に記事にされるようになったのも意外だった。最初に取り上げられたのは、アーサー・シュレジンジャーの書いたヴォーグ誌の記事だった。同じ一九六七年の後半にはビジネス・ウィークの表紙に登場し、少し遅れてワシントニアンのカバー・ストーリーとしても取り上げられた。ワシントニアンでは、ジュディス・ヴィオルストが大変好意的な紹介記事にしてくれた。私にとっては目新しい、風変わりな体験だった。母にとっても印象深い経験だったようで、一ダースも雑誌を買い込んだらしい。

インタビューには全然慣れておらず、記事を読むのが恥ずかしかった。実際のところ、私はインタビューの要請を普通の場合には断わり、インタビューを受けたのは、会社にとって利益になると判断される場合だけだった。テレビのインタビューは、プライバシーを守るということで、頑固に断わり続けた。実際はテレビを通して人目にさらされるのが嫌だったからで、結果についても非常に不安だった。もしやってみたとしても、うまくいかなかったに違いない。

不安で一杯だったにもかかわらず、記事はどれも肯定的なものばかりで、私は大変嬉しかった。行うべきことを正しく行ってきたからだとも思った。たとえば、初期の頃から、私は読者からの手紙に、それが称賛するものであれ批判するものであれ、必ず返事を書く習慣を守ってきた。出版であれ放送であれ、受け取り手が対応して行動できるということ、そして、誰かがその意見や苦情を受け止めてくれることが必要なのである。返事をする、説明する、時によってはなだめるといった私の几帳面な衝動の結果、次第に高まりつつあった時代の圧力や緊張感を象徴するような手紙の軌跡が残されることになった。

私は編集者や記者を擁護し、彼らを、特に政府筋からのいわれのない攻撃から守り、同時に会社自体を不当な圧力から守ることにも力を注いできた。

時には、自分の社の記者や編集者に対処することが、部外者への対応と同じように難しかったことがある。編集者たちは、ベン・ブラッドレーが表現したように「防御一辺倒」に陥る傾向があった。この態度は、しばしば記者たちを擁護するためであり、それなりの利点もあった。まったく見当違いの苦情を持ち込まれることがよくあり、当然彼らは態度を硬化させ、時には説得力のある議論に対しても守り一辺倒になることにもなった。しかし結局のところ、彼らにとっては、頑なにならず、人の意見や苦情を聞く耳を持ち、それらに建設的に反応していくことが必要なのである。

驚くに当たらないことだろうが、私たち新聞発行人や編集者あるいは記者は、自分自身のことになると、一般の人びとと同様、過剰に反応する傾向がある。自分のことを記事にされた経験のない記者にとっては、記事の対象となった人びとの気持ちを思いやることは難しいと思う。記事の対象となった人を残酷にやり込めて、いい気分になるような記者は、いつか自分がその立場になった時に思い知らされるに違いないと思ったものだ。私自身、その残酷さの犠牲となってきた経験から、私たちがフェアであるか否かについては常に監視を怠らないようにしてきたつもりだし、読者からの良識ある苦情については、いつも必ず思いやりをもって対処してきた。

時には、私自身が望まないこと、あるいは上品さや公平さを欠いていると思うことについて、弁護しなければならない状況もあった。たとえば、紙面にニコラス・フォン・ホフマンが登場しなかったならば、私の人生はもっと穏やかになっただろう。ニック・フォン・ホフマンは、あるコラムの中で、つまるところすべての中古車販売業者はペテン師である、という意味の記事を書いたことがある。この記事は非常に広範な広告ボイコット運動にまで発展し、新聞は多額の損害を受けた。私はあきらめて両手を上げ、ある読者に対して、ニックのコラムのあるものについては掲載されるべきでなかったと思うと書いた。ニックには極端な物の見方があり、ある点では私を含めた多数の読者に不快な印象を与えたが、同時に彼の意見には天才的な鋭さもあり、国民の中のある層の人びとの声を明快に反映するものでもあった。希望を失い、いわゆる体制派新聞から意見発表の手段を奪われていた若い世代の心中に何があるのかを語ったのは、当時全米のジャーナリストの中で、ほとんどフォン・ホフマン唯一人だった。私は彼がポストの一員であったと固く信じている。

ハーブロックの風刺漫画への圧力も相当なものだった。彼の漫画は読者から大量の手紙を誘発し、私はハーブを擁護するのにやっきとなった。実際ハーブは、半世紀にもわたって、ポストの最も偉大な、そして最も向こう見ずな財産の一つであった。彼の漫画には真実をえぐる迫力があったので、それを見た瞬間に息が止まるような気がしたことも多い。ハーブの強烈な意識が、どの絵からも伝わってきた。

私は、怒り狂って手紙をよこした読者の多くに、「漫画の特徴はテーマをはっきりさせるために誇張することにある」という事実を思い起こしてもらったものである。また、偉大な風刺漫画家は芸術家でもあり、芸術家に内在するあらゆる感受性や気質を備えているのだと説明したこともある。ハーブロックは疑いもなく偉大な漫画家だった。私は次のように書いた。「彼は一種のライセンスを与えられていると言えるかもしれません。もし彼の漫画が検閲されたり、その才能を認めない人びとによって制限が加えられたり、もめ事を避けるよう注文をつける人がいたり、あるいはパンチのある筆を控えて、他の手段をとるよう促されたとしたら、今のようには優れた作品は決してできないでしょう」。また、他の読者への手紙では、次のように状況を要約した。「あなたは、彼の漫画と共に生活もできるでしょうし、また彼なしでもやっていけるでしょう。しかし、私にとって後者の場合は考えられないのです」

ベトナム戦争と、ポストおよびニューズウィークのこの戦争に対する立場は、両極端の政治的立場を取る人はもとより、多くの読者に多大な幻滅を与えた。多くの場合、私は私たちの立場を読者に説明することに努め、政府の政策を指図したり、不当な影響を与えようとしたこともないことを想起してもらった。一九六八年四月四日、この頃までには私たちの新聞はすでに戦争支持の立場から方針転換しており、ジョンソン大統領も再選に出馬しないことを表明していたが、私はある読者に次のように書いている。「エスカレーション〔戦争の段階的拡大〕政策は、すでに実行され、そして失敗したと私たちは考えています。ベトナムに関する政策を再考すべきであると提案もしています。また、大統領もこの結論に達しているのだろうと推論せざるを得ません。そして、私の確信するところでは、大統領も私も破壊分子の影響を受けてこの結論に達したのではないのです」

一九七〇年には、ポストは「オンブズマン」制度を採用した業界で二番目の新聞となった。その仕事は、新聞に掲載された内容に関する各種の苦情を受理し、それらに対処することだった。単なる訂正も時には面倒なことになる場合があり、特にひどい誤りを正さなければならない状況では、元々の問題をさらにこじらせることも多かったのだ。ある意味では、報道に従事する私たちは全員がオンブズマンであり、人びとの感じる無力感を軽減し、聞いてもらいたいという人たちの声に耳を傾けるようつとめなければならないのである。

結局、この期間に私の最も努力したことは、会社の面倒をみることだった。私は私たちが行っていることすべてに過度とも言える関心を示した。そして私は、かつてそれを「家庭の主婦とチアリーダーという二つの役割を混合したような仕事に対する関心」と正確に（性差別的表現だったかも知れないが）表現したことがある。会社では、社員たちが自分の持ち場で自由を満喫できる、良い意見は常に聞き届けられる環境を作り出そうと努力した。成功も失敗もあったが、それにともなう好調も不調も、社員とすべてを共有した。

もちろん成功を収めることもあった。事実、ニュース報道の面では驀進を続けていたし、新聞、雑誌の編集面においても、放送局においても、ある程度満足すべき結果を得ていた。社内のモラルの高揚のためには、革新的なアイデアから得られた多少の勝利や、前進しているという感覚ほど役に立つものはない。私たちの前進は、まだささやかではあったが、目に見える形で現われてきていた。

第5章 ペンタゴン機密文書事件

ワシントン・ポスト社内の変化と符合するかのように、国家にも大きな変化が生じていた。その最たるものが、リチャード・ニクソンの一九六九年の大統領就任と、その政権の発足だった。

ニクソンは、新聞界全体と長年にわたって軋轢を起こしており、特にワシントン・ポストとは問題が多かった。ポストの記事に腹を立てて、ニクソンは二度にわたって講読契約を破棄している。しかし、ともかく政権の初期の頃には、私たちの関係は友好的とは言えないまでも礼儀正しいものだった。私も基本的にこの時期での判断は控えていた。

ニクソンが大統領職について二週間後、私はケン・ガルブレイスに次のように書いた。「ニクソン・グループは未だに謎のままです。彼あるいは彼らが何をしようとしているのか、誰も知らないのです。明らかに彼らは選挙前には何の議論もしていませんが、これは当たり前のことなんでしょうね？」

三月になってから、ニクソンは電話をしてきて、ヘンリー・キッシンジャーを編集昼食会に招き、政府のベトナム問題に対する考え方を説明させてくれないかと提案した。そしてすぐ翌週にはキッシンジャーが昼食会に現われたが、これがキッシンジャーと私たちとの長い付き合いの始まりとなった。ポストのトップの記者・編集者全員とニューズウィーク・ワシントン支局の記者数人が集まった。私たちが注目したのは、ニクソンが、国務長官のビル・ロジャーズではなく、キッシンジャーを送り込んできたことだった。

「われわれはとんでもないゴミ屑を相続しました」とヘンリーは述べたが、これは新政権がジョンソン政権と同じようなタカ派には見えないが、という質問に答えたものだった。彼はまた、リンドン・ジョンソンが五〇万人にのぼる将兵をベトナムに送り込んだのは、全体的な政策に裏付けられた行動ではなかったと強調した。昼食会での話題はベトナム問題が中心となったが、この他にも、兵器削減問題や核拡散問題にも話が及んだ。ヘンリーが聡明であることはすぐ分かり、昼食会は楽しく歯切れの良いものとなった。

ニクソン対メディア、対決の始まり

私とニクソンとの関係は、以前とは非常に異なったものになった。一九六九年に、私はニクソンが主人となったホワイトハウスを二度訪問している。一度は、最高裁判所長官アール・ウォレンの退官記念晩餐会に出席した時で、もう一度は、AP〔米国連合通信〕の理事たちが招かれた晩餐会で、この時にはローカル新聞の発行人たちも出席した。また、信じられないことだったが、六月にはニクソンから「ジャーナリズム界で最も活躍した女性」賞の受賞を祝うという手紙をもらった。担当官が書いたものであることは明白だったが、次のように記してあった。

「ここに、あなたの傑出した経歴と、世の模範となる手腕に敬意を表するものであります。わが国において、このように高い評価を同時代人から受ける女性は多くありません。あなたの称賛者の中に名を連ねることを私たちの喜びとするものであります」

しかし、この私を褒め称える時代は長続きしなかった。リンドン・ジョンソンの新聞一般に対する感情、あるいは私自身に対する態度がどのようなものであったにせよ、次第にジョンソンを惜しむ気持ちが強くなっていくのを感じずにはいられなかった。

ニクソン政権とメディアとの間の雰囲気は、急速に戦闘体制のような様相を呈してきた。この年の秋になると、「東海岸の体制派エリート新聞」に対する戦争を本気で仕掛けてきた。そしてポストも、その真只中に巻き込まれた。一一月中旬、ニクソンはベトナムに関して非常に強硬な談話を発表し、米国民のほとんどはニクソンの政策に賛成しているにもかかわらず、新聞だけが批判的であると述べた。

こうしたニクソンに対する反応は、ワシントンで開かれた過去最大の反戦デモという形をとって現われた。このデモについて意見を訊かれたニクソンは、フットボールの試合を見ていたと答えた。ポストはこの態度を、マリー・アントワネットの有名な発言、「ケーキを食べさせればいいのに」にたとえて評論した。その翌週、アグニュー副大統領は談話の中でポストを特に名指しして、「市場独占の傾向を示す一つの例」だと述べた。アグニューはワシントン・ポスト社の分割を示唆しているわけではなく、単に「四つの異なった強力なメディアが、同じ御主人様の声に従っているという事実を一般国民は頭に入れておかなければならない」という点を指摘したのだった。彼は、私たちの会社のニュース専門ラジオ局、ポスト、ニューズウィーク、そしてテレビ局を勘定に入れていたことになる。会社のすべての部門がただ一つの声、つまり私の声に従っているというこの主張を聞いた時、そのあまりの無理解にびっくり仰天してしまった。

これまでの年月、私がワシントン・ポスト社をはじめ、私たちの行動や発言、新聞や雑誌の発行を擁護してきたのは、いわば本能によるものだった。私は私たちの使命を深く確信していたので、それは別に難しいことではなかった。このアグニューの酷評に対する私の対応は、会社のさまざまな部門は「同じ編集方針を押しつけられている」わけではないと主張することだった。事実はアグニューの主張の正反対で、各部門は完全に別個に独立運営されており、お互いに激しい競争を仕掛けあい、多くの問題点について意見の相違をみることもしばしばだった。この事実に加え、あらゆる客観的な指標から見て、ポストとWTOP局は米国内でもマスコミ競争の最も激しい地域で業務を行ってきた、という点も指摘した。

しかし、アグニューの直撃弾は、国民感情の領域の中でも最も肥沃な地点に落下したようだった。当時、国内を分裂させ、国民の心を支配していたのは、ベトナム問題や市民権運動ばかりではなかった。一種の社会革命が進行中だったのである。俗受けのする常套手段で最も脆弱な所を攻撃することによって、私たちを悩ませたのは確かだった。アグニューにとっては、恐らく期待以上の効果があった。ひとたび肯定的な反応を得たことを知ると、火に油を注ぐように、アグニューはいつまでも長広舌をふるった。私たちは次第に、これはニクソンその人によって鼓舞激励されているのではないかと感じるようになった。

一一月末になって、フィル・ゲイリンがホワイトハウスの新聞報道官ハーブ・クラインと夕食を共にしたが、その時の会話をメモにして伝えてきた。フィルはクラインに、わが社に対して行われているのはホワイトハウスの共同作戦なのかどうか、そして大統領はどの程度この指揮に関与しているのか、について訊いた。クラインは答えた。「大統領は大体どの方角に進むべきかの指示はするが、演説内容を事前に読むことはできない」。フィルはさらに、もしアグニューの演説が次にあるとすれば、「それはニクソンの指示によるものか」と尋ねた。そして、そのような政府部内の態度は、わが社のテレビおよびラジオのライセンス〔放送免許〕更新の際に何らかの影響を及ぼす可能性があると思うか、と訊いた。クラインの感じでは、アグニュー演説そのものが会社のライセンス更新を保証しているのではないか、なぜならあまりにも多くの人びとが事態を注目しているからだ、ということだった。これらすべては、もちろんウォーターゲート事件以前の出来事だったが、やがて来る事態の前兆であったことは確かである。

このやりとりがあった直後の一二月一七日、ニューズウィークのワシントン支局長メル・エルフィンはアグニュー副大統領を自宅の夕食に招待した。一緒に招かれたのは、支局の記者数人、ニューヨーク本社の編集者数人、そして私だった。その夜の話題の中心となったのは、なぜアグニューがそれほど新聞を気にするのか、そして逆になぜ新聞は彼のことをそれほど取り上げるのかだった。メルとボブ・ショーガンは、その夜の出来事を詳細なメモにして残している。

その夜、アグニューは最初に、「私たちの政権の大きな問題点はPRが決定的に不足しているということだ」と語った。演説原稿を事前に大統領に見てもらうのか、と尋ねられた時、彼は「重要な外交問題に関する場合を除いて、私はどんな演説についても誰の許可ももらわない」と答えている。

この発言に対して、記者たちは一様に次のように反応した。「もしその発言を信じよと言うのであれば、なぜあなたはニューズウィーク、ポストあるいはわが社の放送局などが、すべての点でケイ・グラハムの許可をとることはあり得ないという事実を認めないのか？」――これが実はその夜の会話の焦点でもあった。メルの記録によれば、副大統領は「しぶしぶながらではあったが、ワシントン・ポスト社の運営方法について理解が足りなかったかもしれない、と認めることとである程度の譲歩を示した」のである。

これら決着のつかない緊張はあったものの、政府とポスト社各部局との間には、かなり良好な意志疎通の手段が数多く残されていた。私は、こうしたコミュニケーションのチャンネルをできるだけ保つよう努力した。そして、ニクソン政権発足以来、少なくとも最初の年はほとんどすべての面で、礼儀にかなったプロフェッショナルな関係が続いていた。

私たちはさらに数人の政府関係者を編集昼食会に招いた。この中には、司法長官ジョン・ミッチェルもいた。彼が出席してからすぐに、小さな問題が発生した。ポストの記者で後に政府に迎えられたケン・クローソンが、この時のミッチェルの話の一部を記事の中に誤って引用したのだ。私たちは、誤りをおかした第一面のその同じ場所に、訂正記事を掲載した。司法長官はこの処置に対して、「私がポスト紙を全米第一の新聞と評価する理由が、これでお分かりになったことと思います」と感謝する手紙を寄せてくれた。この手紙は後日のために、額にでも入れて飾っておけばよかったかもしれない。

また、ジョン・アーリックマンとも、仕事上の関係と共に、私的な社交上の関係を持つことになった。最初はワシントン市街の犯罪問題に対処するための委員会の長として、警察組織への資金増額を要請するために、アーリックマンの事務所を訪れたのだが、その時には非常に協力的で、話していると楽しくなった。一九七一年初頭、ポストに毎日掲載される〈議会活動〉と題する朝刊コラムの中で、活字印刷上のミスから、アーリックマンのことを「ホワイトマウス補佐官」と称してしまったことがある。彼はこの記事を切り抜いて、次のような手紙と一緒に送ってきた。「だいぶ以前から、私はポスト紙が大統領のことをラット〔ネズミ〕と称しているのではないかと疑ってきましたが、とうとうわれわれ側近にまで、その中傷の矛先を向けてきたわけですね。何という恥辱でしょう！　これが過去の事件となった頃には、私の職場はディズニーランドの中に移っていることでしょう」

私も同じユーモアをもって返書をしたためた。「私たちは貴方のことを、単なるマウス補佐官と呼んだのではなく、ホワイトマウス補佐官と称したと理解しています。これにより人種的偏見のニュアンスも加味しているのです」。そして「全面的な公正調査」に乗り出す心積もりがありますかと尋ねたのだった。

時がたつにつれて、ヘンリー・キッシンジャーと会合する機会が増えていった。彼は当時まだ独身で、時々はくつろいだ社交的集まりにも招いてくれ、一緒に楽しく夜を過ごした。ずっと後にナンシー・マギニスと結婚した時には、もうこれで会えなくなるのかと悲しくなった。私は彼女を知らなかったので、私たちが今後もうまくやっていけるかどうか分からなかったのだ。しかし、次第に私たち三人は非常に親しい友人となり、現在でもこの関係は続いている。

新聞にかかわることで、ヘンリーのような友人とどのように付き合っているのかと訊かれることがよくある。それは、付き合う人によってそれぞれ異なる、というのが実情だろう。ただし、ヘンリーと私は友達だったので、ポストでもニューズウィークでも、私以上に親しく話せる社員はいなかった。もっとも、私たちの友人関係は、ヘンリーにとっては物事を多少難しくしたかもしれない。

ジョンソンを招いた昼食会

ニクソンは、依然として私にとって謎だった。一九七〇年はじめ、私はリンドン・ジョンソンに、「よくあなたのことを考えています。今ここにいるのは、私の記憶する限りでは最も変わったグループです！」と手紙を書いた。ジョンソンとレディー・バードが一九六九年一月にワシントンを去って以来、わざわざるを得ません。連絡をとりあっていなかったうえ、私たちの間に起こったさまざまな出来事が全部過去のものになってしまったように感じていたが、彼は、私からの手紙を読んで大変嬉しかったと返事をくれた。

イースター祭の頃になって、ジョンソンは大きな花束を贈ってくれた。これで、私たちの間にあった氷は完全に溶解したと感じた。私はすぐに電話をかけて、ワシントンに近いうちに来れるかどうか、そして来るならば、私にできることがあるかどうか、たとえばわが家での夕食会、あるいはポストでの編集昼食会などはどうかと尋ねた。すぐに返事が届いて、彼は両方とも出席したいと言ってきた。そして日時が設定された。

一九七〇年四月、ジョンソン夫妻がRストリートのわが家の夕食会にやって来た。一緒に招待したのは、彼の旧友たちと私の家族だった。ジョンソンはその晩の集まりを完全に支配していた。居間に彼の崇拝者たちを侍《はべ》らせて、ラリーとダンに二人の父親のことを長時間にわたって話してくれた。フィルからのメモや手紙を持参してきており、それを読みながら、彼にとってフィルがいかに大切だったかを聞かせてくれたのだ。最も偉大な、そして最も思いやりのあるジョンソンが、そこにいた。

しかし、その夜の夕食会がどんなに素敵だったにしろ、翌日の編集昼食会の盛況の前では比べものにならなかった。ポストとニューズウィークの主だった編集者と記者が参集した。昼食会は四時間以上にわたって続いた。ポストの記者、ディック・ハーウッドとヘインズ・ジョンソンは、後にこの時の模様を感動的かつ詳細に彼らの本『リンドン』の中に書いている。

二人は、ジョンソンがこのワシントン訪問のたった一カ月前に、非常に重い心臓発作に襲われていたことに注目した。ジョンソンの髪はほとんど白くなり、長く伸びていたが、これは彼の説明によれば、牧場から理髪屋まではかなり距離があったので、自分で調髪したからだという。昼食会の際も調子はあまり良くなかったようだが、大統領職にあった時のさまざまな問題に話が及ぶと、病気の影はたちまち消えてしまったように見えた。「次第に彼の振る舞いや機嫌が変化していった」と二人の記者は書いている。「ベトナムの話が始まると、突然彼は元気づき、力強くしゃべり始めた」

ジョンソンは当時、回顧録を執筆中だったので、彼の心中の大部分を占めていたのは歴史の中での自分の位置づけだった。ジョンソン自身と彼の政府が後世どのように見られるかを非常に気にしている様子で、昼食会のためにも用意周到な準備がなされていた。トム・ジョンソン――CNN現社長、当時はリンドンの管理担当アシスタント――に、高度な国家機密にかかわる書類を持ってこさせており、当時の政治決断がどのようにしてなされたか、すぐ私たちに明示できるようにしていた。トムは、二つのブリーフケースに一杯の、主としてベトナム戦争にかかわる秘密書類を持参していた。後にトムは、「あの時のような経験は、リンドンとホワイトハウスの中にいた時も、リンドンが退職した後も、まったくなかった」と言っている。

リンドン・ジョンソンは話している最中、後ろの方に手を伸ばし、控えていたトムは彼がどの書類を必要としているかをただちに了解して、リンドンの伸ばした手の中にその書類を渡すのだった。リンドンの振る舞いは、まるで後ろを見ないで走りながらバトンを受け取るリレー走者のように見えた。メグ・グリーンフィールドは、リンドンとトムの間のあたりに座っていたので、体を前に倒したり後ろにやったりして、前大統領の伸ばした腕の邪魔にならないように努めていた。

トムの感じたところでは、この時のジョンソンは、ホワイトハウスにいる間に達成しようとしたことに逆風として働いたさまざまな事象についての、彼自身の感情や欲求不満を発散させる場所として昼食会を利用しようとしたらしい。ジョンソンは、一九六七年当時、なぜ北爆停止を要請したかについての詳細な年代記録から話を始め、さらに一九六八年、なぜ大統領選不出馬を決断するに至ったかを説明した。決断をする上での背景などを、詳細なデータに基づいて、ほとんど分単位の精密さで、しかもジョンソン一流の話し方で説明した。新聞との間にあった愛憎の関係についても率直に話して、新聞のリベラリズムに関するアグニューの批判には多くの点で賛成だと述べた。彼はまた、子供時代にもふれ、政治家としての全経歴を振り返って思い出を語った。

話しているうちに、特に自分の経歴などに話が及ぶと、ヘインズとハーウッドも記している通り、ジョンソンは「より口語調で、よりテキサス訛りで」しゃべるようになった。「彼には迫力があった」と二人は記録したが、私もその通りの印象を持った。典型的なジョンソン流の作法だった。「彼はテーブルをドンドンと叩き、元気よく体を前後に揺すり、しかめっ面を作り、唇をなめ、腕を大きく振ってジェスチャーし、椅子にどしんと座り直し、辛辣な話から柔らかい話へと話題を縦横に変化させ、席に着いた瞬間からレディー・バードがポストに電話をしてくるまで、話し続けた。レディー・バードの電話は、もうそろそろ引きあげて休息すべきだというメモを渡してほしいというものだった」

この頃には、もう午後も遅くなっていたが、リンドン・ジョンソンはより真剣に、超然とした態度になっていた。彼は、国内問題における政治的成果を、誇らしげに列挙した。そして、人生に最も影響を与えた三人の男を挙げた。彼の父親と、「まるで父親同然だった」フランクリン・ルーズヴェルト、そしてフィル・グラハムだった。このリストからサム・レイバーン〔米下院議長〕が落ちていたが、入っているのが当然だったろう。「フィルは、私のことを侮辱し、ののしるのが常で、こうすることで、私の何が悪いのかを教えようとしたのだと思う」とリンドンは回想した。「そして、私が殴らんばかりに怒り出すと、彼は大笑いしたが、それは私を愛してくれているからなんだと、本当に分かるような笑い方だった。こうやって、彼は私を育ててくれたんです」

最後になって、やっと退出しようと椅子から立ち上がった時、私たちは全員起立していたが、リンドンはそこで友情に溢れた最後の挿話を語った。それは、サム・レイバーンの話で、レイバーンが政治活動を始めたばかりの、無名の若者時代のこと、テキサスの小さな町で一晩の宿を求めた時のエピソードだった。この時、銀行家も、新聞社主も、町の有力者たちはみな断わったという。ただ一人、年老いた鍛冶屋が招き入れてくれた。その後、年月は過ぎて、有名となり権力も得たレイバーンが、その町を再訪した時のこと、今度は誰もが彼を招待しようとした。レイバーンはすべての招待を断わって、年老いた鍛冶屋を呼んでくれるよう頼んだ。二人は夜遅くまで話し込んだ。レイバーンが、もう寝なければと言った時、鍛冶屋は「サムさん、私は一晩中でもあなたと話していたいんですよ」と言ったという。そして、リンドンは、これこそが「ポストの友達について私が抱いている本当の感情なんです」と言って話を終えた。

部屋にいたすべての人びとから、なかにはジョンソンのファンとはとても考えられない人物も含まれていたのだが、図らずも拍手喝采が湧き上がった。私がかつて見たことのない光景であり、それ以後にもこのような場面を目撃したことはない。それは非常に感動的な別れの場面だった。

家庭の悩み、広がる交遊

公的生活がますます多忙になっていく中で、私生活も、それ以上に大変になってきていた。しかしながら、この時期にはさまざまな個人的な楽しみもまた味わえた、記憶に残る平穏な日々だった。ある意味では、家庭問題も経験することになった。

一九六〇年中頃を通じて、母は年老いていくにつれ、体力的な衰えが急に目立つようになった。美食と過度の飲酒、それに加えて運動不足の報いで体重過剰のうえ、関節炎も患っていた。精神分析医が、ようやく飲酒を減らすことには成功したものの、運動能力を回復するにはすでに遅すぎた。しかし、興味と追求心を回復するのには、まだ遅くなかった。彼女は自分の権威を行使し、人を批判し、議論をふっかけてくるようになるまで回復した。それは本当に驚くべきカムバックで、彼女はその人生の最後の数年を、充実して生きたと思う。彼女の精神的な能力は、最後まで衰えていなかった。

一九七〇年のレイバー・デイ〔労働者の日、九月の第一日曜日〕を控えた週末、私は母に会うため、マウント・キスコを訪れていた。九月一日、私はメイドによって起こされたが、母が朝食のためのベルを鳴らさないので心配だという。メイドが何か悪い予感を感じていることはすぐに分かった。私は飛び起きて母の部屋に走り、彼女がベッドで不自然に硬直しているのを見つけた。触ってみると、すでに冷たくなっていた。母の死は、十分予測していたとはいうものの、現実となってみると、圧倒的な衝撃となって襲ってきた。母は、もはや愛することも、悔やむことも、張り合うことも、敵対することもできない存在になってしまっていた。

いつも不思議に思うのだが、私は他の場合には泣くことがあっても、死に際しては涙が浮かんでこなかった。非現実的な小説を読んだり、映画を見たり、あるいは驚いたり、怒ったりした時には泣き出すくせに、母の死のように深いショックを受けた時に泣かないのは人間的でないようにも思える。しかし、母の死に際してばかりでなく、夫のフィルの時も、父の時も、姉の時も、さらに後には兄の時も、あるいは親しい友人たちの場合にも、泣くことはなかった。

母の場合には、母の死が信じられなかったということがあるかもしれない。彼女は、長く、そして特異な人生を送り、彼女特有の足跡を至る所に残していた……もちろん彼女の子供たちにも、孫たちにも、そして二人の曾孫たちにも。母を尊敬する気持ちは年がたつにつれてますます強くなってきている。

長い結婚生活の破局を迎えたばかりの兄も、この頃の私の悩みのたねだった。彼は常に病気がちで、背骨と首に数知れない手術を受けていた。いつしか鎮痛剤を常用するようになっており、飲酒の量も増えていた。当時の彼の孤独感には凄まじいものがあった。しかし、幸せなことに、年月と共に彼もまた回復し、何年にもわたってすこやかに生活を送れるようになった。

息子のスティーヴも大変心配させてくれた。四歳年上の兄ビルが大学へ行くため家を去ってから、家庭では孤独だったに違いない。スティーヴは、その世代の典型的な例だった。セント・アルバンス校のクラスメートたちは、学校における麻薬問題に本格的にさらされた最初の生徒となった。親である私たちも、家庭内に現実として反映してくるこのように急激な社会変化に、どうして対処していいものか見当もつかなかった。残念なことに、私の家がクラスメートの中で一番大きく、監視の目が最も行き届かなかったので、スティーヴと友達の集会場所となり、彼の部屋は地域のマリファナ・パーラーの様相を呈してしまった。私が帰宅すると、窓という窓が開け放たれているときがあり、明らかにマリファナ喫煙の跡を消そうとしているのが分かった。私はこのような行為を止めるよう厳重に注意し、もし警察に捕まることがあれば、彼も彼の友達もポストの第一面に書かれることになると脅した。しかし、あまり効果はなかった。

社交生活も拡大の一途をたどっていた。一つには、業界の新しい友人が増えていたことがあり、他には、私が二つの都市、ワシントンとニューヨークで生活を送っていたことがある。社交生活の大部分は仕事に関連したものだったが、まったく個人的な楽しみのために交遊していた友人も多かった。私の心の中には、縁の遠い魅惑的な人びとの仲間には入れてもらえないだろうという気持ちが、いつもあった。有名人や、金持ちと付き合おうと努力したことはまったくない。しかし、息子のビルによれば、彼の記憶の中では、いつも多すぎるくらいの有名人が家に来ていたように思うということだった。自分の育った環境と、子供たちが現在生活している環境との中間地帯に、当時の私はいたのかもしれない。

ポスト社、株式公開に踏み切る

一九七一年春、非常に重要な決断を求めてフリッツ・ビーブがやってきた。彼は、現在の状況では他の大きな会社、たとえばタイムズ・ミラーやナイト・リッダーなどと同様、株式の公開が必要だと考えたのである。もし株式を公開しない場合には、会社は資産のうちの重要な部分、たとえばジャクソンヴィルのテレビ局を売却する必要があるという。フリッツは、ありていにいって、私たちの会社は現金が不足しているのだと言った。

フィルはストック・オプション〔自社株を一定値段で買い入れる権利〕をかなり広範囲の人

びとに与えていたが、わが社がプライベート・カンパニー〔株式譲渡の制限される私会社〕だったので、与えた株式をプライス・ウォーターハウス社の設定する値段で買い戻す義務があった。この頃には、自社株の値段が予想をはるかに越える高値になっていたので、社員が辞めたり、定年退職したりするたびに、非常に多額の現金でオプションを買い戻さなければならなかったのだ。

事態の全体をもっとよく理解していればよかったと、今でも思っている。それまでの私の学習コースは、主に編集と管理に限られており、事業面ではほとんど何の知識もなかったので、この問題に関してはフリッツの言葉を額面通りに受け取ることしかできなかった。つまり、取るべき道は二つしか残されていないということだった。一つは株式を公開することであり、もう一つはジャクソンヴィルのテレビ局を売却することだった。

株式会社となることで何が求められるのか定かでなかったが、とにかくプライベート・カンパニーには適用されない厳しい責任と規律が要求されることは知っていた。また、株主に対する情報公開が必要となることも知っていた。しかし、より規律ある方向で、より利益を生める方式で経営することは、きっと会社の将来にとってプラスになると考え、私は株式を公開し、株式会社となることを決断した。私の本能は、この際は前進すべきで、決して後退すべきでないと叫んでいた。

会社乗っ取りの時代はまだ訪れていなかったけれども、巨大会社が、友好的で紳士的態度を示しながら、いわゆるフィーラー〔情報屋〕などを送り込んできて会社の乗っ取りを謀る危険性があるということについては、まったく考えてもいなかった。しかしありがたいことに、フリッツと、彼のクラヴァス社のパートナー、ジョージ・ギレスピーがこれに気づいていた。彼らは株式公開の際に、二種類の株を設定することにしたのである。A株式は、およそ一〇〇万株発行され、すべてグラハム家の親族によって所有されることになった。これに対して、B株式は一〇〇〇万株発行され、一般投資家、私の兄、そして社員のために設立された利益共有基金によって所有された。A株式の大部分は私が支配し、残りは四人の子供たちが所有することになった。こうして、一般の人びとは、会社が家族経営であることをはっきり認識した上で、B株式を購入することになった。

ウォレン・バフェットの会社バークシャー・ハザウェーは一九七三年、B株式の一〇パーセントを取得した。ウォレンは後に、当時私たちの会社が株式を公開する必要はまったくないように思っていたが、株を公開してくれたのは大変嬉しかったと語った。事実、株式会社になることで生じるさまざまな責任のうち、ある部分については今も気の重い面もあるが、全体としては、私も株式の公開が嬉しかったのである。ウォレンが語ったことは、株式会社になったことで生じた数多くの前向きの影響の一つの例である。それはまた、利益率などに関して適切な試練を与えることになったが、と同時に株の値段などに過大な気遣いをする面も出てきた。また、新聞社で働いていない私の子供たちに、多少の経済的余裕を与えることができたのも事実である。

株式公開の期日は六月一五日と設定された。当日、米国証券取引所の取引フロアで行われた式典で、私は最初の株を二四ドル七五セントで買い、その後、一株二六ドルで株式が公開された。ワシントン・ポスト社の歴史の中でも記念すべきこの出来事は、実はニクソン政権との確執が次第に高まる中で同時進行していた。後で分かるのだが、この六月のこの日付は私の人生の中で最も劇的な日の一つとなった。

軋轢の前奏曲

これに先立つ一九七一年五月、ポストとホワイトハウスとの間に新たないざこざが発生したが、これはまったくの空騒ぎに近いものだった。当時、大統領の娘トリシア・ニクソンはエドワード・コックスと、六月に、ホワイトハウスで結婚式を取り行うことになっていた。私たちは、この結婚式と、それに先立つ行事の取材をジュディス・マーティンに命じていたが、結婚式のおよそ一カ月前になって、ホワイトハウス側は、ジュディスの取材を拒否してきた。その理由にあげられたのは、数年前のジュリー・ニクソンの結婚式の際、部外者立ち入り禁止で行われたプラザ・ホテルでの披露宴を、ジュディスが取材のために突破したからであった。ホワイトハウスの報道官は次のように語った。「率直に申し上げて、大統領御一家は、ジュディス・マーティンを快く思っておられません」

私はそれまで、ホワイトハウス関係者の多くと良好な関係を保っていたが、H・R・ハルドマンだけは例外で、彼とは関係を持ちたくなかった。彼には一種の背筋がぞくっとするような感じを持っていたし、ハルドマンもまた同じような感情を抱いているのは明らかだった。非公式の場でただ一度同席したのはジョー・オルソップの家での夕食会で、その時ハルドマンは隣りに座っていた。私は、何か問題があって話したい場合にはいつでも電話をくれるようにと彼に示唆していた。そして、ハルドマンが実際に電話をかけてきたのは、トリシアの結婚に関してだった。驚いたことに、この時、彼が電話口で発言すべき内容についてのメモを事前に用意した人物がいたのだ。そのメモはほんの数年前に公表された。

「あなたも多分ご承知のように、トリシア・ニクソンの結婚式におけるジュディス・マーティンの取材任命に関しては、当方の担当者と貴社担当者との間で、たびたび議論が重ねられてきました。

ジュディス・マーティンに対して結婚式取材の便宜を計らないという決定は、ホワイトハウスが行事を報道する機関を独裁的に決めているということにはなりませんし、いわんや懲罰的な意味合いなどまったくないということを、ご理解いただきたいと思います。

これは純然たる基本姿勢の問題で、政策などの舞台裏を知らせるオフレコの背景説明を洩らした場合と意味は同じです。ジュリー・ニクソンの結婚式を取材した三五〇人に上る記者のうち、二人以外の人びとは事前に決められた基本規則を遵守されたのです……規則を破った二人は、ジュディス・マーティンと、もう一人のポストの記者でした……

この決定の背後にある根拠についてはご理解いただけると思いますし、今回の情勢では、これが当方の取り得る最も論理的な行動であることもご賛同いただけると思います。また、この結婚式は完全に私的行事であり、公的行事ではありませんので、家族にとって、特にトリシアにとっては、非常に重要な意味を持つものですので、結婚式ができる限り明るく肯定的に報道されたいという、ニクソンご一家の願いについてもご理解いただきたいと思います」

ハルドマンはこのような内容で、五月一三日に電話をかけてきた。ホワイトハウスの電話盗聴システムからは何物も逃れることができなかったようで、私たちの会話も録音され、タイプ記録が作成されて、ニクソン書庫に保管されることになった。それによれば、私たちの会話は次のように終わっている。

「KG〔ケイ・グラハム〕　何か事態を沈静化させる方法がないものかと思うのですが……もっと馬鹿げた出来事が他にも起こっているのではないでしょうか。私は、ラリー・スターンが彼女を取材担当に任命した時に、以前のことを知っていたかどうか確かではないんです。ご存じと思いますが、彼は前の時にはいませんでしたから。事態を大きくしてしまうのが嫌なんです。あなたの方にも、私の方にもそんなに深刻な影響が出るわけではないでしょう？

H〔ハルドマン〕　多分そうでしょう。多分大きな影響はないかもしれません。

KG　つまりですね（笑い）、あまり問題じゃないということですよ。今、真剣に考えているのは、何か方法がないものかと……。普通は両方を救える解決策があるものなんですよ。きっと何か考えつくでしょう、あなたが問題をそのままにしておきたいと思っているのでなければ……それは馬鹿げていると思いますよ……。

Ｈ　そうですな。

ＫＧ　ですから要は、両方が問題を起こしてしまい、今や両方とも立場を撤回できないということでしょう……私はこちら側の人間については抑えるように努力しますよ――それが、私にできる最良の方法と思いますから。しかし、またお会いしてですね、テーブルを叩いて抗議するようなことにならないとも限らないわけですよ。正直言って私の方はかまいませんが……」

このような会話を印刷物で読むと実に当惑させられる。もっと後であれば、事態をもっと異なった方法でうまく処理できたかもしれない。しかし、私は非常に困った状況にあった。当時〈スタイル〉欄に掲載されていた辛辣なパーティー記事の傾向には大変憂慮していた。そして、ジュディスのペンがいかに鋭いかを知っていただけに、もっと重大な問題が他にも山積している状況の中で、何でこのような問題で戦いを起こさなければならないのかと、個人的には思っていた。ジュディー〔ジュディス〕は確かに有能な、才能のある記者であるには違いなかった。しかし、私の娘の結婚式を彼女に記事にしてもらおうとは決して思わなかっただろう。すでに彼女は、トリシアのことをバニラ・アイスクリームにたとえた記事を書いてしまっていた。たいていの状況ではすべての部下を擁護するのにやぶさかではなかったが、私たちの立場の正しさについて疑いを抱く場合には、物事にためらいが生じるのも事実である。

結局のところ、結婚式の取材許可をもらえなかったために、ポストは最も優れた関連記事を掲載することになった。他社の記者たちがホワイトハウスに抗議する意味を込めて、自由に使ってよいという条件で、ジュディーに彼らの取材ノートを渡してくれたのである。これにより、ワシントン中で最も豊富な情報が集まることになった。結婚式の記事は、ポストの第一面に、署名なしで掲載された。

タイムズが投下した爆弾

しかし、同じ日、六月一三日のニューヨーク・タイムズには、もっと重大な記事が掲載されていた。それは、タイムズ紙が独自に発掘して掲載を始めたベトナム戦争に関する秘密文書の記事だった。皮肉なことに、後に「ペンタゴン・ペーパーズ」として知られるようになるこの文書のことを、私は他の結婚式に出席して知ったのである。

ダンと彼の妻メアリーと私は、週末を過ごしにグレン・ウェルビーを訪れていた。六月一二日土曜日の午後、スコッティーとサリーのレストン夫妻の次男ジミーの別荘での結婚式に出席するためである。結婚式は大変家族的な雰囲気の中で行われたが、その最中の会話で、スコッティーはダンと私に、タイムズが翌日から、米国をベトナム戦争に巻き込み、またそれを終決させるに至る意志決定の過程を記録した超極秘文書に関する記事の連載を開始すると話したのである。文書は「ペンタゴン・ペーパーズ」と呼ばれるが、正式には「ベトナム政策に関する米国の意志決定過程の歴史」という題名であるとも話してくれた。

ジョンソン大統領には知らせずに調査文書の作成を命じたのは、国防長官ロバート・マクナマラで、時期は一九六七年中頃、彼が国防総省を去る前のことだった。マクナマラは後日、調査の目的は「学者たちに生の資料を残し、そこから当時の真実を再評価できるようにするため」だったと語っている。

ダンと私にとって、タイムズが持っているものが一体どのような代物であるのか、見当もつかなかった。しかし、それが何であれ、重要な物に間違いはなかった。そして、タイムズの編集者と記者がかなり以前から作業に取りかかっているのも明らかだった。さらに私たちにとって重要だったのは、ニューヨーク・タイムズがそれを独占しているという事実だった。グレン・ウェルビーの家に戻るやいなや、ポストの編集者たちを電話口に呼び出し、彼らはすぐ、さまざまな所に連絡を取り始めた。しかし、何も得られなかった。ベン・ブラッドレーは、この春頃から、タイムズが何かのネタで「ブロックバスター〔複数のメディアを駆使した大ヒット作戦〕」にとりかかっているという噂を耳にしていた。しかし、それが何であるのかは、彼自身が新聞連載を見るまで分からなかった。

日曜日の朝、私はウォレントンにタイムズの朝刊を一〇部届けさせた。かなりの人数の関係者がそこで週末を過ごしていたからだ。私たちは日曜日の大部分を費やして、「ペンタゴン・ペーパーズ」に関する六ページにわたるニュース記事と特集記事を熟読し、その内容と、これが与えるであろう衝撃について検討した。

記事の分析の結果分かったことは、「ペンタゴン・ペーパーズ」が、大筋においてマクナマラが言うところの目的そのものであること、つまりインドシナ半島における米国の役割に関する膨大な歴史的資料であり、「百科事典的で、客観的なもの」であるということだった。また私たちは、この調書は作成に一年半をかけ、その結果として三〇〇〇ページの史的記述と、四〇〇〇ページの補遺資料で出来上がっており、全体で四七巻になっていることを知った。内容的には、第二次世界大戦から、パリでベトナム和平交渉が開始される一九六八年五月までの期間における、インドシナ半島全域での米国のかかわりをカバーしていた。

後日、私たちは、タイムズ内部ではこの超極秘文書を公表するかどうかで厳しい議論が戦わされたという事実を知った。スコッティーをはじめ編集者たちは公表することを主張した。スコッティーは常に、これは単なる法律的問題ではなく、より高度な道義の問題でもある、米国国民に対する欺瞞行為が広範に行われており、これに対処するためにも公表すべきだと主張した。タイムズの顧問弁護士たちは、公表に強く反対し、結局この件から手を引いてしまった。しかし、それにもかかわらずタイムズは行動に移り、あの六月中旬の日曜日朝刊で、爆弾記事を各家庭に配達したのだった。

編集主幹のベン・ブラッドレーは、スクープされたことに激怒した。彼は、ポストを精力的に発展させ、タイムズと対等に競争できるようになることを目指したばかりでなく、タイムズと同じような真剣さで対応されること、常に彼らと同じ位置にいること、同じセンテンスの中で同等に引用されることを目指していた。そして、タイムズは大爆弾を私たちの頭上に投下してきた。ベンは屈辱を味わってはいたが、屈伏することなく、機密文書をポストのために入手する手立てを講じた。その一方では、彼はプライドを捨て、タイムズのクレジットをつけて記事を書き替えてポストに掲載し、タイムズに対抗する道も確保したのだった。

翌一四日、月曜日には、私は他の用事でニューヨークにいた。仕事が終わってから何人かの友達と夕食を共にしたが、その中にはタイムズ編集局長のエイブ・ローゼンタールがいた。私は食事の前のワインを楽しみながら、「ペンタゴン・ペーパーズ」の公表が大成功したことについてお祝いの言葉を述べた。そのすぐ後、まだ食事が運ばれてこないうちに、エイブにメッセージが届き、それによれば、政府が文書の公表を中止するよう要請してきたという。実際は、大統領の了解を得て、司法長官ジョン・ミッチェルと司法省国内治安局担当副長官ロバート・マーディアンが連名で文書を送り付け、その中で、もしタイムズが従わないならば、政府は裁判所に公表差止め命令を求める、と伝えていたのだ。エイブはすぐ席を立ち、私は給仕長の持っていた携帯電話を借りてベンを呼び出し、何が起こったかを伝えたのだった。

そうこうするうちに、タイムズは連載記事の中止要請を「丁重に」断わり、裁判で決着をつける道を選んだ。不思議な偶然だが、スコッティーが政府の対応を最初に聞いたのは、妻のサリーと共に、ボブ〔ロバート〕・マクナマラと夕食をしている時だった。マクナマラ夫人はその時入院していたのだ。スコッティーは、タイムズが政府の要請を断わったことについてどう思うかとマクナマラに尋ねた。マクナマラは、彼一流の積極的考え方で問題を推理し、文書があまりにも早く公表されてしまったのは心外だが、タイムズはひるむことなく決断を貫くべきだと励ましたという。

マクナマラは、タイムズがミッチェルのメッセージに答えて政府に送ろうとしていた返書の内容について、スコッティーと一緒に検討もしてくれた。その予定稿の中で、タイムズは「裁判所の決定に従う」とされていた部分を、「最高位の裁判所の決定に従う」と書き替えるように助言したのは、他ならぬボブだった。実際には、タイムズは「裁判所の最終的な決定に従う」という折衷案で決着した。スコッティーの後日談によれば、もしマクナマラの進言がなかったならば、タイムズはいかなる下級裁判所であれ、不利な決定が出た場合には、ただちに印刷を中止せざるを得ない状況になっていただろうという。こうして、締め切りのたった三〇分前に、タイムズは不注意な、そして非常に不利な状況を招きかねない誤りから救われたのであり、その恩人は誰あろう、前国防長官だった。

「ペンタゴン・ペーパーズ」の掲載を継続するという決断は、タイムズにとって、それまで七五年にわたって世話になってきた弁護士事務所と別れ、新しい顧問弁護士を急いで探さなければならないことを意味した。タイムズにとって幸運だったのは、イェール大学法学部教授のアレクサンダー・ビッケルが法律顧問になることを了承し、また新進のフロイド・エイブラムズがビッケルを補佐する法廷担当弁護士になってくれたことだった。

一五日火曜日の朝刊で、タイムズは連載記事の第三回を発表するとともに、公表を阻止しようとする政府の動きについても報道した。同じ火曜日午前には、弁護士団の終夜にわたる引き伸ばし工作の末、タイムズはマレー・ガーフェイン判事の許に出頭した。ガーフェイン判事にとっては、裁判所で判事席についてから、これがわずか二日目の仕事だった。判事はタイムズに対して、自発的に公表を中止するよう求めたが、タイムズはこれを拒否した。そこで判事は掲載差止めの仮処分命令を出し、次の事情聴取の日取りを、その週の金曜日と設定した。これが、米国における新聞に対する公表事前抑制（プライアー・リストレイント）の最初の事例となった。

タイムズから再録された最後の記事がポストに掲載されたのは六月一六日水曜日で、その日は私の誕生日でもあった。私はジョー・オルソップの家で、ポリー・ウィズナー、ボブ・マクナマラと共に夕食に招待されていた。実は、この日はタイムズにとっては思いのままの紙面が作れる最後の日だったが、ポストにとっては、遂に「ペンタゴン・ペーパーズ」そのものを入手できた重大な日となった。

ポストの困難な立場

ポストの記者や編集者たちは、「ペンタゴン・ペーパーズ」を手に入れるために必死の努力を続けていた。全国記事の編集者ベン・バグディキアンは、タイムズの入手先がダニエル・エルズバーグではないかと見て、ボストンのエルズバーグに継続して電話攻勢をかけていた。そしてとうとう、一六日になって、エルズバーグの友人からバグディキアンに電話が入り、公衆電話で折り返しエルズバーグに電話するようにと伝えてきた。バグディキアンがエルズバーグと話したところ、エルズバーグはその夜にでも「ペンタゴン・ペーパーズ」を手渡すことができるという。

バグディキアンは新聞社に戻り、ジーン・パターソンに相談した。ベン・ブラッドレーは不在だった。相談とは、もし「ペンタゴン・ペーパーズ」の入手に成功した場合、一八日金曜日の朝刊から掲載を始めてもらえるかどうか、確認をもらいたいというものだった。ジーンはもちろん、われわれはやると約束したが、さらに君自身がブラッドレーに確認した方がよいと忠告した。そこでバグディキアンは、空港からベンに連絡を取り、その了承を得た。その時のブラッドレーの返事と言われるのは、いかにも作り話めいているが、彼だったら確かに言ったかもしれないと思わせるものだった。「もしわれわれが公表しないとしたら、それはワシントン・ポストに新しい編集主幹が来るということだろうな」

バグディキアンはボストンに向けて急遽空港を出発したが、彼は電話の指示に従って空のスーツケースを携えていた。ワシントンに戻ったのは翌朝で、「順序がメチャメチャで、ページ番号もほとんど記入されていない、乱雑な複写コピーによる大量の書類束」と表現される代物を運んできた。彼が携えて行ったスーツケースは、受け取った書類の量に比べてあまりにも小さかったので、大きな段ボール箱に文書のほとんどを詰め込み、ファースト・クラスの座席を二人分使用して、隣りの座席に段ボール箱を鎮座させてワシントンに戻ってきた。そしてもちろんポストは追加経費を喜んで支払ったのだった。

バグディキアンは、空港から直接ベン・ブラッドレーの家に向かった。ベンはすでに数人の記者を家に集合させていた。チャルマーズ・ロバーツ、マレー・マーダー、ダン・オーバードルドーファーなどで、その他にも二人の秘書が書類を整理するために控えていたし、論説担当のフィル・ゲイリンとメグ・グリーンフィールド、ハワード・サイモンズも到着していた。チャル［チャルマーズ］は定年退職を二週間後に控えていたが、彼とマレーは内容を最もよく承知していたし、特にチャルは社内で最も速筆の記者として知られていた。彼らと一緒に、会社の顧問弁護士ロジャー・クラークとトニー・エッセイの二人も待機していた。ビル・ロジャーズはすでに国務長官として入閣し、彼の事務所を去っていた。

四四〇〇ページもの書類を整理し直し、何を記事にするかを決めるのは、それだけでも一日以上を要する大仕事だった。さらに重圧となっていたのは、タイムズが以降の発表をすでに禁止されたことを知っており、ここでワシントン・ポスト社が文書の公表に踏み切れば、それは事件の経緯を知りつつ行ったことになるのだった。

「ペーパーズ」を見つけ、入手したのは大変嬉しかったが、私は六月一七日をいつもと同じように過ごした。その午後には、私の家でハリー・グラッドスタインのために大きなパーティーを予定していた。彼は愛すべき人だったが、近くポストを退職することになっていた。販売部門の責任者として入社し、この時には副社長兼営業局長だった。ポスト社営業部門のほとんどの社員がパーティーに参加してくれた。フリッツ・ビーブもわざわざワシントンに来てパーティーに出席したが、すぐにベンの家に向かい、事態の進展を見守った。その頃、ベンの家では激しい法律論争が繰り広げられていた。

ベンは、記者たちが原稿を執筆している部屋と、弁護士たちが会議を行っている居間とを頻繁に往復して意見の調整をしていたが、弁護士たちは公表に強く反対しており、少なくともタイムズに対する公表差止め命令の結論が出るまでは待つべきだとの意見で固まっていた。しかし、私たちの立場はタイムズとはかなり異なっていた。すでに裁判所はタイムズに対して命令を出しており、もし私たちが公表に踏み切れば、それは法律を無視し、裁判所の決定を軽視したと見られても当然だった。

さらに問題を困難にしていたのは、会社の経営上の微妙な立場だった。株式を公開するに当たっては、会社は株式引受人――私たちの場合にはラザール・フレール社に率いられたグループ――と協議を行い、株式公開の当日には当事者全員の合意によって株価を決定し、合意書に署名する。私たちの合意文書によれば、株式引受人は、一週間以内にすべての株式を買い入れ、その一週間以内に希望者を募って株式を再販することになっていた。さらに基本条項として、各種の非常事態の場合、たとえば戦争の勃発、国家的危機、あるいは私たちの場合に最も妥当性のあるケースである会社が刑事告訴された場合などには、株式引受人は契約を解除できることになっていた。タイムズが一時差止め命令に服している間に秘密文書を公表すれば、まさに私たちはこの危険を冒すことになりかねないのだった。

これに加えて、フリッツは事業趣意書の中に、会社は新聞発行によって地域社会と国家的福祉のために奉仕すると明記していた。そして今や、フリッツは株式引受人たちがこれを根拠にして、すなわち私たちの行為は国家的福祉に反すると異議を唱える――実際に政府はそう主張した――のではないかと危惧し始めていた。フリッツは、論説上の問題や論説記者たちに対しては、ポストにおいてもニューズウィークにおいても、きわめて細やかな配慮をする人物だったが、この場合には、彼は顧問弁護士として、会社自体の将来を配慮しなければならない立場だった。さらに彼は、会社が「スパイ防止法」によっても不利な立場に立たされる可能性があると心配していた。彼は、政府が会社を起訴することは間違いないと考えており、もし会社が重罪犯とされた場合には、テレビ放送局を所有、運営する免許を剝奪されることは明らかで、これは現在ののるかそるかの危機的状況に加えてさらに財政上の問題を発生させることを意味した。

こうしたなかで、ベンの家の一部屋では、チャルが翌朝用の原稿を猛烈な勢いで叩き出している間に、マレーは文書全体をゆっくりと慎重に読み解いており、ダン・オーバードーファーはジョンソン政権末期に関する連載記事にとりかかっていた。そして、他の部屋では、弁護士とフリッツ、それに編集者が集まって、深刻な法律問題を議論していたのだった。弁護士のクラークとエッセイは一貫して公表に反対し、報道の自由に関する戦いはタイムズに任せようという考え方だった。フリッツはこれら二人の弁護士を支持しているようだった。

ベンは、記者、編集者と弁護士との間で立ち往生していた。記者、編集者は公表に向けて意見が一致しており、報道の自由をめぐる戦いではタイムズを支援しなければならないと決心していたのに対し、弁護士たちは、「ペーパーズ」を一八日金曜日にはポスト紙上で公表せず、その代わり日曜日に公表することを司法長官に通知するという妥協案を考え出していた。

完全公表側のハワード・サイモンズは、その場の記者たちを総動員して、弁護士たちと直接議論を始めた。オーバードーファーは、妥協案は「今まで聞いた中で最も愚劣なアイデア」だと文句を言った。チャルは、この案はポストが司法長官に対して「土下座するに等しく」、ポストが公表しないならば、退職を二週間早めて辞職に切り替え、その卑怯なポストの行為を公に非難すると宣言した。マレー・マーダーは、彼の記憶によれば、公表しない場合には報道機関としてのポストは、公表した場合よりもひどいダメージを受けると言った。「なぜならば、報道機関として腰抜けと見なされ、新聞の信頼性を完全に失ってしまうからだ」と主張した。バグディキアンは、「ペーパーズ」を公表するというエルズバーグとの約束を弁護士たちに説明し、「報道の自由を主張するための唯一の方法は報道することだ」と言い切った。

論争で大騒ぎになっている最中、ベンは弁護士たちを伴って部屋を離れ、彼の最も親しい友人エド・ウィリアムズに電話をかけた。エドは、今では私の親友にもなっている。当時エドはシカゴにいて、離婚裁判の法廷活動をしている最中だったが、ベンはシカゴ・サン・タイムズの編集者に連絡を取り、コピーボーイに、大至急相談したい、というメッセージを法廷まで届けてもらった。

エドは、鋭い政治的な感覚とともに、幅広い常識も兼ね備えた偉大な弁護士だった。二人は、ベンの憶えている限りではおよそ一〇分間話し合い、この間にベンはできるかぎり客観的に目下の状況を説明して、エドの反応を待った。最終的にエドは「よし、ベンちゃん、やってみるべきだよ」と言った。

「やりましょう。実行です」

ジーン・パターソンに与えられたその日の任務は、編集局を通常どおりに運営することだった。しかし当然であろうが、編集局のスタッフは、社内の動きについても、外の事件の場合と同様に、敏感に感知していた。チャル、マレー、そしてダン・オーバードーファーらが、バグディキアン、ハワード、それにベンと共に消えていることに気づかない者はいなかった。確実に、何かが起こりつつあった。

ジーンは、私のパーティーに参加する途中でベンの家に立ち寄り、それから歩いて丘を登って私の家にやって来た。彼は、客の応対をしている私を部屋の隅に引っ張って行くなり、これから起ころうとしている状況について最初の警告を発した。彼によれば、記事を掲載するかどうかについて、すぐにも私の最終決断が迫られることになりそうだという。そして、「新聞の良心が試される時がきたことが、あなたにも十分分かっているはずだ」と彼は言った。

「何ですって！　そんな所まで進んでしまっているの？」と私は尋ねた。

「そうなんです」とジーンは答えた。

貴重な時間が過ぎていった。第二版の締め切り時間が迫っていた。グラッドスタインのパーティーの途中で、ジム・デイリーが二回も私のもとにやってきて、いつ頃記事が入稿されるのか、何時になったら印刷にかかれるのか、ベンの家から何か連絡がないか、と心配そうに訊いた。私は、不思議なことに、あまり心配していなかった。あちらではもうすぐ記事を書き上げるはずだし、締め切りには十分間に合うはずだと請け合った。

大変気持ちの良い六月のこの日、パーティー会場は家の中からテラスに広がり、やがて芝生にも広がっていった。私は、主賓のハリーのために乾杯をして、いかに会社のために、そして私自身にとっても、貴重な人材だったかを夢中でしゃべっていた。そのスピーチの最中、ふと気がついてみると、誰かが袖を引っ張っており、何か切迫した様子で「電話がかかっていますす」と囁いた。

私は、まずスピーチを終わらせてからにしたいと言ったが、「すぐに電話に出て下さい」という。遅まきながら、事態が非常に重大で緊急を要することが呑み込めたので、急いで話を切り上げ、図書室の隅の受話器を取った。私はドアを開け放しにし、横にある小型ソファに座った。すぐ横にはポール・イグナチウスが立っていた。フリッツが電話口に出ていた。彼は翌朝の朝刊で公表すべきかどうかについての弁護士側と編集者側の論争について話し、両者の論拠を概略説明した後、こう言った。「言いにくいのですが、あなたが最終決断をしなければなりません」

私はフリッツに、彼の個人的な判断を尋ねた。フリッツには鋭い編集者的な判断力もあったし、穏当な発言をすることを知っていたので、彼なら信頼できると思ったのだ。しかし、彼が「私だったら公表しないと思います」と言うのを聞いて私は驚愕した。

私は、考えるための時間がほしいと言った。「もっと話し合うわけにいかないの？　なんで私たちは、タイムズが三カ月もかけて決断したことを、そんなに性急に決めなければならないのかしら?」と尋ねた。

この頃には、ベンと編集者たちが、ベンの家の別の内線電話で私たちの話を聞いていた。私は彼らに、そんなに急ぐ必要はないのではないかと話し、これについては、あと一日は考えてもよいのではないかと提案した。「いいえ」とベンが言った。公表への勢いを持続することがこの際最も重要であり、記事は一日でも間を置かない方がよいというのである。そして、私たちが「ペーパーズ」を入手したという噂は、すでに広く流れていると彼は強調した。国内のみならず、世界中のジャーナリストが固唾を飲んで私たちの決断を見守っていたのだ。

編集者たちの熱烈な話しぶりから、もし公表しなかったならば、会社の編集フロアでは大変な問題が発生するだろうと思った。公表と決定した場合には私たちの新聞を潰すことになるかもしれないと私が言った時の、フィル・ゲイリンの反応をよく憶えている。「その通りです」と彼は言った。「しかし、新聞を潰す方法は一つだけではありませんからね」

編集者たちが次々に「やるべきです」と電話で主張するたびに、横に立っていたポール・イグナチウスが、一段と強い調子で「一日待って下さい、一日待つべきです」と繰り返すのだった。

私は、フリッツが「自分だったら公表しない」と言ったことに困惑していた。彼のことを十分知っているつもりだったし、重要事項について意見が相違したこともなかった。また、弁護士の立場にあるのは彼なのであって、私ではなかった。しかし、彼が発言した時の「話し方」

について気がついたことがあった。彼は、その発言を繰り返し強調しなかった。また、株式公開に関連する諸問題についても触れようとしなかった。そして、さらに明らかなこと、つまりこの決断には会社の運命がかかっているという重大問題についても何も言わなかった。彼は単に「自分だったらやらないと思う」と言ったに過ぎないのだ。こうして、自分の意見とは異なっても、彼は私のために別の決断に至る道を用意してくれたようにも思えた。恐怖と緊張から、私は大きく息をつき、そして言った。

「やりましょう。やりましょう。実行です。公表しましょう」。そして、受話器を置いた。

印刷を止めなかった唯一人の裁判官

こうして、決断は下された。だが、その夜、フリッツがわが家を訪ねて来た。まだ心配していた弁護士のロジャー・クラークが、新たな問題を思いついたのだ。ロジャーが恐れたのはタイムズとの共謀という追加告発の可能性で、このため彼は「ペーパーズ」の入手先を知りたがった。この頃、バグディキアンが新聞社に到着し、タイプにセットするチャルの原稿の最後の部分を持ってきていた。最初のうち、バグディキアンは入手先は秘密だと頑張っていたが、ロジャーがどうしてもと執拗に迫ると、彼はエルズバーグの名前を口にした。エルズバーグはタイムズ側の入手先と疑われていた人物なので、共謀に関するクラークの懸念はいっそう強まることになった。

このクラークの懸念は、ブラッドレーを通じてフリッツと私に伝えられた。この時はフリッツが私を大変助けてくれた。共謀があったとすれば、それがどの程度状況を不利にするものか、私には見当がつかなかった。しかしフリッツは、一度決断を下したのだから、それに従って行動すべきだと忠告してくれた。私は安心して彼の意見に賛成した。

今や顧問弁護士たちは、私たちの後ろ盾となってくれており、非常に強力な援護をしてくれていた。これに加えて、フリッツを迎えていた。ニューヨークに本社のあるクラヴァス法律事務所のローズウェル・ギルパトリックを迎えていた。フリッツは非公式に以前から彼と連絡を取り合っており、またベンは、エド・ウィリアムズと連絡を取り合っていた。私たちのロイヤル・ケーゲル・アンド・ウェルズ法律事務所ワシントン支所の二人の若い弁護士は、ニューヨーク本社に法廷担当者の派遣を要請し、ウィリアム・グレンドンが来た。私たちは彼とは面識がなく、また彼もこのような訴訟についてはあまり経験がなかった。

一八日金曜日の午後三時頃、たまたま私がベンのオフィスに座っていると、当時、司法省の副長官だったウィリアム・レンクィストから電話が入った。レンクィストは、彼がタイムズに送ったものとまったく同文のメッセージをベンに読んで伝えた。ベンはレンクィストに、「私が謹んでお断わりしなければならないのは十分ご理解いただけるでしょう」と述べた。ベンはまた、連載記事の残りの部分の掲載を、タイムズの訴訟の結果を待つために遅らせることも拒否した。政府はただちにポストに対して訴訟を起こしたが、その内容はタイムズに対するものと同様で、被告人として、新聞の発行人欄に名前の記載されている全員と、六月一八日に掲載された最初の記事を書いたチャルマーズ・ロバーツが名指しされていた。

事件は、裁判所の順番に従って、ゲルハード・ゲッセル判事の担当と決定した。彼は、リベラルな思想を持つ優れた法律家だった。

六月一八日午後八時五分、ゲッセル判事はポスト勝訴の判決を下し、公表記事のこれ以上の連載を差し止める命令を却下して、次のように述べた。「当法廷には、当該情報の公表がいかなる理由によって国家の安寧を損なう結果となるかについて、何の証拠も提出されていない」

政府はただちに上訴裁判所に控訴し、そこの判事によってゲッセルの判決はくつがえされ、午前一時二〇分頃に、政府側勝訴の判決が下された。この上訴裁判所にはフリッツ・ビーブも弁護団と一緒に加わっていて、すでに数千部の朝刊が出回っており、印刷機にも原版が設置されていると主張した。午前二時一〇分頃、裁判所は私たちの主張を了解し、その夜のうちに刷り上がっている新聞については発行差止め命令が及ばないことを認めた。こうして、ポストは印刷を終了することができた。

ゲリー〔ゲルハード〕・ゲッセルは定年退職した後で、次のような回想談を語ってくれた。

「もし私の墓誌に何か彫り込んでくれるという奇特な人たちがいるとすれば、彼らが思いつくのは、きっと私がペンタゴン・ペーパーズ事件の裁判に関与した二九人の裁判官の中で、ただ一人、新聞の印刷を一分たりとも止めなかった裁判官だったということだろうね。ただ一人だけということに、これまで多少の誇りを感じてきたんだ」

ゲッセル判決を停止するに当たって、上訴裁判所は、さらに範囲を広げた細部にわたる聴聞会を六月二一日月曜日に行うよう、ゲッセルに命令した。そこで彼は週末一杯を利用して、事件の裏に何があり、聴聞に当たってどのように対処すべきかを仔細に検討した。裁判所の建物が改築中だったので、この時ゲッセル判事は、司法省担当者との打ち合わせを自宅で行った。来宅した数人の担当官に対して、「ペーパーズ」の内容のうち、最も国家に損失を与えると思われる事例を一〇例だけリストにするよう依頼した。そして、月曜日の聴聞会はこのリストにあげられた一〇例に絞って行われると言い渡した。

この時点で、司法省側の弁護士は、被告側つまり起訴状に記載されたポスト関係者全員については、当然月曜日の聴聞会には参加しないものと了解するとゲッセルに伝えている。この聴取は秘密会形式で行われるべきだと主張したのである。ゲッセルは毅然とした調子で「われわれはそのような形式を取らない」と述べ、「もしそのような形で行うのであれば、私は訴訟を却下する。聴聞会などは行わない」と付け加えた。そして司法省弁護士に、ホワイトハウスに電話して相談するよう示唆した。ゲリー自身の回顧談によれば、その時彼は「どこの誰とでもよい、そのような指示を与えた当人と相談せよ。そして、それが条件ならば訴訟を却下すると判事が主張していると伝えよ」と言ったという。弁護士は実際にどこかに電話をかけたが、戻ってきて言うには、被告側が同席するのに異存はないということだった。

二一日月曜日になって、私たちは聴聞会に出席するため裁判所に出頭した。フリッツ、ベン、ダン、彼の妻メアリー、そして私も含む多くの人びとがポスト側から出頭した。裁判所の外には大勢の報道陣が押しかけていた。法廷の窓という窓には覆いがかけられ、外と遮断されていた。

聴聞が進んだ段階で、政府側は、元ＣＩＡ職員で国防総省で働いていた男を証言台に呼んだ。彼は状況がどのように深刻なものであるかを説明し、これらの文書が公表されることで、米合衆国の戦略計画が明らかになってしまう可能性があると証言した。ゲッセルはこの男の証言を信用せず、戦略計画に携わっている現役将官の証言を要請した。ただちに法廷に到着した将軍は、勲章を山ほどつけた典型的な軍人タイプだった。真実のみを述べるという宣誓をした後、彼は次のように発言した。「裁判長、もしこのような物が戦略計画であると考える人間がいるとしたら、彼らにはそう考えさせておけばよろしいと思います。なぜなら、これらは完全に時代遅れになった代物だからです」

次に政府側は、リストに記載された別の問題を取り上げ、状況を有利にしようとした。その主張によれば、ベトナム政府内部に入り込んだカナダ人外交官がおり、彼は米国側に情報を提供していたという事実が文書の中にあるのだった。彼の行為はカナダの反逆罪に触れる。政府側の考えでは、もしこの情報が公になれば、彼の行為は重大犯罪に問われ、死刑に処せられる可能性があるという。この場面ではポスト記者たちの取材能力が大変役に立った。彼らは供述書を提出したばかりでなく、いわゆる「極秘」扱いとされたことが、実はすでに報道されているという事実を証明する文献を用意したのである。チャル・ロバーツは、ただちに何冊かの出版済みの書籍を弁護団に提出したが、これらの本のすべてに、カナダ外交官のことが、名前はもとよりその行為まで詳細に述べられていた。これで、その件は落着した。

最終的にゲッセル判事は、政府がポストに対して公表差止め命令を出すことを許可せず、これによって連載記事の再開を許す判断を下した。しかし、当日遅く、コロンビア地区上訴裁判所は一時差止め命令の継続を指示し、上訴裁判所の裁判官九名全員の出席のもとで聴聞会を開催するよう命じた。この聴聞会は六月二二日に開かれ、私はこの法廷にも出席した。法廷は、ゲッセルの判断を支持し、憲法で保障されているように、ポストには「ペーパーズ」に基づく連載を継続する権利のあることを是認した。しかしながら、同時に法廷は、一時差止め命令については上告の機会を認めて、継続されるものとした。

ニューヨーク・タイムズが最初の記事を掲載したその日、法務局長〔最高裁で連邦政府の代理人を務める〕アーウィン・グリスウォルドは、夫人と共に、フロリダのホテルのプールで日光浴をしていた。前夜、フロリダ州弁護士連盟の大会で、彼はスピーチをしたのだ。タイムズに掲載された「ペンタゴン・ペーパーズ」に関する記事を読んだ瞬間、夫人の方に向き直って、「近いうちに最高裁判所で裁判にかかわることになるかもしれない」と語った。後年、私に話してくれたところでは、裁判になるとしても早くて一一月頃だろうと、その時は思ったらしい。

フロリダから戻ると、司法長官から、すぐに電話するようにとのメモが届いていた。グリスウォルドは、ジョンソン大統領によって任命され、ニクソン政権下でも同じ任務を継続していた。彼は、ミッチェル長官をはじめとする司法省高官たちとの会合の席で、一貫して「この件には深入りしないよう忠告し続けた」という。「はっきり言って、われわれの側にはよって立つべき論拠が何もないと強硬に主張したのだが、深入りしない方がいいと考える者は、私以外にはいなかった」

六月二五日金曜日、最高裁判所は、タイムズおよびポストの両社から提出されていた「事件記録書類移送命令」執行要請を許可した。同時に、裁判過程の違いから、タイムズには未だに公表差止め命令の効力があり、ポストは禁止されていないという状態だったため、最高裁判所は、少なくとも最終的判断が下されるまでは両社とも同じ公表差止め状態に置くという判断を下した。これが、最高裁が新聞記事の公表を制限した最初の事例となった。

最高裁が裁判開始を許可したことにより、グリスウォルドにとっては大変な事態となった。彼には「訴訟摘要書《ブリーフ》」を用意するのに二四時間しか残されていなかったが、「ペーパーズ」の原本を読んだことすらなかったのだ。彼はただちに「ペーパーズ」の検討に入り、政府関係者三人を呼んで、それぞれに、「ペーパーズ」が全面的に公表された場合にはどのような問題が発生するかを報告するように命じた。しかし、これら三人の詳細な報告を聞いても、政府側にとって圧倒的に有利な論拠を発見することはできなかった。

グリスウォルドは、土曜日の朝早く自分のオフィスに戻り、訴訟摘要書の最後の仕上げにかかった。土曜日だったので、司法省官吏の助けを借りることはできず、秘書と二人だけでコピー機を操作して複写文書を作成した。そして、ページを整え、「極秘」のスタンプを押して法廷へと出かけた。

グリスウォルドは、彼自身用の訴訟摘要書の他に、二部のコピーを携えていた。一部はタイムズの弁護団用で、もう一部はポスト用だった。彼はこの時「ペーパーズ」を管理している警備員に詰問されて面喰らったのをはっきり記憶している。警備員は、二通のコピーをどうするのかと訊いたのだ。説明を聞いた警備員は、「いや、それは国家に対する反逆罪に当たる。極秘文書のコピーを敵方に与えることになる」と言い出した。グリスウォルドは、すんでのところで警備員と本気で喧嘩しそうになったが、何とか気持ちを抑え、裁判の相手側に訴訟摘要書のコピーを渡すのは業務上の義務であると説明した。この事件に関連した保安や秘密保持には、このように奇怪なことが多すぎた。私たち自身の訴訟摘要書も、内容が「機密に属する！」と称する政府側によって没収されてしまっている。

六月二六日土曜日、ニューヨーク・タイムズの件とポストの件は、一緒に最高裁判所の法廷で審理されることになり、私たちは初めて一堂に会した。裁判所から裁判所へと移るたびに次々に異なる判断が下される内容——国家安全保障や公表事前抑制、あるいは知る権利など——についての細かいニュアンスを完全に理解している者は、私たちの中にはいなかったかもしれない。しかし、ともかく私たちは最高裁判所の判断を仰ぐところまで到達したわけである。私はポスト側を代表するフリッツなどの弁護団と共に、この異例の特別裁判のために最高裁法廷に出頭した。政府側の立場を代弁したのはグリスウォルド、新聞社側の立場は、タイムズがアレクサンダー・ビッケル、ポストがウィリアム・グレンドンが代弁した。

六月三〇日水曜日正午、最高裁が結審のための法廷を開くのは午後二時半という情報が入った時、私はポストの編集局にいた。編集局全体が不気味な沈黙を保って、情報の入るのを待っていた。時間どおり、裁判長ウォレン・バーガーが判決を言い渡した。全国ニュース担当デスクのメアリー・ルー・ビーティーは、判決のニュースを最高裁からの専用電話で聞き、同時にジーン・パターソンは電話交換室で聞いた。彼らは机の上に飛び乗って、「勝ったぞ。ニューヨーク・タイムズも勝った」と叫んだ。こうして、新聞社に報道の自由が戻ってきた。

評決結果は六対三で、これによって最高裁は、「ペンタゴン・ペーパーズ」の公表によって国家の安全が脅かされるとする公表差止め命令の正当性を、政府が実証することができなかったと判断したのである。ポストでは、私たちの目的は国民のために奉仕することと考えていたので、この判決には喜びもひとしおだった。私たちはこの判決によって、報道の事前抑制に反対する原則の正当性が証明されたと確信した。

私たちはポストと、そこに働く人びとすべてを誇りに思った。社員へのメモに、私は次のように書いた。「ワシントン・ポストにとって何と素晴らしい瞬間でしょう、という言葉を、ここに働くすべての人たちと分かち合いたいと思います」。ベン・ブラッドレーも同じように誇らしい気持ちだったのだろう、スタッフに次のように述べている。「この戦いに参加したすべての諸君が示してくれた、ガッツ、エネルギー、責任感、そして全員が参加しているという連帯感は、私の人生の中で、何にも増して感動的だった。君たちは素晴らしい」

私たちの努力は確かに効を奏したが、これは言ってみれば不完全な「勝利」だった。根本的な問題として挑戦したのは、国民のために提示すべきと判断される情報を、新聞社が公表するのを禁止できる国家上層部の権利である。そして、具体的に法廷では、「ペーパーズ」に含まれる情報は一般に公開されるには秘匿性が高すぎるとする政府の考え方に挑戦した。そして、公表事前抑制命令に対して強硬に反対意見を唱えたが、結局のところ事実上は、私たちの報道は禁止されてしまった。私たちは、裁判所の判決には限界があり、また曖昧であることに失望感を抱いた。裁判所の判断は、新聞社による事実の公表に肯定的だったが、後に私が発表したように、「そこには、すべての新聞編集者が切に望んでいた、合衆国憲法修正第一条〔言論の自由条項〕を保障する断固とした再確認はなかったのである」。

ニクソン反撃の脅威

最高裁の判決が新聞界全体に、特にポストとタイムズの社内に大変な喜びをもたらしていた反面で、一部の意見として大きくは取り上げられなかった見解の中に、私たちを非常に心配させるものが含まれていた。それは、公表事実に関連する刑事訴追の可能性だった。ミッチェル司法長官が刑事訴追の道は残されていると考えており、司法省が捜査を続行していて、「ペーパーズ」に関与して刑法違反を犯したとされる人物を起訴する可能性があるのは明らかだった。この脅威の具体的な内容が明らかになったのは、二つの奇妙なメッセージを受け取ってからだった。

一つは、当時まだポストの記者だったケン・クローソンが持ち込んできた。最高裁の判決が出てから数日後、クローソンが私に、司法副長官のリチャード・クラインディーンストからメッセージを受けたと伝えてきた。「ペンタゴン・ペーパーズ」報道過程のある段階で、私たちは独自の立場から、そして責任ある報道を行うために、法務局長による非公開指示書の中で特に指定されているような国家利益の脅威となる内容については、これを公開しないことを決めていた。また、「ペーパーズ」の中でも、政府が公開に特に反対していた何巻かについては、私たちは入手していなかった。さらに他の部分については、報道価値がないと判断されるものもあった。

しかしながら、クラインディーンストは、政府が国家の安全を脅かすと認識する部分を公表しないと約束するだけでは不十分であることを、私に伝えようとしていた。つまり、約束ではなく、ポストが所有している「ペーパーズ」の中のこの種の情報に関連する部分を「放棄」する必要があると言ってきたのである。クローソンは、特にクラインディーンストが強調したのは、国家利益に脅威となる情報をポストが政府側に引き渡さなかった場合、どのような結果を生じることになるか、現在「司法省内の最重要課題として討議されている」と報告した。

クローソンによれば、実際にクラインディーンストは、ある種の犯罪行為について有罪の判決があった場合には、ラジオ・テレビ局の所有を禁止する規則が存在することも、この時に述べたという。また、わが社の株式発行趣意書の中に、連邦法違反の疑いで起訴されているという情報を記載しなければならなくなるかもしれないとも話したという。これらはすべて、私たちの所有している「ペーパーズ」を政府に提出することが刑事訴追を免れるためにどんなに有効であるかを示そうという意図が明々白々な、一種の脅迫に近いものだった。ただし、クラインディーンストは、そのようなメッセージを託したことを現在まったく記憶していない。

第二の同じような内容のメッセージが、ジーン・パターソンによって持ち込まれた。彼はジョー・オルソップに呼ばれたのだった。ジョーがなぜ直接私に話を持ちかけなかったのかは、よく分からない。多分ジョーは、私が周囲の野蛮な男たちに騙されていると純粋に信じ込んでいて、私を助けるつもりでジーンを呼んだのではないかと思われる。ジョーはジーンに、司法省の高官「X氏」と会談する機会があったと話した。この会談の結果、ジョーは、X氏の考え方、および政府部内の動向をポストに伝える気になったらしい。

それによれば、状況は非常に深刻であり、政府は確実にニューヨーク・タイムズ、ポスト、および事件に関連している他の新聞各社を刑事訴追する準備を進めているという。ジョーはニクソン自身およびニクソン政権内部の多くの担当者に照会して、こういう結論に達していた。「彼らはポストをまるで毒物か何かのように嫌悪している。ニクソンを知っている私としては、彼は本気でタイムズや君たちの新聞のガッツを粉々に粉砕しようとしていると思う。彼が告訴に踏み切る確率は五分五分だと思う」

七月三日の土曜日午前中、ベンと私は、私のオフィスでエド・ウィリアムズに会った。彼が弁護士だからでなく、信頼のおける人物だったからだ。私たちが相談したのは、それまでに耳に入った情報に対して、一体どのように反応すればよいのかということだった。結局は、国務長官のビル・ロジャーズを通じて、間接的に私たちの意志を伝えることにした。特にビルに強調したのは、クラインディーンストらが非常に危惧しているような情報を含む数巻は入手していないという事実だった。そして、私たちの持っている各巻の内容を公表する場合にも、通信傍受による情報、暗号情報、および一般的に暗号解読に関する情報に基づくすべての内容等については、これまで私たちが遵守してきた基本方針に従って、公表することは一切あり得ないという点についても、はっきりと伝えた。

最終的には、これ以後、政府側からの表立った働きかけはなくなった。しかし、私たちは常に反撃の脅威の中で活動することとなり、圧力は、月日を追うごとに激しくなってくるのを感じずにはいられなかった。

なぜニクソンは狼狽したのか

振り返って見ると、なぜニクソン政権が「ペンタゴン・ペーパーズ」の公表事件で、あれほど狼狽したのか、理解に苦しむのである。あの調書は基本的に、彼らが政権につく以前に行われた意志決定過程の歴史書である。ニクソン自身の不名誉となるような内容は一切含まれていない。あのように激しい反応は、ニクソン政権が本質的に持っていた、国家安全保障および秘密主義に関しての偏執的な態度の表われの一端だったのではないかという気がする。もちろん、彼らの偏執的態度は、ずっと以前から明らかであった。グリスウォルドは一九八九年二月、イラン・コントラ事件の際の「守る必要のない秘密事項」と題するポストの特集記事で、次のように論じている。「政府による機密扱いの適用は度が過ぎている場合が多い。また、機密の格付け担当者の主たる関心は、国家の安全そのものではなく、むしろ政府の活動の障害となるものを隠そうとするところにある場合が多い。過去の業務処理に関する事実の公表は、たとえごく最近に属する処理の公表であっても、それ自身が現在の国家安全保障を本当に害するものとなるケースは非常に稀である。これは、ペンタゴン・ペーパーズ事件から学んだ経験である」

実際のところ、「ペーパーズ」に含まれていた事実のうち、本当に機密を要する内容は非常に少なかった。そして、これらの機密内容を含む部分は、「ペーパーズ」の提供者であったダニエル・エルズバーグによって、私たちに渡される前に、すでに抜き取られていた。

一九七一年末、私はデニソン大学で行った講演の中で、「ペンタゴン・ペーパーズ」の公表に関連する各種の問題について話した。この時に話したことは、未だに私が主張し続けているところでもある。それは、秘密文書の内容は、まさしく一般国民が意見を形成し、より有効な情勢判断を下すために、絶対に必要なものであると、私たちは最初から固く信じていたということだった。つまり、私たちは「ペーパーズ」が、米国によるベトナム戦争介入の過程を理解する上で有益な資料であると判断したために、これを公表することは、政府側が言うような国家安全保障の侵害などではなく、むしろ国家利益に寄与するものであると信じ、さらには責任ある新聞社の義務であるとさえ考えたのである。

二五年前に講演の結論として述べたのは次のようなことだったが、これは現在でも私の強い信念となっている。「冷厳な事実は、ペンタゴン・ペーパーズが赤裸々にした意志決定過程というものが、まさに政府による実務の大部分の実行過程そのものだったということです。『ベトナムを繰り返すな』という誓約を心から奉じているのは良いのですが、もし私たちが政府の実務の在り方を明らかにし、その実施過程を国民の監視のもとに置いておかない限り、その誓約は、ただの空虚な美辞麗句に終わってしまうことでしょう」

ポストの歴史的転換点

言うまでもないことだが、この事件に先立って、政府とポストの間にはすでに多少の軋轢が存在していたが、この後、私たちを取り巻く環境は急速に緊張の度合いを強めていくことになる。報道機関と政府の間で毎日のように発生している口論のような諍《いさか》いは、ペンタゴン・ペーパーズ事件以後、まったく新たな段階に入ったのである。政権担当者と報道関係者とは、もともと敵対しつつ仕事を進めていくのが本来的な関係なのだろうが、ニクソン政権の場合は、特に意図的な決意をもって、意欲満々で戦いのリングに上がってきた。政府の代弁者として通例のように副大統領を使うのではなく、司法省を裁判所に送り込むことで、戦いの性格そのものを変えてきたのである。

報道の自由への懸念は、ますます高まるばかりだった。そして、米国民の知り得る範囲を決定するのは政府の権限であるとするニクソン政権の専制的な態度にも、不安の声が高まっていた。ベンが後に語ったように、報道機関が標的となった場合には、その「犠牲者は国民である」と私たちは考えていた。

ペンタゴン・ペーパーズ事件は、当時私たちが感じたほどには危急存亡の大問題ではなかったのかもしれないし、あるいは本当にそうだったのかもしれない。いずれにしろ、この事件によって、ある種のトレンドが生まれたことは事実である。事件そのものは、信じられないことだが、たった二週間と少しの間に過ぎ去ってしまったのだが、その波及効果は巨大に膨れ上がっていった。

「ペーパーズ」の公表によってポストの得た利益も非常に大きかった。ベンの言葉を借りれば、「この新聞にとって、あの事件は歴史に残る大転換点だった。あの事件によってポストはある段階を卒業し、次の一段と高い段階へと進むことになったのだ。言葉にこそしなかったが、私たちの目標は世界中の人びとがポストとニューヨーク・タイムズをまったく同時に引用するようになることだった。私たちはそれまで、同列には扱われていなかった。しかし、『ペンタゴン・ペーパーズ』以後は、世界中の人びとが、実際にそうするようになった」。

私にとっては、ポストと私自身が、全国的な舞台の上に知らず知らずのうちに投げ出されていたような感じだった。新聞界でプロとして働くようになって初めて、私たちは大リーガーになったのだ。人びとの注目が集まっているのが感じられた。私たちの行動が、報道界全体に、そして米国全土に、何らかの影響を及ぼすようになった。私にも多少の自信が湧いてきた。全国的な舞台に、初めて登場したのだった。私は公衆の面前にさらされ、記事にされ、写真を撮られ、インタビューされた。これらはすべて、私の感覚を麻痺させるような気もしたが、同時に自意識も満足させてくれたのだった。各方面からの圧力も、活動の強烈さも、そして急速に明らかになった事件の展開そのものも、私にとっては新たな学習経験だった。

事件のすべてが、ポストで働く私たちを、それまでにも増して強く団結させる結果となった。特に、ベン、ハワード・サイモンズ、フィル・ゲイリン、メグ・グリーンフィールド、それに私の関係は親密になった。編集者たちもまた、素晴らしい働きをした。一九六〇年代の終わり頃から、これらの人びとは協力して非常に優れた仕事をこなすと同時に、多くの楽しみも分け合ってきた。彼らの間にはいつも信頼と愛情があり、また私と彼らとの間も同じだった。ベンやメグらのグループは、確かに私に前進する力を与えてくれ、私の生活を楽しいものにしてくれた。

ベンに対する信頼も揺るぎないものになった。彼との間にはすでに深い相互理解が確立しており、お互いを尊敬し、お互いに敬服し合っていたのだが、ペンタゴン・ペーパーズ事件が起こるまでは、こうした二人の関係を試される機会はなかったのだ。ベンは後年になってから、もし「ペーパーズ」を公表していなかったら、それはポストに決定的なダメージを与えることになっていただろう、なぜなら多くの社員たちが会社を去っていったであろうから、と述べている。彼自身は、即退職までは考えなかったが、それでも「きっと敗北感に打ちのめされ、やっとあの頃見え始めていた希望の光も失せてしまっていただろう」と思ったそうである。

あの頃、ベンとやり取りした会話の中には、私たちの関係が発展していった過程がはっきり出ていたはずだし、また私たちがお互いにどんなに頼り合い、お互いにどんなに感謝し合っていたかも明らかになっていたと思う。毎年クリスマスの頃になると、ベンから花束の代わりに手紙が届くのが慣例になっていた。私も同じように手紙で返礼するのが常だったのだが、あの年ばかりは、年の半ばで、最高裁が判決を言い渡したその日に、私は次のような手紙を書いたのだった。

「私たちは、毎年クリスマスに、ラブ・レターを交換するのが習慣でしたね。しかし、この二週間と少しの間、私たちの新聞は、クリスマス・シーズンよりずっと素敵でした。それに、報道は速い方がよいでしょう。あんなショーは見たことがありません。信じられないほどです。そして、あれが可能になったのは、あなたとあなたの下で働いた人びとが特別に追加した一〇パーセントを加えて、私たちの新聞が一一〇パーセントの機能を発揮したからだと思います。あなたたちの仕事は本当に見事でした。そして楽しいものでした。あなたと仕事をしているといつも感じさせてもらえる、刺激的体験そのものでした」

ベンの方からもすぐに返書が届いた。

「あなたと仕事をするのは楽しみ以上のものがあります。それは生きる理由であり、栄誉であり、また報われることの大きい挑戦でもあるのです。あんな事件を明日また扱うとなったら、果たしてうまくやれるかどうか自信はありませんが、きっとその場合でも、私たちの新聞は勇気と熱意と品格をもって一致団結して処理にあたるであろうと心から信じていられるのは、本当に素晴らしいことだと思います」

確かに「ペンタゴン・ペーパーズ」の公表という経験は、後に迫られた意志決定の過程を、より容易なものとし、さらには決定そのものを可能にしてくれたという意味で、非常に貴重だった。最も大きかったのは、私たちにとって次の大事件に対処するための準備となってくれたことである。そして私の推測では、残念ながら、恐らくニクソンにとっても同様に準備となったに違いない。その事件の名は、「ウォーターゲート」である。

第6章 成功ゆえの混迷

ある意味で、私の人生で仕事の方向を明確に決める時期は終わった。一九七一年から七六年までの波乱の期間に、ペンタゴン機密文書事件、ウォーターゲート事件、[*1] それに印刷工のストライキ[*2]など主要な社会的ドラマは終わっていた。皮肉なことに、その後の五年間が私にとって、仕事の上で最も困難な時期になった。私はしばしば、先に起きた一連の出来事を比較的無傷で生き残れた代償を支払わされているかのように思った。

私はまだ自分のことを、幸運に恵まれてきた後継者と見ていた。幸せなことに、何年にもわたって社会的に大きなショックを与えた一連の出来事の後も、私は比較的安定した基盤に支えられて仕事をしていた。会社の主な事業——ワシントン・ポスト、ニューズウィーク、ポス

＊1　本書の完全版である『キャサリン・グラハム　わが人生』の第23章に詳細あり。
＊2　同右第25章、26章に詳細あり。

ト・ニューズウィーク系列放送局――は着実に業績を伸ばしていたが、それでも私は業績が悪化するのではないかと大袈裟に考えがちだった。事業の成功にもかかわらず、私の自信は常に揺らいでいた。私が実際に犯した、身に覚えのある失敗について書きたてられるようになってからは特にそうだった。

ウォレン・バフェットとはいつも連絡をとっていたが、彼はこの数年間の私の行動に対して批判的だった。ある時、ウォレンは自社株を買い戻してはどうかと私を説得した。私はその考えに疑問を感じた。今日では自社株を買い戻すことは当たり前になっているが、一九七〇年代中頃にはほんの一握りの会社がそうしているにすぎなかった。自社株を買い戻すために金を使えば、会社は発展しないだろうと思った。ウォレンは何度か私と一緒に数字を点検して、株の買い戻しは長期的にも短期的にも会社のためになるということを証明してくれた。彼はその株が実際の価値よりもいかに安く、また私たちが考えているより遥かにいいビジネスになるかを改めて強調した。そして、もし私たちがポスト社の一パーセントの株を買えば、全員が格安の値段でより多くの会社株を所有することになるのだという持論を、段階を追って説明した。私は自社株の買い戻しを決心した。

しかし私は、当然のことながら、こうした行動の重要性を周りの人たちに納得させなければならないと思った。そこで私は、法律顧問を含む会社幹部たちに、この決定が間違っていないことを説得し始めた。ようやく合意を得て、役員会にはかり、自社株の買い戻しが決まった。事実、役員会はいち早く株の買い戻しはいい考えだということに気づき、すぐに実施することになった。その後二〇年間に、私たちは株の四五パーセントを買い戻した。

クラスティー・ケイ?

私の経営上のトラブルは、主に私の経験不足によって起こったものだった。しかし、会社を運営する上で私を助けてくれる真のパートナーがいないことが、トラブルに拍車をかけた。

一九七三年にフリッツ・ビーブが死去して以来、会社の社長兼最高執行責任者（COO）の地位にあったラリー・イスラエルの力量に問題があることが、ストライキの時期までにはっきりした。多くの人と話し合って事態はもはや好転しないと判断した時、私は別の方法を取る決心をし、一九七七年一月にラリーの辞任を発表した。彼が去って新しい最高執行責任者をどうするかを決めるまで、私は従来からの会長に加え、再び社長の地位についた。ラリーの辞任の発表をめぐって私を標的にした否定的な話題がさかんに取り上げられた。この異動に関するタイムの記事は「クラスティー〔K＋気難し屋の造語〕・ケイ、支配を強化」というタイトルだった。私のことを付き合いにくく、気まぐれ、衝動的で「白髪の大物」――ウォレン・バフェットのこと――によって操られていると述べた上で、タイムは「いかなる問題があるにせよ、グラハムの会社は記録的な利益と収入をあげるだろう」と結論づけていた。

私はこの種の性差別主義的な記事――私はいつも難しい女で、誰かが会社を辞めれば、それは私が女であるがゆえの気まぐれの犠牲といった記事――が特に嫌だった。私は依然として男の世界の中にいる珍しい女だった。ビル・ペイリーやアル・ニューハース、モート・ズッカーマン、ジョー・オールブリトンのような人は、次から次へと幹部を首にしたにもかかわらず、誰も彼らの男性ゆえの行為と決めつけたりはしなかった。

また、その頃私は、新聞の質や編集のあり方を憂慮していた。政府や地下鉄の職員がたるんでいるのと同様、私たちもまた上っ滑りになっていると感じていた。ベン・ブラッドレーは同意しなかったが、ボブ・ウッドワードは賛意を示し、ある日簡潔な言葉でこういった。「新聞は〝くそ壺〟みたいに成り下がっている」

ボブと私が困難な時期を乗り切れたのは、ひとえにベンのおかげである。そんな時、私はいつもカリカリしたが、ベンは周囲の状況を読んで事態をまるくおさめていた。時々彼は私の意見を無視して事を実行したが、たいてい彼のすることは正しかった。間違ったときには、ただちにその間違いを正すとともに、それがうまくいっていない点を認めた。私の言うこと――他の人の言うこともだが――に耳を傾けないのが彼の強みであり、弱みでもあった。しかし、新聞の質の問題について意見が対立していた時に、私が彼への手紙の中で書いたように、「時に私たちのいずれかが抱くであろう表面的な問題は、私たちの信頼関係と相互の理解度に比べればとるにたらないことです。お互いの信頼関係さえあれば――私にはあるつもりです――他のすべてのことはおのずから解決できるのです」。

ポストのもう一つの気がかりは、論説面のことだった。フィル・ゲイリンは、ウォーターゲート事件の後、長いスランプに陥ったようだった。彼に自信を回復してもらいたくて、論説面を活性化する必要があるが、あなたはその能力を十分持ち合わせており、信頼していると私は言った。私は自分の仕事が錯綜していて多忙だったので、なかなか接触する時間がとれなかったことを話した。私は当時、以前ほどにはポストやニューズウィークの編集会議や経営会議に参加していなかった。私はフィルに、事態の改善のためにできる限りの協力をすると約束をした。

ニューズウィークにも問題があった。雑誌は順調に売上げを伸ばし、営業はすこぶるうまくいっていた。しかし編集に関しては、一九七六年は高レベルの組織運営が曲がり角にさしかかった最初の年であり、雑誌にも私個人にも大きな影響を及ぼした。その年の一〇月、いったんニューズウィークを退職してまた復帰して総編集長兼会長を務めていたオズ・エリオットが、ニューヨーク市再生の手助けをしたいので長期の有給休暇をとりたいと申し出てきた。彼の心はもうそちらに移っていることが分かったので、私としては認めざるをえなかった。しかし、長期休暇という形にはしなかった。お互いの思いやりで、この苦痛に耐えた。オズには、ただただ称賛と感謝の気持ちあるのみである。彼は退職してニューヨーク市の副市長に任命された。一九七五年に編集長になったエド・コスナーがそのままの立場でニューズウィークの編集面の全体的責任を負うことになった。

オズ・エリオットが辞めた時、一九七五年にニューズウィークの社長になったボブ・キャンベルがオズのあとの会長になり、六五年にハーヴァード・ビジネス・スクールから直接来たピーター・デローが社長に就任した。ピーターは自分の仕事を熟知している有能で野心的で魅力的な若者だと思った。私は頻繁に彼と会って話をした。そして、彼を信頼し、頼りになる仲間で、将来を約束された期待の星だと思った。

私は自分のしている役割について適当な教育も受けていないし、経験不足だと思っていたけれども、人物やその人の業績を評価する能力はかなりのものだと自負していた。実際、ピーター・デローの業績は多くの点で素晴らしく、ボブ・キャンベルの下のナンバーツーの地位もそつなくこなしていた。私は彼がきわめて政治的な――決して健全な兆候ではない――人物だとは分かっていたが、それでも一九七七年のある日、CBSの管理担当の副社長になるために辞めたいと言ってきた時には唖然とした。私はショックを受け失望したが、彼はそれだけにとどまらず、私がトップで経営があまりうまくいっていない会社とは対照的な、健全で活気に満ち、経営がうまくいっている会社に行きたいのだと言った。彼は、あなたが絶望的なほど不適格な指導者なので、活力のあるCBSに移る以外に道はないと言った。そして、私をプロの経営者ではないとなじった時、彼は私の琴線に触れた。私はその後、少なくとも二日間泣き明かしたことを告白しなければならない。彼が成功に導き、また一二年もの間彼の力でうまくいっていた会社をきわめて異例な方法で去ることに、私は納得がいかなかった。

困惑しながらもこの事実を認めたものの、私はこの男を失うことが心配になり、もしとどまるなら、全体を統括するポスト社の社長にしてもいいと提案した。しかし、彼は辞める腹を固めており、もしその職につけば完全に消耗しきってしまうだろうと言った。その時彼は三七歳だったと思う。彼は、問題は会社での特別な地位や肩書きではなく、むしろ「この会社をどう運営すべきかを私自身やグラハム家に教育するために、これから一〇年も費やしていいかということだ」と言った。彼はまたワシントン・ポスト社にとどまれば、「誰かが私以上にもっと辛抱しなければならなくなるだろう」と付け加えた。

数週間後、彼はみんなの賛辞――私は彼がいかに素晴らしい人であったかについて苦労して作り上げたスピーチをした――を受けながら去っていった。個人的には、彼から受けた痛烈な非難をしばらくの間忘れられないだろうと思った。そして、もしかすると彼の言う通りかもしれないと心配した。

私の在職中に起きた最も奇怪な事件の一つは、ちょうど半年後、私がピーター・デローとニューヨークで昼食をとっていた時、彼がニューズウィークに戻ることを打診してきたことだ。どうしたわけか、馬鹿げたことに、私は彼がかつて直言した「意気喪失効果」にもかかわらず、後任がまだ決まっていなかったこともあって、申し出をただちに承諾し、戻ってくることを歓迎した。翌月、彼は再びニューズウィークの社長に返り咲いた。

ワシントン・ポスト社では、一九七七年二月にラリー・イスラエルが辞任して以来その年の暮れまで私が実質的に会長と社長を兼ね、ポスト紙については引き続き発行人の地位にあった。しかし、ウォレン・バフェットは少なくとも比喩的には一方で私を支え、もう一方ではダン・グラハムが重要性を増すよう手助けしていた。そして、一九七七年末に私たちはマーク・ミーガーを新聞部門の社長に昇格させた。同時にマーク・ミーガーはダンを日々の活動に責任を持つゼネラル・マネジャー兼筆頭副社長に指名した。

一九七七年一一月に、私たちはマーク・ミーガーを全部門を統括するワシントン・ポスト社の社長兼最高執行責任者に昇進させた。マーク・ミーガーは若く、経験や円熟といった点ではまだ不足しているところがあったが、彼は特にストライキの期間中よくやってくれた。そして何を目指すべきかまだ確信が持てなかったので、私は当面は現状の部数を維持すればいいと思っていた。

拡大路線の失敗

一九七〇年代の半ば、私の目標は会社をどう発展させるかということであった。成長と買収の問題が整合的に提案されたことは決してなかった。フリッツも私もどうしたらいいか分からず、実際には、不適任な人びとにその重要な問題の判断を任せていた。私たちは行き当たりばったりで、新しい方向を目指す論理的な視点もなければ、買収物件についての一貫した分析方法も、自分たちが目指している物件を交渉する経験も、ほとんどなかった。もちろん、少なくとも七〇年代初頭の時点では、負債はまだかなりの額に上っていたし、利益は成長の余裕を与えてくれるほど十分ではなかった。だから、ある程度議論の余地はあったが、私は、チャンスがあれば成長路線をとろうと考えていた。

そもそも組織の拡大について考えるグループを作るにはどうしたらよいかさえ、私には分からなかった。そんなこともあって、たとえばある人が何かを提案すると、何人かがほとんど分析的とはいえない方法で沈思黙考する間、その提案はテーブルの上に置きっぱなしになっていた。一九七九年半ばのある時、ポスト・ニューズウィーク系列放送局社長ジョエル・チェイスマンとマーク・ミーガーは、他の人たちと一緒になって、ケーブルによるニュース・ネットワーク事業に参入するよう強く求めた。私はその考えを認めなかったが、周りに押し切られた形で役員会に提案させた。が、結局その計画は却下された。その経緯については、彼らと私の記憶が食い違っているけれど、私の記憶ではテッド・ターナーがこの計画を思いついてすでに事業化を始めていた。テッド・ターナーはまだネットワークの組織もできていないのに、決然としてその事業に突き進んでいたのだ。この事業は一社なら何とかなるが、二社が事業化できる余地がないことは明白だった。これが当時、私が本当に心配した理由であった。事実、テッド・ターナーのケーブル・ニュース・ネットワーク（CNN）が成功するまでにはかなりの時間がかかった。そして、今になってようやくいくつかの会社がこの分野に参入し始めているのである。

私は購入可能な物件の調査を開始した。購入についてはウォレン・バフェットが大変な手助けをしてくれた。彼は当時を含め、一〇年間に取引が行なわれたほとんどの物件についてある程度の知識があった。

当時、私たちは会社を拡大する状況にあり、情報産業の中で両立できる企業を探していた。私たちが接触したり向こう側から近づいてきた企業には、雑誌のニューヨーク、ニューヨーカー、アトランティック・マンスリー、出版社のランダムハウス、サイモン・アンド・シュスターがあった。しかし、最初の三つの雑誌は交渉がうまくいかず、後の二つの出版社は買い取るには大きすぎた。デラウエア州ウィルミントンの新聞社との交渉も失敗に終わり、ようやくナンバー・ポストの入札に傾いた。

私たちは、ワシントンでいずれもナンバーワンの新聞社とテレビ局を同時に所有しているという懸念があったので、その大切な取引を急いだ。そのころ連邦通信委員会（FCC）はメディアの二重所有にたいし厳しい態度をとり、それをメディア独占とみていた。最高裁は間もなくこの問題に関連した事案――新聞社を所有している会社が同じ街や市場でテレビ局も同時に所有できるかどうか――について判断を示すことになっていた。同じ状況にある会社は裁判の結果に注目していた。

情報事業担当の弁護士は私に対し、WTOP局と、どこかほかのところで二重所有をしている同一規模のテレビ局と交換することを考えたらどうかと忠告した。ワシントン・ポスト社が議会のお膝元のワシントンであまりにも強い支配力を持っていることを心配したのだ。また、もし免許更新の申請中に裁判で二重所有に反対する結果が出たりすれば、放送局の交換などできる状況ではなくなるだろうと弁護士たちは心配していた。

ウォレンと私は同じような規模の局をしらみつぶしにあたってみた――ロサンゼルス、ダラス、ヒューストン、アトランタ、デトロイトなど。不況にみまわれていた地域で新聞社とテレビ局の両方を所有していたデトロイト・ニューズ社の社長ピーター・クラークだけが話し合いに興味を示した。デトロイトはワシントンとほとんど同規模の市場だった。その頃、私たちの放送局は国内市場で八番目、デトロイトは七番目だった。主な違いは、私たちの市場は活況を見せ、デトロイトは不景気だったことだ。しかし、デトロイトは新聞の街というよりはテレビ向きの街だった。だから、まだ利益を上げられそうな望みはいくらかあった。

WTOPとデトロイトのWWJ（後にWDIVと改称した）の交換は私の決定だった。ワシントンの政治状況や私たちの新聞の競争力が弱まることを心配して、進んで賛成したのだ。そしてまず私とウォレンがデトロイトでピーターと交渉した。彼は私たちの局より自分の局のほうが規模も大きいし利益をあげているとして、WTOPのほかに現金で六〇〇万ドルを支払うよう要求した。私たちは高すぎると言った。今度はピーターがワシントンに会いに来た。ウォレンに同席するように頼んだが、彼は自分で決めたほうがいいというので、私は結局二〇〇万ドルを支払うことで妥結した。取引は終わった。それは私が自ら交渉してまとめた初めての取引だった。

しかし、私はまだ嬉しくなかった。私たちの最も古い放送局――かつてフィルや父親と深い関係にあり、私たちが地域市場でナンバーワンに仕立てあげた愛すべき局――を、何も知らない不思議な街、デトロイトの局と交換で手放そうとしているのだ。実際に交換のときがきて、部下に慕われていたニュース部長のジム・スナイダーがデトロイトへ転勤することになった。彼のもとでいろいろ尽くしてきたWTOPのアンカーたちは、私たちの所有下での最後の放送が終わると、思わず泣き出したほどだ。

デトロイトの状況は、私が想定した最悪のケースよりさらにひどかった。私たちは、活況を見せる市場の最高の局を、不況の中で泥沼にはまり込んでいる市場の平凡な局と交換したのだ。その上、その局はNBC系列の局だった。その頃、NBCはネットワークでトラブルを起こしていた。私たちは、業界の新顔という問題にぶつかった。私たちは良い局にしたかった。しかし、変化に対する抵抗はその土地特有のもので、デトロイトの人たちは、ニュースがどんなに悪くても彼らの独特の方法で伝えられるニュースをより好んだ。ここでも「よそもの」というレッテルを貼られた。私たちがミスをしたり、何かを新しくしようとすると、ほかの局の評論家や新聞がすぐに飛びついた。あまりにひどく、ジム・スナイダーは深刻な心臓発作を起こし、仕事を辞めざるをえなくなった。私は特に最高裁が、ある街で二重所有をしていても、すでに放送局をもっている会社については適用除外にすると決めたことをひどく悩んだ。少しずつ、デトロイトの局は改善され、成功に向かって歩み始めた。しかし、それは、私が過度に自分を責めぬいた後の出来事だった。

「スターウォーズがやってくる」

スター紙では重要な変化が起こりつつあった。それは、短期的にはポストにある種の不安を生み、長期的にはスターが最終的に潰れるという結末が来る前に、もっと大きな心配を私たちにしいることになった。

ジョー・オールブリトンは落ちめの新聞を立て直そうと懸命に努力していた。彼が最初に街へ来たとき、ジム・ベローズを編集担当に指名した。ジムは大変な才能の持ち主で、私たちが強気に出る時は決して争おうとはせず、いつも私たちの下手や周辺にいて、側から離れることはなかった。そして、ジムはポストを揶揄することに焦点を当てた〈耳〉というゴシップ欄を設けて掲載をはじめた。その欄では、ポストを「O・P」――「他紙《アザー・ペーパー》」と呼んでいた。ポストにいる私たちの仲間の個人生活についての話題が〈耳〉にとって格好の材料となった。特に、ベン・ブラッドレーとサリー・クインの二人を「楽しいカップル」と名づけ、彼らの活動のすべてを報告した記事は内部の信頼できる筋の手助けがあったのは間違いないが、きわめて下品なものだった。私たちはみんなそのゴシップ欄に関心を示したが、あるものは正確、あるものは半分嘘で、あるものはまったくの作り話だった。

いくつかの面でいいことが起きつつあったにもかかわらず、スター紙は本当に落ちめになった。もちろん、この低落傾向はオールブリトンが来るかなり以前から続いていたが、長い間の権勢と成功が自己満足と活力の減退を醸成したのは間違いない。新聞の所有者にとって、こうも世界が変化しようとは信じられなかった。

しかし、私たちが利益を増やし、スターが落ちめになり始めたのは、必ずしもスターの拡大家族のせいではなかった。社会構造の変化が朝刊紙の力を強くし、逆に伝統的に強かった日刊〔午後の発売〕紙と夕刊紙にとっては厳しい時代になったからだ。

特に、都心部から郊外にただちに届くテレビのネットワークニュースの成長と、夕方の家庭への配達に影響を与える都市問題が日刊紙の力を弱める働きをした。恐らく最も大切なことは経済問題だった。特に、賃金や印刷費が上昇したため、新聞社がつぎつぎに値上げし、以前は各紙に分けて広告を掲載していた広告主たちが、新聞を選ぶようになった。新聞は支配力を強めると、しばしば雪だるま効果を発揮する。広告主は新聞が大きければそれだけ多くの人たちに宣伝できることが分かり、コストを節減するため、小さな新聞には広告を出さなくなった。弾みがつくと、どうすることもできない。ある面で、これはまさに、競争への関心のなさからますます悪化への一途をたどったスターに起きたことでもある。あまりにも長い間、スターの誰もがポストのことを深刻に受け止めなかった。競争は私たちに有利だったが、まだ他紙を圧倒するほどのものではなかった。

もう一方で私は、以前にフィルや私の父がそうであったように、命を賭して戦うことがどういうものであるかを学んだ。私たちには広告や新しい読者を増やすことがいかに大変か分かっていた。ダンも私もこのことには今も心を痛めている。ダンは若かったけれど、彼もまた、何事もじっと留まることはなく、成功と没落の根はいつも隣り合わせになっていることを学んだ。

一九七七年の三月、オールブリトンはワシントンの自分のラジオ局をほかの局と交換または売却することで合意に達した。スターの社員向け月間刊行物によれば、そのラジオ局は「スター・コミュニケーションズに対し二〇年間にわたって資金繰りを保証する」ということだった。事実、オールブリトンは数年前に彼がスターを経営して以来、初めて第1四半期に利益が上がったと発表した。

私は彼にお祝いの手紙を書いた。それに対して、彼はツバメが一羽きただけでは春にならないこと、また、はかない幻に過ぎないかもしれないが、トンネルの向こうにようやく明かりが見えてきたようにも思えるという返事をよこした。

スターの経営は大きく改善され、ラジオ局や小さなテレビ局を売るなど見事な財政運営でオールブリトンの財政力はしだいに強力になってきた。私は気をもんだが、それは一九七八年二月にタイム社がスターの買収を進めていると発表したときに比べれば大したことではなかった。今や、私たちはテキサスの億万長者よりさらに大きな脅威である、金持ちで業界のプロで情報通のタイムと対抗することになった。

タイム社から来た人たちは新しい企画を進め、莫大な金をつぎ込み、そしてスターの国際面を埋めるためにタイムの海外特派員を使った。彼らはオールブリトンが販売促進のために使った金額よりも多くの金を注ぎ込んだ。「ツデーズ・ニュース・ツデー〔今日のニュースは今日伝える〕」という宣伝文句がいたるところの広告板に現われはじめた。クリスチャン・サイエンス・モニターは、激化するポストとスターの競争について「スターウォーズがワシントンにやって来る」という見出しで伝えた。

タイム社の体制下でスターの新しい編集者が最初にやったことの一つは、リン・ロッセリーニに五本シリーズの私の紹介記事を書かせることだった。この企画はもともとジョー・オールブリトンが私をテーマにして自由に料理させようとロッセリーニに提案したものだったが、最終的には、ジョーは記事があまりにも否定的なものになると考え、企画そのものをボツにしていた。スターにきたタイム社の人たちは、企画を復活させて大々的に宣伝し、シリーズの最初の二本は一面に掲載しただった。

私はそのシリーズに特に反対はしなかったが、その後二度と読み返さなかった。しかし、私の記憶では、記事は私を明らかに「ジキルとハイド」のような人間として扱っていた。ロッセリーニの書いたある部分が事実でないというのではなく、私についてあまりに否定的だったので、誰も私と一緒に働かなくなるのではないかと心配した。

この記事に関連して、私に同情する手紙が沢山きた。スターはバリー・ゴールドウォーターが書いた私を強力に支持する手紙を取り上げた。ゴールドウォーターと私とは親密というわけではなかっただけに、私はその手紙に感激した。ゴールドウォーターはこう書いている。

「ワシントン・ポストは私が政治活動をしているとき、私に対して特に親切であったわけではない。実際、社説や気まぐれな報道によって、ほかの政治家と同様に、私自身も悩まされたことは確かだ。しかし、それはここでは関係ない。私の意見だが、新聞は記事の品位について考えるべき時がきたと思うが、貴社の記者や出版物はまったくその傾向が見られない。あなたはグラハム女史の企業運営の仕方について礼儀正しい方法で批判しても一向にかまわない。しかし、彼女が自分の人生をどう振る舞おうと、あなたがたにはそれを批判する権利はないし、それについて不誠実である権利もないと思う」

ブラント委員会の経験

タイム社がワシントンに乗り込んで来た頃、不思議なことに私は自分の時間がもてるようになり、プライベートなことをしたくなった。公私にわたるいくつかの活動は、仕事の悩みを癒してくれたほか、楽しさと個人的な満足感をもたらした。

当時世界銀行の総裁をしていたボブ・マクナマラは、いわゆる第三世界の国々への援助問題に力を注いでいた。北の諸国は南の過激なレトリックや何億ドルもの援助という分別のない要求に憤慨し、一方、南の諸国は北側は無神経で薄情だと怒っていた。ボブは、これらの問題を国の代表としてではなく個人の立場から考えるグループを組織する構想をもっていた。そして、西ドイツの元首相ウィリー・ブラントに取りまとめを頼み、そのグループはブラント委員会として知られるようになった。

ボブは、私にとって有益だからぜひこの委員会に参加するように勧めた。彼はその理由として、私がほとんど知らない世界の側面を経験することになる、米国内で政治的に何が実行できるかを理解できるようになる、またポストやニューズウィークがこれらの問題について理解を深めるのにも役立つことなどをあげた。私は特定の問題について何らかの意見を持つ機関とは関係しないというわが社の規則を破りたくなかったが、規則にも例外があってもいいではないか、今度の場合がそれだと決断し、委員会に参加することにした。

一六人が委員に指名された。そのうち、イギリスのテッド・ヒース、フランスのピエール・マンデス＝フランス、スウェーデンのオロフ・パルメ、チリのエドゥアルド・フレイの四人が前あるいは現政府首脳だった。一六人のうち九人が開発途上国の代表だった。ニクソン政権時代からの友人のピーター・ピーターソンと私の二人が米国代表だった。私は北側からの女性代表で、後に私との釣合いを保つためにマレーシアの女性実業家カティージャ・アーマドが加わった。

初めての会合が一九七七年一二月に、ボン近くのジムニッヒ城で開かれた。私にとって、まるで別世界に飛び込んだようだった。みんなが各々の国の言葉で話し、過去の会議や報告書、国連の関係機関、それに世界銀行や国際通貨基金（ＩＭＦ）の機能などについて軽口をたたき合い、不思議な略語が飛びかっていた。私たちの席はアルファベット順になったため、いく組かのペアができたのはごく自然な成行きだった。テッド・ヒースとの交際――私の姓の頭文字がＧで彼がＨ――は、隣り合った席に座っていた二年間に深まっていった。

議題についてほとんど知らなかったことや、周りがみな専門家ばかりだったことに恐れをなして、私は最初の会合――実際には最初の一年間――ほとんど発言しなかった。その後、食事や散歩、それにお茶や酒を飲みながらの非公式の会合などを通して、しだいに雰囲気も変わり始めた。分野によっては、議論は思った以上に活気づいてきた。第三世界の代表の中で最も急進的で女たらしで有名な男性が、私を彼の部屋に招いたときは驚いた。一応お世辞のお礼は言ったが、私は「仕事場では決してしない」という古い諺に従うと伝えた。それに対し彼は、「決してしないとは決して言うな」というほかの諺で言い返した。雰囲気は確かに友交的になっていた。

最後の会合が近づいたというのに、報告書をどう作成したらいいのか誰も分かっていなかった。委員会は何につけても反対するプリマドンナたちで構成されているかのようだった。しかし、議長のブラントは最後の会合で報告書の合意を得る心算だった。腹立たしいようなお昼のセッションで、ブラントは頬を紅潮させ、かんかんになった。息をはずませながら、話し合いがまったく進展しなかったことに失望したと最後の声明を読み上げて引き下がった。残りの委員たちは、南側代表のガイアナのシュリダス・ランファル、北側代表のテッド・ヒースの二人とブラントの側近ミヒャエル・ホフマンに最終報告書の草案の作成を依頼することを決めた。私たちは、テッド・ヒースの司会でもう一度会合を開き、全項目の文言の詰めを行った。ヒースの述懐によれば、幸いなことに、ブラントのイギリス到着が遅れたため、ヒースはその機会をとらえて報告書の文言を詰め、承認を得た。

報告書はどんな効果があったのだろうか。米国ではほとんど効果がなかったが、ヨーロッパではかなりの国々で多大な効果を上げた。私たちは大いに話し合った末、意見の一致を見た。報告書のなかには私たち全員が異議を唱えた部分も折り込まれており、署名しようがしまいが勝手だったが、結局全員が署名した。報告書は委員たちが基本的には国や組織を代表していたため、最終的には、初めの構想とはまったく違ったものに仕上がった。

私は報告書が発表される前に、報告書についてベン・ブラッドレーに話した。そのとき私は、彼にとっては興味のないことだと分かっているが、これは重要だと思うので、それなりにニュースとして取り上げてほしいと言った。ベンの注意度は必ずしも完全ではなかった。ポストの二五ページに委員会の報告書が掲載されているのを見たときは、とても信じられなかった。ニューヨーク・タイムズは三ページに掲載していた。あまりにも腹が立ったので、私は爆発しないように二四時間の間ペンとは口をきかなかった。彼は単に忘れていただけだった。

私はニューズウィークの編集者たちに、この問題を真剣に取り上げるよう懇願することによって多少の貢献はできたと思う。彼らには、第三世界についてカバーストーリーを書くよう説得した。私は、それがわくわくするような楽しい話でないことは分かっていたが、私たちの読者に読んでもらう価値はあると思ったのだ。しばらくもたもたしたあげく、ニューズウィークはブラント報告についてカバーストーリーを書いた。編集者たちを喜ばせてしまったのだが、その号はその年のワーストセラーになった。

新しい発行人

まだ新聞の発行人だったその頃、私はワシントン・ポスト紙そのものよりポスト社の経営の方にエネルギーを注ぎ込んでいた。長い間新聞を息子のダンに任そうと思っていたが、同時に依然いくつかの問題点についても考えていた。ダンにとっていつ任せれば一番いいのか、自分にとってはいつがいいのか、ポストにとってはどうか。

一九七八年の終わり頃――私はすでに約一〇年間、実質的にはそれより数年以前からポストの発行人としての職についていた――私は期が熟したと判断した。親としては距離を置いていたので、ダンに引き受ける用意があるかどうか分からなかった。彼は年齢よりは円熟していた。

いつも良く働き、誠実で、礼儀正しく、聡明で、そして有能だった。私はますます忙しくなっている会社の会長と最高経営責任者（CEO）としての仕事に集中する必要があった。

同時に私は、論説面を強化しなければならないと決意していた。私はフィル・ゲイリンが抱えている問題を解決してやることができず、状況はみんなにとってますます困難になっていた。私はフィルが辞めてメグが論説主幹になるべきだと考えていた。ダンも賛成であることは知っていた。しかし、二つの理由から、これまで私自身で動きたくなかったのだ。一つには、メグは私の友人であり、実質的に友人を昇格させることになるので、もし私が動けば反対が起きるかもしれないと心配したからだ。もっと大事なことは、私がベンをポストに連れてくるという初めての大きな動きをしたとき、自分で連れてきた人たちと前任者から引き継いだ人たちとの関係ではまったく違ったものになるということを学んだからだ。たとえダンと私が合意した人物であったとしても、ダンには、私が任命した論説主幹を引き継いでほしくなかった。彼には自分で論説主幹を指名する機会を与えられるべきだと強く感じていた。

こうして、私が決心したのは年が明けてからだった。一九七九年一月一〇日の定例の拡大社員会議の席上、私はワシントン・ポストの発行人の地位をダンに譲った。発表の後、私は個人的にいろいろ考えてきた問題点のいくつかについて社員の質問に答えた。地位を譲るとはどういうことなのか、そしてなぜ今なのかということについてである。「なぜ今なのかという質問については、答えは簡単です。ダンにその用意があるし、私もその用意があるからです。実際には、ダンのほうは私より先に用意ができていました」と私は説明した。ダンはいつものとおり気品を保ちながら、「母は自分の簡単な仕事以外は、すべてを私に引き渡しました」と答えた。

父、フィル、息子、そして私自身に共通していることは、新聞という事業を愛していることだ。しかしダンは、他の三人とは大分違っていた。まず、彼は私たち他の三人が会社を引き継いだときに比べて、経験や気質の面ではるかに優れていたということだ。彼は以前にセント・アルバンス・ニュース〔高校新聞〕とハーヴァード・クリムゾン〔大学新聞〕の両方で編集の仕事をしたことがあった。最も関心をもっていたのは新聞を作ることだった。彼がベトナムにいた時、私たちはポストにおける彼の将来について手紙で語り合った。その時までに、彼は世の中のことをもっと知るためポストへ来ることを延ばすことを決断していた。「一生新聞社で働くにしても、ほかのことを何も経験しないでいては、いい新聞人にはなれない」と固く信じていた。

フィルをはじめ、彼が尊敬していたほかの人たちは、どんな仕事をするにしても、その前にいろいろな経験をすることが一番いい準備になるとアドバイスしていた。彼は特にジョン・ガードナーとスコッティー・レストンから多くのことを学んだ。彼らは「大切なことは誰に対しても『あなたは私が置かれている状況を理解していない』と決して言ってはいけない」と教えた。一九六七年一二月に、彼は私に次のように書いてきた。「本能的に、僕は自分がポストのために働き始めると、もう二度とよそで働くことができなくなるだろうと思います。だが、その前にしたいことが山ほどあるのです」

ダンはベトナムから帰った後、ワシントンで警察官になった。ポストで長年警察を担当していた敏腕記者のアル・ルイスがそれを耳にし、私のところへきて「私がやめさせます。とても危険です。そんなことのためにあちこち走り回ってほしくありません」と言った。ある面で私も望んでいなかった。警察官の仕事は危険だったし、私には心配だった。しかし、その一方で、ダンが自分で望んだことであり、仕事を選ぶにはそれなりの理由があるからだということも分かった。不思議にも、彼は警察に勤めていた時代に、二年間軍隊にいたとき以上に、目に見えて成長したようだった。なぜそうなったのか訊いてみたが、彼は「簡単なことさ。軍隊では一日中言われたことをするだけだけれど、警官は困難な状況に出くわしたとき、常にその場その場で自分で判断しなければならないからね」と答えた。

ダンは一九七一年一月から、首都圏担当の記者としてポストで最初の仕事を始めた。それから彼はさまざまな部局で、いろいろな仕事をした。財務部での一般事務員、流通部門での宅配担当アシスタント・マネジャー、また、販売促進の事務員、案内広告や小売り広告の外部販売員、さらに制作部門のアシスタント・マネジャーからニューズウィークのロサンゼルス支局員まで。

一九七四年の秋、ベン・ブラッドレーはスポーツ部で問題を抱えていた。二人の管理職が対立し、部内はその影響を受けていた。そのためベンは、私に黙ってダンをスポーツ部の部長に任命して問題を解決した。私はダンの今後の育成策として営業部門でもっと仕事をさせることを考えていた。それで、ベンが私の迷惑を省みずに勝手に自分の問題を解決したことに多少腹がたったが、スポーツ部で仕事をするのも中間管理職の仕事を学ぶためにはいいかもしれないとも思った。その仕事は彼の編集に対する情熱とスポーツ好きを結びつけるものだったので、たとえ私が賛成しないからといって不満を抱くことはないだろうと思った。そんなわけで私は、ダンは一年で自発的にやめ、ジョージ・ソロモンと交代することを条件に同意したのだった。

ダンはスポーツ部での一年間、私がかつて見た誰よりも懸命に働いた。ある時、午前三時まで働いているのを見て、どうしてそんな遅くまで働いているのだと訊いた。彼は、自分は制作部門で仕事をしたことがあるから、最新情報を盛り込んだ記事を午前二時から三時の遅い時間に整理部に送り込んでも、翌朝は時間通り発送することができることを知っているのだと言った。

スポーツ部での一年間が終わった後、ダンはアシスタント・ゼネラル・マネジャーになった。印刷工のストライキのときには、私にとってだけでなく、新聞にとっても大いに助けになったのは、彼のこの時代の経験だった。そのときに、私には彼が新聞の発行人になる準備がすでにできていることが分かった。社内での二人の関係は非常に難しいものだったが、私たちは互いにその関係をスムースにしようと努力した。親をボスにもつとやりにくい。そのボスが母親ならなおさらである。仕事上の私たちの関係を満足のいくものにする上でダンが果たした役割は実に大きかった。

ワシントン・ポストの発行人になると、ダンは、今後に予想される重圧や緊張にもかかわらず、フィル・ゲイリンの後任の論説主幹にメグを指名した。彼女は論説面を再び活気づかせ、以来社説と署名記事欄を編集し、ポストとニューズウィークのために卓越した記事を書き続けた。

私は、ダンがいつか発行人になるだろうと考えていたが、自分がその仕事を辞めることがいかに難しいかについては予見できなかった。辞めることは大変な感情的苦痛を伴ったが、これが正しい選択だと分かっていたので、自分自身に対して冷酷になって耐えねばならなかった。私が失おうとしている肩書は「ポストの発行人」である。私は新聞に直接かかわるのが好きだったし、強烈に、そして感情的に愛着を抱いていた。父やフィルとともに生き残るための戦いに参加した最初の頃や、発行人としての私自身の劇的な日々は、ポストに対する計り知れない不変の愛を残していた。しかし、私はこの仕事をすっかり楽しんだのだから、あまり長く執着するのはやめようと思った。

とはいえ、私は辞めるに当たっては苦しんだ。しかし、私はポストの発行人を辞めても、会社の最高責任者――会長と最高経営責任者――として常勤の挑戦的な仕事があった。私は五〇〇〇人の従業員と二〇〇〇人の株主を持つ資本金五億ドルの会社の、成長や安定や財務上の健全性に対する責任を負っていた。

会社立て直し

一九七九年の秋には、ワシントン・ポスト社は財政的な面ではかなりうまくいっていた。株はすこしずつ値上がりしていた。しかし一方で、買収したトレントン・タイムズとインサイド・スポーツでは相変わらず問題を抱えていたし、収益も減少していた。私はこうした難事を好転させる自分の能力に自信を失いつつあった。私はウォレンと週末にグレン・ウェルビーへドライブをした。そのとき、彼はつとめて思いやりのある優しい口調で、彼の親しい友人で、自分や顧客のために大量のポスト株を買ってくれた投資家でもあるビル・ルアンとサンディー・ゴッツマンが数千万ドル相当のポスト株を売ろうとしているという情報を漏らした。ルアンはセコイア基金を運営し、ゴッツマンはファースト・マンハッタン社の共同経営者だった。これらのグループが所有しているポスト株の全部または半分を売ろうとしていたのだ。

ウォレンは、このニュースをどうやって伝えたらいいのか思案していた。彼はできるだけ冷静さを失わないように取りつくろった。正直に言えば、それを聞いたとき、私は思わず泣き出してしまった。すばらしい判断力の持ち主として評判の賢明な投資家が、もはや私たちを信用してくれていない。ほかの人たちもきっと群れをなしてポストを離れていくだろう。こうした動きは私の経営手腕を問う国民投票のようなものだと考えた。私が力不足だということがこれではっきりしたと思った。

ウォレンは必死になって私を慰め、ビル・ルアンはポスト株についてはうまく行き過ぎて儲け過ぎたと考えているのだと説明した。ウォレンは自分の株は持ち続けていた。「君にはウォール街のことが分からないのだ」といって安心させようとした。「そこではみんな株のことを長期的にどうしようかなどとは考えないんだ。君の株が一〇〇ドルになれば、ウォール街はただちに買うだろう」。当然、彼は私を安心させようとしているだけだと思った。ポストの株が一〇〇ドルになるとはとても考えられなかった。彼の言葉も私にとっては慰めにならなかった。もちろん、ウォレンはビルとサンディーがしようとしていることについては、私とまったく違った見通しを持っていた。彼は、会社の歴史にとってはタイムズ・ヘラルドの合併に匹敵するような大変なプラスになると見ていた。ウォレンは私が大いに悩むだろうと思っていたが、その一方で、彼らが株を売ることによって将来どれほどの利益を会社にもたらすかをただちに理解していた。お祝いのパーティーを開くべきだと私を説得し、最後にこう言った。「心配しなさんな。彼らが売るなら私たちは買うだけだ。私たちは得をするし、彼らは後悔することになるだろう」。私の心配は続いていたけれど、私たちは一株当たり平均二一・九一ドルで株を買った。株の二分割以前にサンディとビルが買ったポスト株は六・五〇ドル相当にすぎなかった。

それからかなり後になって、ウォレンと私はビジネスの場面で突然泣き出す女性について話し合ったことがあった。私の話から、彼は二人でグレン・ウェルビーへドライブにいったときのことを思い出した。彼はにこにこしながらこう言った。「私たちはあのとき数百万ドル儲かったんだ。今度君が泣くときにはまず私に連絡してくれないか」。彼はさらに続けて「ケイ、こんなふうに考えてみたらどうだろう。君がもしその時にあの株を買っていなかったら、私のほうがきっと泣いていただろう。だから、いずれにしても、私たちのどっちかが泣かなければならなかったのだよ」。

それ以降、私は会社を建て直すことに集中した。私はシカゴ大学やジョージ・ワシントン大学、それにアライド・ケミカルなど外部団体の役員をほとんど辞任した。そして広告協会、APの理事会、最も重要なものでは全米新聞発行人協会の理事会など、メディアや新聞関係のグループと積極的につき合うようにした。

当時、会社には私が処理すべき問題が数多くあり、これら三つの団体と積極的につき合うのは酔興と見えたかもしれない。しかし、これらの団体には女性は私一人しかいなかったので、彼らにとって意味があったし、業界にとって役に立ったばかりでなく、私自身にとってもメディア関連の会社が直面しているより大きな問題を知るのに役立った。

私が一九七一年から七九年まで会員としてかかわり、さらに八〇年から八二年までは理事をした広告協会は、フィルはあまり好きではなかったが、私の性に合った場所だった。そのころの理事会は確かにいびつな構成になっていた。白人の男性だけで、しかも新聞の中身には関心がなく、考えることといえば、ただ商売のことだけであった。

APでは一八人の理事は会員の選挙によって選ばれる。理事になりたい人は選挙運動をしなければならない。それは私にとっては似合わないことだと思った。初めての立候補で当選するのは難しいと警告されていたにもかかわらず、実際に負けたときは悔しかった。その翌年の一九七四年四月に、私は組織固めに力を入れたおかげで選挙に勝ち、理事会の初の女性メンバーとなった。そして一九八三年まで理事を三期つとめた。

一九七三年に私は全米新聞発行人協会の理事に選ばれた。そこでも初めての女性役員だったが、その時は一人の男性が女性が役員になるのに反対して辞任した。

その頃、協会の会長は大きな新聞社と小さな新聞社の二つのグループから二年交代で選出されていた。非民主的な方法で、現職の会長が事実上後継者を指名していた。一九七九年に当時会長をしていたアル・ニューハースが、後任に決めていたイリノイ州の新聞社グループの経営者レン・スモールの後に会長にならないかと持ちかけてきた。私はそんなことにはまったく興味はなかった。しかし、アルの信念は固く、もし私がやらなければ将来もやってくれそうな女性が見当たらないことを指摘して、私が喜んで受け入れるべきだと説得した。私は、また乗り越えなければならない壁がもう一つ増えるかもしれないが、一方で楽しいこともあるかもしれないと思い、アルがうまくやってくれるのなら受けてもいいと言った。その結果、レン・スモールは一九八一年に彼の任期が満了したとき、私を後任とすることを公表した。

ところが、私がまだほとんど準備もしないうちに一つの悲劇に見舞われた。レンが自動車事故で亡くなり、私は一九八〇年一〇月に何の用意もなく協会の会長に就任した。予定より二年近くも早く、時間を食う責任あるポストを引き渡されたのだ。男性ばかりで（私を除いて）、多様な大きな団体――大きな新聞と小さな新聞では考え方や関心が非常に異なる――を運営するのは胃の痛くなるような仕事だった。初めのうちは、二日間の委員会と大会を司会し、その間にヴァージニア州レストンにある本部で職員といろいろな問題を処理するのは、私にとって想像もできないほどの脅威だった。これに加えて、私は幕明けを告げる電子ニュースや電話会社の挑戦にも取り組まねばならなかった。

ポスト社に関しては、私はポストとニューズウィークの発行部数の見通しから印刷費、さらにはポスト・ニューズウィーク系列放送局（ＰＮＳ）の収益問題までを処理していた。私は会社の戦略的な計画の作成に集中するよう努めた。そして各部門が発展し、互いの関係が入り組んでいる部分を改善してほしいと願った。会社全体の健全な成長政策が必要だった。私は会社の成長のあり方について長年考え、いろいろな頭脳に頼ってきたが、結局ほとんど進歩は見られなかった。私はまた、業績評価と報償——金銭であれ他の形であれ——の重要性についても考えていた。いつもそうだが、人の問題がからんでいた。

一九七九年の初夏に、私はニューズウィークの人事問題でまた苦痛を味わわされた。エド・コスナーはオズ・エリオットの下のナンバーツーとしてはいい仕事をしていたが、オズがいなくなると、多くのスタッフをうまくまとめることができなかった。エドはまれにみる天性の才能を持ったジャーナリストだったが、まとめ役の管理職としてはまだもの足りなかった。職場の士気は下がっていた。ある人は職場で何が起こっているかについて次のように説明した。

「ニューズウィークは今や神経衰弱にかかっています」

ピーター・デローと私は、この事態にどう対処するかについて長時間議論した。ここでもまた、心の底では反対だったのに、私は彼の意見に賛成し、彼の忠告を聞くことになった。一つには、エド・コスナーがそんなに問題ならエドに警告しなければならない、と私はピーターに言った。彼は「いや、それは絶対にだめです。もしそんなことをしたら彼は何をしでかすか分からない。会社を辞めてしまうかもしれない」と答えた。馬鹿げたことに、私はピーターの懸念に従い、結局、エドとは腹を割った話し合いをしなかった。

その後まもなく、私の知り合いで、新聞の制作に優れた技能を持つ編集者が接触してきた。そのとき、彼の技能は十分にニュース週刊誌で使えると思った。彼は私がかつて一緒に働き信頼していた人で、いま仕事を探しており、この人こそ適任者だと思った。ところが、そのことをピーターに話すと、彼は、週刊誌の編集の経験もないものを配置するのは危険だと主張して私をがっかりさせた。私はまたまた彼の判断に同意し、自分の選択をあきらめた。

それで、私たちはニューズウィークの国内ニュース担当の編集者だったレスター・バーンステインに話を戻した。私たちは、別の編集長を見つけるまでの数年間、彼なら安全にうまく取り仕切ってくれるだろうと思った。しかし、編集長に就任してレスターがまず一カ月の休暇を取った時、私は即座にこの人事が間違っていたことを覚った。

ピーターと私がそのニュースをエドに伝えた時、エドは当然怒り、手厳しかった。彼には不平を言う正当な理由があった。なぜなら、私たちは互いの意見の違いを十分に話し合ったことがなかったからだ。編集スタッフに人事の交代を告げるため、会合が開かれた。そこにエドが入ってきて言った。「私は雑誌をやめる」。そして彼は部屋を出て、さらに建物を出ていった。私はその後すぐに立ち上がって、突然のことで申し訳ないと述べ、エドとレスターをほめた後、そそくさと部屋を出た。私はただ脱け出したかった。沢山の人がエレベーターを待っていたので、私は四〇階からオフィスのある一二階まで階段を歩いて下りていった。

これはトップの地位にある編集長のもう一つの交代劇であったと同時に、私を難しい女だと非難するもう一つの機会を人びとに与えてしまった。編集長が交代させられると、いつも文句を言い、その「やり方」を突然で、意外で、残酷であると私を声高に批判するのは、決まって交代させられた人の下で働いていた人たちだということに気がついた。個人的には、当時のニューズウィークを救うためには必要な異動だと話してくれる人もいた。私たちは最終的にリック・スミスを迎えるまでに編集長の交代をさらに二回試みたが、いずれも失敗に終わった。

さらに交代劇が続いた。マーク・ミーガーと私との関係はあまりおもわしくなく、希望どおりにやってくれない役員がまだいることに気がついたとき、決着をつけようという気持ちがますますつのってきた。マークはある分野では大変な能力を持つ好人物だった。しかし、彼は社長や最高執行責任者といった会社のトップの役を演じるには若すぎて経験不足だったようだ。一九八〇年七月に、私たちは、マークが年末に辞任するだろうと発表した。私は個人的には彼が好きだったので、その決定は何にもまして困難だった。この解雇は私のビジネス生活の中で最も低い点数に属する事件だったかもしれない。その頃は確かに、私にとって最も苦しく思わしくない時期の一つだった。マークの辞任は単に私自身の失敗というよりも、むしろ会社全体が混乱の渦に巻き込まれている兆候として、私の心に深く刻まれた。

会社の運営は確かにうまくいっていなかった。道理にかなった実質のある成長はしていなかったし、ニューズウィークは経営上の混乱をきたしていた。当時、マスコミは私が行ったいくつかのトップ経営者の交代を誇張して、組織図を読み違えているとか会社と新聞を混同しているなどと私を徹底的にたたいた。

社内には、新たに社長の座を譲れるような人はいなかった。適当な人を外部で捜さなければならなかった。私はそれまでに犯した人事上の過ちによって動揺し、失望していたので、まっとうな方法では代わりを見つけられないだろうと恐れていた。一緒に働くには難しい人だという私の評判が、最良の状況下にあっても人捜しを難しくしていた。ダン以外に社長になれる人はいないという話が広まった。しかし、ダンはまだ若く、前の年に発行人としてポストを引き継いだばかりだった。

この時期に、私は新しい社長を捜すためヘッドハンターに依頼して一緒に仕事をした。人材スカウトを通して数多くの候補者と何度もあったが、納得のいく人は見つからず、どの候補者も私が描いていたイメージからほど遠かった。候補者たちは恩きせがましいか、こびへつらうかのどちらかだったが、どちらも私の心には訴えかけてはこなかった。

この活動はほぼ一年間続いた。その間、財務担当副社長で経済部長のマーティ・コーヘンをはじめ、各部局の長や少数の管理職を含む経営グループの助けを借りながら、会社の運営は実質的には私一人でやった。苦しい一年だった。だが、経営の問題を解決しない限り、事態が良くなることなど考えられなかった。

一九八〇年一一月、モービル石油の社長ウィリアム・タヴォラリースが、パトリック・ティラー記者が同社の商取引の詳細について一年前に書いた記事の件でポストを名誉毀損で告訴し、心配事がまた一つ加わった。この訴訟は方々の法廷に持ち込まれ、ある陪審は一九八二年に、モービル社が受けた損害に対する賠償として二〇五万ドルを支払うよう命令したが、その決定はあとで覆され、最終的に連邦控訴裁判所は一九八七年三月一三日、七九年の記事は「実質的に」正しく、名誉毀損に当たらないという判決を下した。こうして、事件は七年あまり後に、私たちの側に有利な決定が出て終わったのだった。

この訴訟事件の頃、重圧や不安、さらにさまざまなレベルでの活動が重なった結果、私は健康をそこねてしまった。一九八一年三月、広告業界のグループでスピーチをするためニューヨークを訪れたときに肺炎にかかり、病院に一二日間入院した後、すっかり衰弱して帰ってきた。帰るとすぐに、タイム社の社長でスター紙の会長ジム・シェプリーから会いたいという電話があった。これは私の人生にはまだ別の劇的な瞬間――少なくとも私とダンにとって――があるという兆しだった。ジムの電話は、タイム社はスター紙に関して何らかの措置を講ずる用意があり、共同事業の可能性について話し合いたいというものだった。

わが家族は常に他人との競争を望んでいたし、歓迎していた。競争をすることによって誰もが向上できると考えていた。だから、ダンと私とウォレンは、私たちの弁護士や、協定を結ぼうとするスターの代表者たちと頻繁に会った。最後の会合から一〇日後にタイム社の役員は記者会見を行い、二週間以内にスターを閉鎖すると発表した。その時にも、私たちはまだ交渉を続ける気でいた。私は仕事に向かう途中の車のラジオでニュースを聞いた。その発表はさまざまな意味で感慨を呼び起こした。真っ先に思ったことは、事態はついにここまできたということ、ワシントンは多くの忠実な読者を持つ素晴らしい新聞を失おうとしていること、さらに従業員はきっと途方に暮れるだろうということで、私はとても悲しかった。私はまた――それはほろ苦いものだったが――長年の戦いの後でついに勝ったという現実によって心を癒された。スターは、私たちが憎んでいた競争相手ではなく、尊敬していた競争相手だった。

スター紙を購入しそうな買い手との話し合いは何度かもたれたが、ほとんど可能性はなかった。ルパート・マードック、ウォルター・アネンバーグ、モーティマー・ズッカーマン、アーマンド・ハマーらが提案を検討していると伝えられた。会社の資産を売って利益を得るためにだけ新聞社を買おうとするのを防ぐため、タイムは買い手に対してかなり厳しい条件を課した。ポストの私たちも、スターの関係者をはじめ、アル・ニューハース、アーマンド・ハマーらと別の共同事業で協定を結ぶ可能性について引き続き話し合ったが、結局スターを救済する方法は見つからなかった。

一九八一年八月七日に、一二八年の歴史を持つスター紙は発行を停止した。ほくそ笑む者はいなかった。ダンが言ったように、その日は「ワシントンと新聞業界にとって悲しい日」であった。市と国は偉大な米国の新聞を失った。

数日後のポストの社説は次のように述べた。「誰もスターに出ていってほしくはなかった。しかし、もういない。悲しみ、郷愁、怒り、感傷主義、そして懸念。そうしたすべてのことがスターの閉鎖によって呼び起こされた。これらの感情はポストの人間も共有したのである」

私は、スターの閉鎖が私たちにチャンスばかりでなく問題をもたらすことが分かっていた。その中には、私たちの支配に対して、またもう一つの愛すべき声を失ったことに対する憤りも含まれていた。予想できる苦々しい結果であった。新聞経営の経済的側面や、ある程度の支配が達成された時に不可避的に起きることを理解しない人であれば、生き残った新聞を無慈悲だと非難するのは当然なのだ。

ほぼ一カ月がたって、閉鎖されたスターを復活させようとする人がいないことがはっきりしたとき、私たちはその土地と建物、印刷機を買い入れた。また、何人かの記者を雇い入れた。その中で最も名前が売れていたのがメアリー・マグロリーだった。私たちは十分に発行部数を伸ばしていたので、新しいスプリングフィールドの工場ができても、まだのどから手が出るほど建物と印刷機を必要としていた——私たちは現在もまだそこで印刷している。

それから一年もたたないうちに、ワシントン・タイムズ紙がユニフィケーション・チャーチの資本によって設立された。発行部数や広告の面では弱かった。しかし、教会の莫大な資金援助で盛んに保守的な社説を提供し続けた。私の推測では、ワシントン・タイムズの後援者たちは、新聞によって首都における自分たちの存在を示し、政府へ接近できることで十分勘定が合うとでも思っているのだろう。

何が「でっちあげ」を誘発したか

一九八一年の春に起きた劇的な事件といえば、スター紙の終末だけではなかった。その前年の秋、ポストの新人で、若く（二六歳）、聡明な記者のジャネット・クックが書いた記事が一面に掲載された。八歳の麻薬中毒者について書いた「ジミーの世界」は、社会に大きな衝撃を与えた。記事はニュース・サービスで送られ、国内ばかりでなく世界的にも大反響を巻き起こした。

記事は素晴らしく良く書かれていたので、私たちはピューリッツァー賞に推薦し、受賞した。その翌日、記事についての疑惑が出され始めた。そして記事には矛盾や誇張があることが明らかにされ、もし嘘でなければ、クックは自分の人生を描写したのだと書き立てられた。

ピューリッツァー賞の受賞者の経歴が多くの新聞に掲載されたとき、ヴァッサー女子大から電話が入り、クックは優等卒業生どころか実際は卒業もしていないと言ってきた。彼女は大学にいたことはあるが、一年後にトレド大学に移っていた。そこで彼女は、自分が称している修士号ではなく学士号をもらっていた。トレド・ブレード紙の記者がAPに電話してきて、クックの資格証明書に関して自分たちで調べた記録は、テレックスで送られてきた記事に書かれた記録とは一致しないと伝えた。私たちもクックの資格証明書を確認したところ、他のところで彼女が書いたものとは符合しないことが分かった。たとえば、彼女は数カ国語を話さないことが判明した。

四月一五日、ジャネット・クックはついにポストの編集者たちに対して、記事はでっちあげたものであると白状した。「ジミー」は合成されたもので、子供のものとされた引用も、実際には捏造されたものと分かった。クックが目撃したと書いているいくつかの出来事は、実際には起きていなかった。ベン・ブラッドレーは多くのニュース機関に対し、次のような電報を送った。

「大きな悲しみと後悔の念を込めて、特集記事で月曜日にピューリッツァー賞を受賞したワシントン・ポストの記者ジャネット・クックは、その賞を受けられないと決意したことをお知らせします。ワシントン・ポストと同様、彼女は今回の出来事について後悔しています。彼女は辞表を提出し、受理されました」

私たちはただちにオンブズマンのビル・グリーンに対して、何が、なぜ起きたのか記録するよう委託した。そうすることが私たちの当惑の詳細を明らかにし、どこが間違っていたかを知る最も客観的な方法だと考えたからである。

実際、いろいろな面でまずかった。クックは記事執筆中に誰からも厳しい質問を受けていなかった。彼女は信用されていたし、いい記事を書いていたので、誰も記事の事実関係をチェックしようとは考えなかった。編集者たちはお互いに頼りあっていたので、記事は何の疑いも差しはさまれないままデスクからデスクへ回され、結局、一面の掲載が決まったのだ。彼女の採用時には、履歴すら十分にチェックしていなかった。

事件についての事後処理は正しかったと思う。私たちは事実については耐え難く、当惑するような詳細まですべてを明らかにした。私たちは社説でも謝罪し、組織を再点検した。ビル・グリーンは、クックが通常より早く昇進したのは人種と関係があったのではないかなどと厳しい疑問をぶつけ、そしていくつかの結論を引き出した。すなわち、記者をあまりにも信用しすぎた。若い記者は常にウォーターゲート事件のような記事を探し回っている。ジャーナリスティックな賞の争奪戦は有害である。若い記者を駆り立てすぎるべきでない。編集者たちは内にひそむ疑念に十分耳を傾けようとしなかった。

ジャネット・クックは、新聞は記者に対してまともなリポートよりもウッドワードの言う「聖なるくそったれ〔派手なスッパ抜き〕」記事を書くよう圧力をかけすぎると非難した。彼女はまた、一面にのる記事を書くために記者同士の競争を創り出していると私たちを非難した。

私はそのとき発行人だったダン・グラハムが記者会見をして、厳しい質問をうまく乗り切ったことでほっとした。全米新聞編集者協会は賞が返還された後まもなくワシントンで会合を開いたが、私は当時会長をしていたトム・ウィンシップに電話をして、例の事件について討議する予定があるかどうかと訊いた。私はあえてこの問題に対する批判に身をさらそうとしたのだ。彼は、そんな予定はない、事件から大分たっており、取り上げる余裕はないと言った。私は「討議をしなければ、あなたは業界の笑い者になるだろう。私は個人的には恐れているが、これは大きな倫理上の問題だ。討議のための時間を取ったほうがいいでしょう」と答えた。結局トムは賛成し、早朝の会議を計画した。多くの人たちが参加し、その中で私たちの編集者たちは散々打ちのめされた。そのとき、ダンがベンと並んで、時にベンの肩に手をやりながら立っているのを見て誇りに思った。

私たちはあらゆる面で痛烈な攻撃にさらされた。もちろん、それはそれで仕方のないことだった。明らかに私たちは過ちを犯した。その処置もうまく機能しない部分があった。しかし、私は、ポスト以外の新聞では起こるはずがないと思い込む、この業界の大部分に共通する独善的な態度は、悪意があるばかりでなく近視眼的だと思った。私はそのあとの全米新聞発行人協会の集まりで、二度とこんな事件は起こすまいと努力する中に「われわれがあまりにも神経質になりすぎて別の極端に走り、そして自由な報道機関がなすべき仕事をしない」本当の危険性がひそんでいるのだと述べた。

困難な時期の私のもう一つの心配事は、ピーター・デローがある日、別の仕事を見つけたと話したことだった。皮肉なことに、別な仕事とはＣＢＳへ戻ることだった。彼は私や会社の悪い点をとりあげて再び非難し始めた。しかし、その頃には私も強くなっていたので、そんな話は一度でたくさんだと言った。彼はもう一度一人芝居を繰り返そうとしていたのに、私がのってこなかったため、腹を立てた様子だった。

新しい社長捜しは、少しずつ組織的になり、私は将来についてしだいに楽観的になった。最初のうちは、どんな人を求めているかも分からないまま、会えば何とかなるだろうと思いながら、多くの候補者と立て続けに面接を繰り返した。その人捜しがあまりにも長く続いたので、私は「ミスター・ワンダフル捜し」と言うようになった。しかし、その人捜しの経過の中で、私は会社の将来の目標について自分自身の考えを持っていることに気がついた。そして人捜しは目標を具体化する手助けになったし、同時に社長に求める資質とは何かを定義する助けにもなった。

遂に一九八一年七月の初め、その頃ダン・アンド・ブラッドストリートの社長をしていたディック・サイモンズに面接したとき、即座に、私が必要とし欲していた資質のいくつかを彼の中に見つけた。その資質の中に、すでに証明ずみの経営手腕が含まれていたことは言うまでもない。数日後、ウォレン、ダン、メアリー・グラハムと私は私の家でディックと食事を共にした。さらに、彼とは土曜日に数時間会い、打ちとけて話し合った。二週間後、私はディックにワシントン・ポスト社の社長兼最高執行責任者になるよう申し出た。一年以上もかかった「ミスター・ワンダフル捜し」は終わった。

第7章 私のエピローグ

一九八〇年代は、経営的な観点から見て、会社全体にとってもまた私個人にとっても最も充実した一〇年間となったが、これはディック・サイモンズの社長兼最高執行責任者就任によってもたらされたところが大きい。

ワシントン・ポスト社は、純益の継続的増加とともに新たな事業展開によって将来の経営基盤を構築するという目標を確実に達成し始めていた。私の肩に負わされていた重荷が取り外された感じだった。将来計画やオプション、あるいは買収などに関する会議も、この頃の私にとっては最早恐怖ではなくなっていた。私と会議室を隔てたオフィスにいる人との間にあったわだかまりがなくなった今では、未来はこれまで以上に明るく確かなものになったように感じられた。振り返って見て初めて、これまでの年月がいかに困難な道程であったかを思い知らされるのだった。

働くことが再び喜びとなってきた。それと気づいてはいなかったのだが、私は自分の采配で物事がうまく運んだ場合でも、結果がこれまでよりさらに良くなければ決して満足できないようになっていった。ディックの着任当初の活動によって、さらに上々の結果が得られるようになっていった。さらに重要なことは、ディックの活動によって、私は会社が現在何をなそうとしているのか、何をなすべきなのか、そして何が可能なのか等々を広く展望できるようになったことである。

私とディックとは、言ってみれば珍しい組み合わせだったのかもしれない。行動様式でも性格でも異なった点が多かった。しかし、私たちの間には驚くべき相互補完性があった。私たちは次第に会社の最高責任の二つの分野をそれぞれ分担するようになっていった。彼の働きは、最高執行責任者の範囲を超えて、私にとってはパートナーであり、親友だった。私が経営者として特異な経歴をもっていようと、何かにつけて一大事というとただちにウォレン・バフェットに相談しようとする傾向があろうと、それによって彼の真執で確固としたやり方が揺らぐことはいささかもなかった。私はディックに帰する業績はすべて彼のものとしたし、業務運営の分野は全面的に彼の采配に委ねていた。同様に、ディックの方でも、私の立場が彼の上位にあることはあまり気にならないようだった。

業績続伸の八〇年代

ディックの行動は迅速であり、また確実だった。一九八一年一〇月、彼が着任して数週間のうちに、私たちはトレントン・タイムズをオールブリトン・コミュニケーションズ社に売却することを公表した。数日後には、インサイド・スポーツの売却について交渉を進めていることを公表した。同誌は多額の投資にもかかわらず業績好転の気配を見せず、また改善の可能性もなかったのである。私は売却すべきだと思っていたので、ディックがさっそく行動に移ったのを見て、実に救われた思いだった。この二つの関連会社を売却したことによって、同年のポスト社の利益はかなり減少したが、自ら核となる事業の発展に努力を傾注することが可能になり、事実、これらの中核事業は記録的な利益を上げたのである。

ディックは、会社の重要使命と目されていた事業、つまり情報通信分野で事業展開を試みる上で指導的な役割を果たした。一九八二年に、私たちは移動電話事業に参入することで、エレクトロニクス時代への第一歩をしるした。米国における最初の移動電話システムを数カ所で構築した後、数年後にはこの分野から撤退した。しかし、これは戦略的撤退、つまり市場を支配している大企業が私たちのような小企業に比べ圧倒的に有利であると判断したからだった。

一九八三年には小規模な電子情報会社レジ・スレートを買収した。これはデータベースの出版社だったが、現在では連邦政府の立法および行政に関するオン・ライン情報分野で主導的な役割を果たすまでに成長した。この他、主としてスポーツ番組を中心にケーブル放送の分野にも進出することを目指し、スポーツ・チャンネル社の五〇パーセントの株を取得した。同社は、主要なプロスポーツ競技をニューヨーク地域のケーブル契約者に配給するのを業務としていた。

しかしながら、これらの会社もまた後年になって売却されることになった。

一九八三年の一一月、私たちはワシントン・ポストの週刊全国版の販売を開始した。この週刊紙のアイデアは、父がこの新聞の所有権を得たときから検討されていたと聞いている。この全国版は堅実に売り上げを伸ばし続け、現在では一〇万部を越えている。ポストは、もともとワシントン首都圏在住者を対象にしたローカル新聞だったので、このような本格的な全国紙の市場に参入することは、なかなか実行に踏み切れなかったのである。しかし、ポストに掲載された政治動向および政府活動に関する記事を週刊でまとめたこのタブロイド版の新聞は、ポストの政治リポートに関心をもつ人びとの多くに満足してもらえる結果となった。

一九八四年末に、学習および受験指導会社スタンレー・H・カプラン（現在はカプラン教育センターと改称）を買収した。買収時には私よりもディックが強い興味を示していた。実は当時、いかに私がこの企業に興味がなかったかを証明するような、次のような私の発言が残っていることを告白しなければならない。「ぜーんぜん興味が湧かないけど、あなたが儲かりそうだと感じるなら、やってみましょうよ」。しかし、ある程度の浮沈はあったものの、この企業は非常な業績を上げ、私の理解していた以上に確固とした目標と潜在力を持っていたことを示したのである。

一九八五年には、カウルズ・メディア社の二〇パーセントの普通株を購入した。この会社は、ミネアポリス・スター・トリビューン紙のオーナーであり、他にもいくつかの関連会社を所有していた。私たちの株保有量は順調に増加し、現在では二八パーセントを所有している。

会社を大きく発展させるという意味では、私たちは保守的だった。たぶん、保守的過ぎるきらいもあったに違いない。しかし、八〇年代が終わってみると、私たちには多額の負債という重荷はなかったし、生じたであろう優良資産売却の必要もなかったのである。当時、拡大指向ゆえに判断を誤り、そのような事態に直面した会社が数多かったのだ。たとえば、私たちが買収を見送ったデンヴァー・ポストはタイムズ・ミラー社によって取得されたが、その結果は惨憺たるものだった。時として、実現しなかったことの方が、実現したことより良好な結果をもたらすことがあるものである。

ディックの就任以来、数年間にわたる私の不満は、私たちの会社が証券市場でなかなか優良会社として認められず、株価もずっと過小評価され続けていたことだった。しかし、このことは私たちにとってはかえって好都合だった。この当時、自社株の保有率を増加させておいたことが、後になって大変な助けになった。

発展への努力の中で最も素晴らしい成功となり、ディックと私が行った買収活動のうちでも最も成果をあげたのは、ケーブル・システムだったろう。この方面の買収は、一九八六年一月に契約の成立した、キャピタル・シティーズ・コミュニケーションズ社から五三のケーブル・システムを買収したのが始まりであった。

実は、一九八五年の丸一年間を通じて、ウォレン・バフェットは、彼の友人で、キャップ・シティーズ社の最高経営責任者だったトム・マーフィーがABCネットワークを買収するのを手助けしていた。契約が成立した時、私は二人の成功を心から喜んだ。しかし、その喜びもウォレンの立場の変化に気づくまでのことだった。当然のことだったが、ウォレンは、自分がキャップ・シティーズ／ABCの役員会に参加することになるので、私たちの会社を退職しなければならなくなるだろうと通告してきた。その時まで、ウォレンは一一年間にわたって私たちの会社の役員をつとめてくれていた。彼が役員会議を欠席したことはただの一度もなかった。退職を告げるのは、彼にとっても辛かったに違いない。控えめに言っても、取り残されてしまったという感情に私が苛まれるだろうことは、彼にはよく分かっていた。彼は、電話してくれればいつでも相談に応じるし、できるかぎり会う機会を作るつもりだし、消えてしまうわけではないのだからと慰めてくれた。しかし、やはり彼の退職を聞いて私は本当に困惑し、悲しかった。

ただし、実際には事は非常にうまく運んだ。ウォレンは、私たちの会社の株を継続して所有し、関係を保ってくれた。さらに、残念賞というわけでもあるまいが、マーフィーはキャップ・シティーズ社のケーブル・システム部門の入札に私たちを参加させてくれた。キャップ・シティーズ社は、これ以外のものはすべて投資銀行を通じて売却することにしていたのである。ウォレンは、ポスト社とキャップ・シティーズ社との間のみで限定的に行われた売買交渉の現場から、適切な距離を保って見守っていてくれた。私たちは数字をはじき、慎重な審議を重ね、最終的には三億五〇〇〇万ドルの値段で購入契約を取り交わした。これはわが社の歴史の中で最も高額な買収となった。この買収によって、フォーチュン誌にリストされた優良企業五〇〇社の中で、私たちの会社のランクは二六三位となり、それまでで最も高位に上がったのである。

新規の契約者や、他の中小ケーブル・システムの追加などによって、ポスト・ニューズウィーク・ケーブルの受信契約数は、当初の三五万から現在では五五万に増加している。そして幸いにも、ウォレンは一〇年間役員をつとめたキャップ・シティーズ／ABCがディズニーに売却された後、わが社に復帰し現在も役員会メンバーである。

ニューズウィークでは、数年にわたる苦しい試練の時期を経て、ようやく向上の気配が見え始めていた。私の責任分野で最も残念な失敗は、営業と編集の両部門で、理由はそれぞれ異なっていたが、管理面での混乱が続いたことである。編集部門の混乱は私自身に直接の原因があったし、この問題を正すにはかなりの長期間を要することになった。私は依然としてニューズウィークの内部に、悪意と不信が蓄積されているのを感じた。この原因の一部は、もちろん度重なる経営トップ交代によったのだろうが、他方では、ワシントンで働く社員とニューヨークで働く社員との間に必然的に生じる競争意識があったのも明らかである。私が最終的に編集長にリック・スミスを登用した時、彼ならばニューズウィークの改革に最も適していると確信したのだった。編集長職を提示した時、彼はこう言った。「ご心配なく。失敗は絶対にしませんから」

実際、彼は失敗することがなかった。最初は編集長として、後には社長として、彼の強力なリーダーシップのもと、会社の雰囲気はまったく変わってきた。私にとっては、経営陣が一致協力すれば何事も達成できるという実例をここでも経験させられることになった。激変しつつある環境の中でニュース雑誌が共通に抱える問題に直面していたにせよ、ニューズウィークは数々の成功を成し遂げ、堅実な成長ぶりを示し続けてきた。一九九〇年代半ばになると、ニューズウィークはニュース雑誌の中で最も優れていると広く認められるようになった。きら星のような記者たちの中には、ジョー・クライン、ジョン・アルター、ボブ・サミュエルソン、ジェーン・ブライアント・クイン、アラン・スローン、ジョージ・ウイル、メグ・グリーンフィールドらがいた。私は、彼らの業績に大いなる満足を実感したのだった。

ポスト・ニューズウィーク系列の放送局も、次第に優れた業績を示し始めていた。私たちの放送局は三大ネットワークのすべてをカバーしていたので、ウォレンが述べたことがあるように、「ネットワークの一つがたまたまヒットするような現象とはまったく無関係に成果を上げることが可能」な状態にあった。ジョエル・チェイスマンは、ディックの指揮のもとで、テレビ局運営の能力を証明して見せ、テレビ業界で最高の水準にまで、利益率を向上させた。

系列局のニュース報道は、ポストやニューズウィークと同様の高品質を誇るようになった。テキサス州で当時新たに購入し、現在はビル・ライアンによって非常に効率的に運営されている二つの局――ヒューストンのKPRCと、サン・アントニオのKSAT――を含むすべての系列局が、ニュース報道面では業界のリーダーとなった。スター紙の消滅によって、一九八〇年代を通じて、ポストの市場占有率は週日で五〇パーセント、日曜版で七〇パーセントを記録した。これは米国における大都市の主要新聞の市場占有率の中で最も高いものだった。

八〇年代に私たちが達成したさまざまな業績の中でも最も誇りに思うのは、本社の経営改善で、これはディックがその本領を発揮した分野だった。私はいつも、ピューリッツァー賞に

「経営部門」というものがあったら、いつかは獲得したいものだと言っていたのだが、ついに私たちの会社が非常にうまく運営されている会社になりつつあると確信できるようになった。実際に、経営改善の成果が随所に見られるようになってきていた。会社の中核事業が利益達成の面で目を見張るような成長ぶりを示したので、数年のうちに会社の業績は全体としても非常な上昇傾向をたどっていた。ワシントン・ポスト社は、その後数年にわたって、いくつかの分野で業界のリーダーであり続けた。

しかし、私にとっては、会社の利益が一般的にどのように評価されているかよりも、ウォレンが私たちの事業運営ぶりをどのように見ているかの方が、むしろ重要だったようにも思える。一九八四年の中ごろ、ウォレンは、私とダン、それにディックにあててメモを届けてきた。それによれば、彼は最近、出版・新聞各社の業績についてさまざまな方面でのデータを分析した調査書を読み終わったところだという。そして、彼の会社バークシャー・ハザウェイが、ワシントン・ポスト社の公開した最初の株を取得した一九七三年の時点では、その取得金額は一〇六〇万ドルだったのだが、八四年現在の市場価格では株価は一億四〇〇〇万ドルに上るという。調査書に記載された出版・新聞各社の業績リストを参考に、彼は同じ金額一〇六〇万ドルを当時他の会社の株取得に投資したものと仮定して、その増加分を概算してみたという。しかし、他のどの会社の場合と比較しても、ポスト社の株取得によって得られた利益にはとうてい及ばなかった。その後、利益幅はさらに増加したのである。

長年にわたる辛い苦しい戦いの末に、とうとう物事すべてが、私にとっても、会社にとっても順調に進むようになってきた。私の性格から、物事を心配するのをまったくやめてしまうというわけではなかったが、会社は順調に業績を伸ばしていた。またディックの采配には全幅の信頼をおいていたので多少リラックスする余裕ができ、人生を楽しみたいという意欲が再び湧いてきた。

編集面での総責任者として、会社および関連会社に影響を与える可能性のある世界の重要問題を明確に把握しておくことも私の責任分野の一つだと考えていたのだが、今がその時だと判断しても、思い通りにはなかなか実行できなかった。一九七〇年代の終わり頃から、私は、数人の記者や編集者——メグ・グリーンフィールドやジム・ホーグランドの場合が多かった——を伴って、私たちの新聞や雑誌で報道されている事象を自分の目で確認するため、一カ国ないし数カ国を取材旅行して廻るようになった。一九八〇年代に入ると旅行の回数は目に見えて増加したが、これは主として、私のいない間もディックの優秀な采配を期待できたからである。

初期の旅行の中でも特筆すべきことの一つは、当時ルーマニアの共産党独裁者だったニコライ・チャウシェスクに、彼が後年、妻と共に処刑された、まさにその宮殿でインタビューしたことである。彼はインタビューの間中、西側諸国の対応ぶりを非難し続けた。一方、私たちの質問は、宗教的・民族的な少数集団に対する抑圧問題や反対派の弾圧に集中した。インタビューは、控えめに言っても非常に堅苦しく、ぎこちないものだった。あらかじめ定められた質問を交代で行い、チャウシェスクはそれに長々と、しかし機械的に答えた。彼の長い説明は、通訳によってしばしば短縮され、単に「『歓迎します』と申されております」だけになってしまうこともあった。

一九七八年には西アフリカに旅行したが、やはりハイライトは、コートジボアールの比較的豊かな首都アビジャンから数時間離れた小さな村で、学校の開校に立ち会った時のことだろう。米国大使館の若い外交官夫妻と共に到着した私たちは、村民総出の歓迎を受けた。気温は摂氏四〇度をはるかに超え、湿度も耐え難いほど高かったが、村長はローブを身にまとい、山高帽をかぶっていた。戸外で行われた歓迎の宴会では、彼はフランス語で演説し、世界で一七番目に重要な人物を迎えることができたのはこの上ない名誉であると述べた。この表現は、USニューズ&ワールド・リポート誌に発表された記事から引用しているのは明らかだった。この時から、ジム・ホーグランドは、私のことを「ナンバー一七《ニュメロ・ディセット》」と呼んで冷やかした。

一九八〇年には、メグとジムと共に中東への旅を企画したが、ヘンリー・キッシンジャーの勧めもあって、エジプト、イスラエルなどの他に、サウジアラビアを含めることにした。サウジ側が二人の女性訪問者を受け入れるかどうかについては確信が持てなかったが、大使館職員だけでなく、サウジ王室の重要メンバーで当時米空軍で訓練中だったバンダー王子も、私たちは歓迎されるだろうと言ってくれたのが心強かった。メグと私は、サウジアラビアでは衣服などをどのようにすれば適切に振る舞ったと見なされるかについて非常に細かい指示を受けたので、空港に着陸した時には一種のノイローゼ状態になっていた。しかし、後に伝え聞いたところでは、私たちが飛行機の正面出口から降りることを許されただけでも、大変な進歩だった。たった数年前に、パット・ニクソンとナンシー・キッシンジャーは、飛行機の尾部に設けられた出口から降りたのだった。

サウジアラビアでは、女性は文字どおり「影をひそめて」いた。滞在中に女性と会ったのはただ一回だけで、これは当時石油大臣だったシェイク・アーメッド・ザキ・ヤマニの私邸で小規模なパーティーが催され、西側で教育を受けた技術者や政府の中間管理職の人びとと彼らの夫人が出席していた。

これとまったく対照的だったのが、サウジの権力構造でナンバースリーと目されており、国民軍司令官だったアブドゥラ王子の私邸での晩餐会で、まるで『千一夜物語』が現実になったような感じがした。私たちは自動車で王子の私邸に乗り付けたが、メグと私の服装は、ごく地味なロングスカートと長袖のブラウスで、肌の隠せる部分はすべて覆われていた。楕円形の大広間に入って行くと、壁にそって、アラブ服の胸に勲章を着け、実弾を入れた弾帯を肩からかけた近衛兵たちがあぐらをかいていた。彼らの位置より一段高く設置された席まで導かれて行く間中、彼らは私たちをジロジロと眺めていた。私たちの席よりさらに高いところに王座が設けられており、アブドゥラ王子はそこに座っていた。後日分かったのだが、この時アブドゥラ王子は部下たちに対して、なぜ米国の婦人を二人も晩餐に招待しなければならないかについて、一時間にもわたって事前に説明しなければならなかったらしい。

エジプトでは、郊外の別荘でサダト大統領にインタビューした。私たちは数台の小型テープレコーダーを用意しており、彼の発言を録音させてもらったが、エジプト側でも大型の録音機を一台設置していた。彼らのテープをかけ替える必要が生じるたびに、庭の草叢の中から、まるで魔法で現われたかのように忽然と技術者が出てくるのには感心してしまった。サダトは非常に気やすい口調で、隣国の指導者たちに対して激しい非難を加えた。たとえば、彼の言い方では、「キャサリンさん、ジミーはですね（カーター大統領のことだ）、フセイン王に関することのことだけは決して口外してはいけないと言っていたのですが……」。そして愚弄を込めた痛烈な皮肉を語り始めるのだった。彼はまた、ヘンリー・キッシンジャーに対する辛辣な批判も述べている。いずれにしろ、このインタビューは非常に面白いものになった。

インタビューが終了するやいなや、参加した全員がポスト紙とニューズウィーク誌に向けて記事を書き始めた。私たちを楽しませてくれたのは、エジプト側職員が、多少困惑したような表情でやってきた時だった。彼らの録音機がうまく作動していなかったので、インタビューの録音コピーをもらえないかというのである。少し後になって、私たちは、このインタビューが、私との個人的な会話として述べられた辛辣な余談めいた内容も含めてそっくりそのままエジプトの新聞に発表されたのを見つけ、びっくり仰天した。私たちは、エジプト側との基本合意に基づいて、サダトの述べた内容のうち、あまりにも刺激的と思われるものは自発的に削除していたのである。エジプト紙に掲載された記事の巻き起こしたであろうさまざまな影響のことは考えたくもない。

エジプト滞在中に、亡命中のイラン元国王に面会できないかどうかを打診していた。最後の最後になって、ジムと私の面会が許された。シャーは大変好意的であり、記録してよいという条件で長時間熱心に話してくれた。事実、彼は二時間にわたって、英国と米国の背信行為について激しい口調で話したのだった。ジムが記事の前文《リード》で書いたように、シャーは、「彼が権力にあった最後の段階で反対勢力に対して『敗北政策《ポリシー・オブ・サレンダー》』をとったのは誤りだった。法律を侵害したデモ参加者たちは、むしろ軍隊を動員して鎮圧すべきだった」と語った。彼によれば、失敗の原因は無論、彼自身の誤算によるところも大きいが、それよりも、米国と英国政府の相矛盾する示唆に惑わされたことにあるという。このインタビューはシャーの最後のものとなった。その後間もなく彼は死亡したのである。

イスラエルでは最後の晩餐会が最高の思い出となった。このパーティーはイスラエル外務省の局長主催で開かれたものだったが、結果的にポスト紙およびその編集方針に対する激しい糾弾大会になってしまった。ある時点で、これらの攻撃にメグが反論し、「ヨーロッパでユダヤ人が経験した事実や現在イスラエルが置かれている危険な状態を目前にするとき、すべての人が謙虚な気持ちにならざるを得ないということをイスラエルの人びとは理解する必要がある」――この点に関しては誰にも異論がないことは彼女は分かっていた――と述べ、しかし、「私たちが記事にしているのは、恐るべき運命を回避するために何をなすべきかについての、私たちなりの考え方である」と言った。この発言に対して質問が相次ぎ、次第に敵対的な様相を呈していった。イスラエル人たちは、同じユダヤ系であるメグに対して特別に敵対的だったが、これは彼らが明らかに、ユダヤ系であるメグは当然無批判に彼らの信奉するものを受け入れるべきだと考えているからであった。

私たちの取材旅行のインタビューの中で最も風変わりだったのは、リビアのムアマー・カダフィとのものだろう。ジム・ホーグランド、ニューズウィーク誌のクリス・ディッキー、それに私の三人は、一九八八年、北アフリカに向かい、原理主義運動の展開を間近に見ようと試みた。私たちは最後の最後にやっとカダフィにインタビューができることになった。当時彼は、そこでアルジェリアおよびチュニジアの指導者と会談していたのである。インタビューは会談の開催地で行われることになり、私たちはさっそく当地へ飛び立った。

カダフィがまず私とだけ話したいと伝えてきた時には、皆がその理由をいぶかった。しかし、私が約束の場所に出向くと、カダフィは、その小さな部屋で皮張りの椅子から立ち上がって丁重に迎え入れてくれた。ごく簡単な世間話の後、彼は突然、発売されたばかりのボブ・ウッドワードのＣＩＡに関する新著、『ベール』の方に話題を向けた。この本の中でボブは、ＣＩＡがカダフィの特異な性癖に関する情報を収集していると伝えていた。本の記述によれば、カダフィは化粧したり、ハイヒールの靴を履いたりすることで知られており、取り巻きたちはテディー・ベアーの人形をプレゼントしたことがあるという。誰でもそうだが、カダフィもまた、何を書かれるかについては非常に神経質だった。

彼の言動の中で特に気がついたのは、彼の目の動きだった。彼の目は終始いろいろな場所をグルグル見回しているのだが、私の方を直視することだけは決してないのだった。彼は通訳を使っていたが、英語についてはかなり堪能なように見え、通訳が彼の言葉を和らげようと意訳した場所を訂正させたことすらあった。

カダフィとの会談は予想に反して非常に長引いたので、ジムは次第に苛立ち、とうとうクリスと一緒に私たちの部屋に割り込む形で入ってきた。インタビューが終わった後、カダフィに写真を撮っても良いかと尋ねた。彼の了承を得たので、いざ撮ろうとした時、なんとカメラが折悪しく故障してしまった。苛立った私は、そのカメラを強くたたいたのだが、これが効いて、ようやく良い写真を撮ることができた。ニューズウィークは、この写真を記事と共に使用し、私にフリーランスとしても働けると保証してくれた。その上、八七ドル五〇セントの小切手まで もらったので、私はこれを記念に額に入れて飾っていた。


私たちの取材旅行で行ったインタビューの中で一番苦労したのは、その年、カダフィの後で行ったソ連の指導者ミハイル・ゴルバチョフとのものだった。それまで五年にわたって、ジムと私は、ソ連大統領とのインタビューの設定を模索していた。この間に三人の最高指導者の交代があった。チェルネンコはインタビューを了承したのだが、病気に冒され死亡した。アンドロポフは非常に期待を持たせてくれたのだが、やはり病気で亡くなった。ゴルバチョフが指導者になるや、私たちはまた試みを開始したのだが、NBCのトム・ブロコウとタイムに先を越されてしまった時には本当にがっかりした。最終的に、レーガン大統領との首脳会談の直前に、モスクワでのインタビューが了承され、私たちは完璧を期して準備作業に没頭した。

会見場所の一室に通されてしばらくすると、ゴルバチョフが、あの自信に満ちたカリスマ的な態度で入ってきた。しかし、私たちがそれぞれ席についていざ質問を始めると、彼の態度には目立った変化が現われた。ワシントンでの公式行事の際に見せていたような鋭い能弁ぶりは影をひそめ、不思議に思えるほど弱々しい声と物腰で私たちに接した。実際のところ、肉体的にも疲れていたのか、椅子の背に「もたれかかる」ようなしぐささえ見せた。このような状況ではあったが、質問が彼の意にそぐわないものに変わると、彼はしっかりと椅子に座り直し、いつもの鋭さを取り戻したかのように見えた。そして、共産党中央委員会政治局内部での意見の不一致や、あからさまな反抗を示す反体制派の投獄などに関する質問に対しては、身体全体で反応を示したのだった。しかしながら、彼の応答は、全体的には非常に抑制されたものだった。彼は五番目の質問をすると、突然インタビューを打ち切ったが、この質問は人権問題に関するものだった。

ゴルバチョフは、中央委員会内部での意見の対立に関しては極めて神経質になっていたらしく、当時中央委員会の重要メンバーだったニコライ・シシーリンに、インタビューのあとポストのモスクワ支局に電話をかけさせ、政治局員の名前を明示しての引用は困ると伝えてきた。シシーリンからの電話を受けたのはボブ・カイザーだった。

電話の中でシシーリンはさらに、ゴルバチョフ大統領は質問記録の中でも政治局員の固有名詞が出るのを避けたい意向なので、インタビュー中の質問のうち、エゴール・リガチョフが特に名指しで出てくる項目については、質問そのものを構成し直してほしいと述べた。リガチョフは超保守派で、改革に反対しており、当時ゴルバチョフの最大の政敵と見なされていた。シシーリンはカイザーに対して、「モスクワ流の方法で処理することにしましょう」と言った。カイザーは、彼らの要請がつまるところソ連側による公的インタビュー記録を使用せよということであり、私たち自身の記録は使用できないということであるならば、この件に関して決断を下せるのはキャサリン以外にいない、と返答したのだった。

シシーリンは、私たちがリガチョフの名前をインタビューから削除するのは不可能であると主張する立場を変えないことが分かると、支局に再び電話をかけてきて、ゴルバチョフ自身がソ連最高の米国問題研究家ゲオルギー・アルバトフに伝言を託すという意向を伝えてきた。アルバトフが私を訪ねてきたのは、ポストのモスクワ特派員ゲイリー・リーのアパートだった。ポスト側の関係者がすでに何人も集まっていたが、アルバトフと私は二人だけで話せるように、別室に移った。

アルバトフが熱心に説明したのは、ゴルバチョフはインタビューに応じるという大きな恩典を与えているのだから、質問を変える程度の小さな好意は示してくれても良いのではないか、ということだった。私は、残念ながらこれは私の権限でできることではないと主張した。すでに質問をしているのであり、振り出しに戻って質問を変更することは考えられない。私たちは米国の大統領に対してもそのようなことはしないし、ましてや他の国の元首に対しては決して行わないだろう。私は、この主張を決して曲げようとはしなかった。

しばらく話し合った後、私たちは皆の部屋に戻った。その場を立ち去る時になって、アルバトフに同行して来ていたシシーリンが私の方を見て次のように言った。「心配しなくても良いと思います。あなたが逮捕されることはないでしょうからね」。結局、なぜゴルバチョフがそれほどまでにリガチョフの名前を引用されることにこだわったのか分からずじまいだった。その後、ほどなくしてボブ・カイザーから届いた報告によれば、「ゴルバチョフは、リガチョフとの関係についての質問に快く答えてくれ、神経質になる様子はまったくなかった」とのことだった。

大統領との付き合い方

ゴルバチョフとのインタビューは、メグやジムたちと行った取材旅行の頂点を飾るものだったと言えるかもしれない。これらの旅行は、一五年以上にもわたって私の人生の最も重要な部分を占めていた。旅程は何千マイルにもおよび、南アフリカ、フィリピン、中国、韓国、日本、インド、そして中東および南米諸国など全世界にわたった。

この頃にはダンがポストの発行人で、編集面の最高責任者になっていたが、私は彼の勧めもあって、彼の権限に干渉しない範囲で会社の業務に参加していた。これらの取材旅行はその一環だったし、外国からの賓客を迎えるのもその一つだった。外国を訪問した際に面会した人たちがワシントンを訪れる機会も多く、私はなるべくポスト紙の編集昼食会に招待するようにした。また、自宅に招待して歓迎することも多かった。ザンビアのカウンダ大統領と、ジンバブエのムガベ大統領はワシントン訪問の際に立ち寄ってくれたし、同様にウィリー・ブラント、ヴァーツラフ・ハベル、ヘレン・スズマンといった人も訪れてくれた。

わが家が大人数の客を接待できる部屋と施設があり、あまり苦労せずに大宴会を設定できるスタッフを擁しているということで、間に立つ人が現われて、時には国家的な賓客を歓迎するよう要請されることもあった。エクアドルのフェブレス・コルデロ大統領と、ヨルダン国王夫妻は、このようにしてわが家を訪れてくれた。このようにして、歓迎行事に関係するのは嬉しかったが、新聞紙上などで次第に「ワシントンの有名な女主人《ホステス》」などと書かれるようになったのは残念だった。私はこの呼び名が大嫌いだった。つまりそれは、私がごく自然に仕事の一部として行っていることへの最も性差別的な呼称のように思われたのである。

また私は、社内外の人びとと交際を続けてゆくのも私に与えられた重要な任務だと感じていた。政府内部の人びとと知り合い、そしてこれらの人たちがジャーナリズムの世界の人たちと知り合うのを手助けするのが私の日常的な仕事になっていた。長年にわたって、私の夕食会は政府関係者が出席することも多かったので、政治的夕食会と呼べないこともなかったが、この席は、いつも政党とは無関係だったし、少なくとも民主、共和両党を平等に扱っていた。

私は、二大政党いずれの出身の大統領とも友人関係を持っていたが、どのような友人関係であれ、またどのように長い付き合いであれ、私のように大新聞や雑誌を代表する立場になったり、大統領の不興をかったりした場合には、その関係にひびが入るのは当然である。ジョンソンともニクソンとも、またブッシュともそうなったが、不思議なことにレーガンとの間には、このような軋轢はなかった。フォード大統領は、友人関係を保つ技術ではプロフェッショナルだった。クリントン夫妻とは、彼らがマーサズ・ヴィニヤードを訪れている際に歓迎したことがある以外あまり交際はないが、これは彼らが私よりずっと若い世代に属しているためで、至極、当然のことだろう。

大統領としてワシントン入りしたものの、ここに住んだ経験がなく、事情が良く分からない人たち（たとえばジャック・ケネディ、リンドン・ジョンソン、そしてリチャード・ニクソンでさえそうだったが）の場合、当地のジャーナリズムの人びとと政府関係者が友人関係を結ぶことに、何かゆがめられた観念を抱く人がいるように感じられる。両者は業務上の機会以外では面会すべきでないと考えている人びとが、ジャーナリズムの側にも政府関係の側にも存在することは確かである。

この友人関係、あるいは交際に関しては微妙な問題があることは確かだが、私は少し異なった考え方をしている。実際に、政府関係者に関して記事を執筆する人びとにとっては、適度の距離を保った関係がベストであろうが、編集最高責任者の立場としては、無私の開放性《オープンネス》が最も重要だと思う。私個人としては、新聞社の最高責任者は無党派であるべきだし、常にジャーナリストたちを政府関係者に引き会わせるのが義務であると考えている。

親しい交際は建設的な結果を生むことが多いし、双方にとって便利である。ドアが開かれていることによって、広報・報道活動は容易になるし、ニュース報道の対象となる政府側の人びとにとっても、アイデアを誰の所に持ち込めばよいか、どこに苦情を呈すべきか、あるいは一般的な意思の疎通を誰とはかればよいかなどを知ってもらう手段となるのである。気安く電話したり訪問したりする関係がないと、彼らは切歯扼腕しつつ手をこまねいているしか方法がなくなる。私が最も恐れるのは、言葉に出さない怒りである。特に、政策に反対する人びとが意思疎通の手段を持っていることが大切で、報道機関側としても、すべての立場の意見に耳を傾けることが特に重要なのだ。

ジミー・カーターは、適切なワシントン流の仕事の進め方を学ぶのが不得意だった孤立した大統領の一人と言えるだろう。カーター政権になってちょうど一年目の春の夜、ベン・ブラッドレーと私は、ワシントンに会合で来ていた全米新聞編集者協会の会員のためにレセプションを開催した。全国各地から、恐らく四〇人近い編集責任者たちが集まっていたので、私は政府やホワイトハウス関係者を集めて、このレセプションに参加してもらうのに大変な努力をした。

ところが、カーターの首席補佐官ハミルトン・ジョーダンから、丁重ではあるが確固とした断わりの返事が届いた。驚いたことに、報道担当補佐官ジョディー・パウエルからは、返事さえこなかった。報道担当補佐官にとって、このように多数の編集責任者たちに面会する機会を無視するのはあまりにも愚かな判断だと感じた私は、彼のオフィスに電話し、直接話そうとした。電話に出た人の話では、彼は会議中とのことだった。そこで私は、パーティーの件を説明し、出席いただければ彼にとっても非常に有利と思うと伝えた。しかし、何の連絡もなく、ついにパウエルはパーティーに現われなかった。

数年後、カーターが政権を去ってからのことだが、同じようなパーティーが開かれた。パウエルは出席しており、彼の妻ナンも一緒だった。二人は本当にチャーミングで、パウエルはハーモニカを持参しており、この伴奏で私たちはダンスをしたり歌ったりして、夜遅くまで大変楽しく過ごした。また同様に、数年後になって初めて、私はハミルトン・ジョーダンと知り合う機会を得たが、彼もまた魅力あふれる人物で、その才能は疑うべくもなかった。彼のための晩餐会を開いたことがあるが、その時の私の挨拶は「ハミルトン、権力体制側《エスタブリッシュメント》へようこそ！」という言葉で始まった。これに対し、彼は、もっと早くからこうした会合に参加していれば、カーターはまだホワイトハウスで政権の座を保っていたかもしれないと述べた。これが彼の本音かどうかは定かでないが、カーター政権が貴重なチャンスを逸したことだけは確かだと、今でも私は思っている。

カーター政権は、在任中ずっと、内政的にも外交的にも困難と失敗の連続だったので、次の選挙戦でロナルド・レーガンが第四〇代の米国大統領となった時には何の驚きもなかった。私は、レーガン夫妻が大統領およびファースト・レディーとなる数年前に会ったことがあった。トルーマン・カポーティは、『冷血』を書き上げた後、興味を持っていたテーマ「死刑判決」に関する取材をしていた時に夫妻と知り合いになったと私に話してくれた。トルーマンが独特のかん高い声で言うには、「信じられないかもしれないが、会って見れば、絶対に彼らを好きになることは受け合いだよ」ということだった。本当にトルーマンの言ったことは正しかった。私たちは親密な交際を始めることになり、ワシントンの人びとを不思議がらせたのだった。

選挙後、初めてワシントン入りした時、レーガン夫妻はワシントン在住の各方面の功労者を招き、パーティーを催した。私はあいにく遠出のスピーチの予定があり、出席できなかったので、返礼としてわが家の晩餐会に大統領夫妻を招待したのだが、快く受けてもらえた時は本当に嬉しかった。大統領のために晩餐会を準備するのは、非常に難しい。たとえば、招待者にしても、デリケートな線引作業を必要とする。大統領夫妻に素晴らしい時を過ごしてもらうことだけに集中し、同席したい人および同席するのが当然と考えている人の敵意や圧力も含めて、すべてを無視するしかないのである。

その夜、レーガン夫妻はわが家の晩餐会に到着した。わが家でも長年働いている二人のメイド、ルーシーとドラは二階の窓から身体を乗り出して、リムジンが車寄せに着くのを見ていた。レーガン次期大統領が車から降りて私を抱きしめ、両頰にキッスをするのを二人は見た。元気で愉快なドラがルーシーの方を向いて言った。「奥様は大満足ね。二度とないことだから」。ドラはワシントンの流儀では賢明だったし、通常の判断としては正しかったが、この場合に限っては間違っていた。

この最初の晩餐会の席で、私たちは双方とも、お互いを知り合うことの利点について話した。このことについては、次期大統領も私も絶対の確信を持っていたのである。しかしレーガンは、わが家での晩餐会に主賓として出席したことで、その反動を受けなければならなかった。政治的右派は、この事態に驚愕した。ある新聞は、レーガンが私を胸に抱いている写真を報道し、ウォールストリート・ジャーナルでさえ、この写真について、「ジミー・カーターがウィーンの首脳会談でレオニード・ブレジネフを送り迎えしている有名な写真と同じ程度に、超保守派をびっくりさせる効果があった」と述べている。保守派幹部会の会長ハワード・フィリップスは、宗教討論会の席上でレーガンを非難して、次のように発言している。「ケイ・グラハムは、いつでも諸君のカクテル・パーティーに出席して、笑顔を振り撒いてくれるわけではない。六月までに、ワシントンのエスタブリッシュメントがロナルド・レーガンに満足するようであれば、諸君の方はロナルド・レーガンに不満を感じなければならない」

多少の浮き沈みはあったが、私たちの友人関係は、レーガンが政権にあった八年間ずっと続いた。ある時から、大統領夫人ナンシーと私は定期的に昼食を一緒にとるようになった。最初のうちは二人だけで、ゴシップなども交えた長い世間話をしていたのだが、そのうちメグが加わるようになり、場所も私の家か、メグの家かのどちらかになった。

レーガン夫妻との最後の晩餐は、一九八八年の選挙直後の一一月のことで、夫妻はワシントンを離れて、カリフォルニアに向かう準備の最中だった。大統領周辺の警護は、非常に厳重になっていた。私の家の玄関は、道路からかなり離れた場所にあるのだが、玄関前にテントを設置することを要請された。これによって、大統領が車から降りても、外部からは遮断された状態になるのだった。夫妻が到着し、私が家の中に招き入れると、二人を居間の方には通さないように要請された。その頃までには、居間は招待客でごったがえしていたのである。

しかし私は、この要請を無視して大統領を居間に案内し、たちまち夫妻は大勢の別れを惜しむ人びとに取り囲まれた。華やかな集いだったが、ただ一度ちょっとした事件があった。誰かが誤ってガラスのコップを床に落としたのである。当然、飲み物と氷が床にぶちまけられたのだが、次の光景を見て私は驚きのあまり口もきけない状態になった。なんと、合衆国大統領が、衆人環視の中で、ひざまずいて床の氷を拾っていたのである。

次の日、ナンシーと話をしたのだが、同じようなことが、暗殺未遂事件の後で大統領が入院中だった時にもあったらしい。大統領はベッドから起きてはいけないことになっていたのだが、それにもかかわらず彼は浴室に行き、何かのはずみで小量の水を床にこぼしたという。付き添いの職員が戻って見たものは、大統領がよつんばいになって水を拭き取っている姿だった。なぜそのようなことを、と問われた彼は、看護婦をわずらわせるのは悪いと思ったから、と答えたという。

政府関係者と報道関係者がお互いに敬遠しあう関係は、ごく当然でもあるが、大統領選挙の最中ともなると、このような関係はより敵対的なものになりやすい。一九八八年の選挙の際も例外ではなかった。報道との摩擦や緊張は、共和党のブッシュ陣営と民主党の対立候補マイケル・デュカキス陣営の両方の側にあったのだが、特別こじれたケースが発生したのである。もちろん、両候補とも自分の陣営に関する報道について同じような苦情を述べているし、両候補ともポストの編集昼食会に出席している。しかし、選挙キャンペーンへの失望感が、わが社の社説で強調されるようになるにつれて、両陣営からのポストに対する風当たりは激しさを増していった。

ジョージ・ブッシュとは長年の知り合いだった。特別親しいわけではなかったが、楽しい関係を保っていた。私の父は、ブッシュが若い頃設立した石油会社に投資していたし、私はジョージ、バーバラ共に共和党穏健派の典型だと思い、また私も知っていた彼の父、プレスコット・ブッシュ上院議員の血筋を正しくひいていると感じていた。彼が副大統領として在任していた八年間は、彼ら夫妻に会う機会がほとんどなかったが、レーガンに対して、ブッシュが公務的にも個人的にも忠誠を尽くしているのはよく知っていた。

しかしながら、ブッシュが大統領候補として立候補することを初めて表明した、まさにその週に発行されたニューズウィークは、この候補者に関する悪い面にのみ飛びついてしまった感があった。副大統領としての彼をカバー・ストーリーにしたその号には、大々的に次のような表題が付けられていた。「弱虫代理人、戦いへ」。この時以来、「弱虫《ウィンプ》」というラベルが、キャンペーン期間中ずっと、ブッシュ陣営を悩ますトゲとしてつきまとった。ブッシュに関するニューズウィークの記事そのものは公平であり、すべてを網羅したものとなっていたが、「弱虫」という強烈な印象を残す表紙の言葉が、街中のニュース・スタンドから読者に向けて叫んでいるような状況になってしまったのはどうしようもなかった。

これに引き続いて、当然のことが起こった。ブッシュ陣営の人すべてが、ニューズウィークの記者を避けるようになったのである。ようやく一九八八年九月になって、会合の日取りが設定された。場所は副大統領公邸で、ニューズウィーク側からは、私、リック・スミス、エヴァン・トーマス。ブッシュ側からは、ブッシュ自身、ジェームズ・ベイカー、ブッシュの首席補佐官クレイグ・フラーが出席した。ブッシュの主張によれば、表紙の言葉を派手に際立たせたことによって記事全体が非常に歪曲された結果になっており、彼としては編集者の責任を問いたいとはっきり述べた。あの記事のために、彼自身の要請で取材に協力した彼の家族も当然ながら困惑し、憤りを感じており、これ以上あの雑誌に協力することは、ただ一つのことをはっきりと証明してしまうことになると彼に忠告したらしい。その、ただ一つのこととは、彼が本当に弱虫だということなのである。

私は複雑な週刊ニュース雑誌の制作プロセスを真摯に説明したが、最後まで気持ちを和らげることのなかったブッシュが、この後は当事者同士のリック・スミスとジム・ベイカーで話し合えばよいと提案した。副大統領と私は並んでドアの方に向かったが、その途中で、彼は思いがけず優雅な口調で私の耳元に囁いた、「この件は何とかするけれど、彼らには言わないでおいて下さい」。その後、リックは実際にベイカーと面談し、私たちの間の雰囲気を和らげる大役を果たし、結果として私たちは必要な背景取材をすることができたのだった。しかし、これで問題が収まったわけではなく、他のさまざまな要素もからんで、さらに複雑化していった。

私たち――ポストとニューズウィークの記者・編集者――は、もちろんデュカキス側とも接触を保っていた。冬から春にかけての期間中、私たちはずっとデュカキス陣営のキャンペーンには数々の分野で弱点があると思っていた。特に国家安全保障に関する政策がそうだった。デュカキスのキャンペーン・マネジャーが、終盤になってから連絡してきて、非公式のうちとけた面談の機会をもちたいと打診してきた。私はポストおよびニューズウィークの記者数人と共に、この大統領候補の、以前には見たことのない側面に触れることができる可能性を信じ、個人的な面でも生身の彼自身を垣間見ることができる機会になるかもしれないと期待して出かけていった。私たちは、ホテルの彼の部屋で、彼を囲んで座り、デュカキスはいろいろ話したが、新しいことは何も語られず、個人的な政策観についても明らかにされることはなかった。

私自身は、ブッシュのキャンペーンそのものは好まなかったものの、彼に投票した。デュカキスは、国家を統治するにはまだ経験が浅すぎると思った。私が共和党出身候補に投票したのはこの時だけである。ブッシュが当選してから大統領の職にあった四年間というもの、私たちの関係は敵対的とまではいかないまでも、予想に反してよそよそしいものだった。彼とバーバラを直接見かけるのはごく稀で、それもパーティーなどで招待客の長い列に並んだ時だった。おそらく私がレーガン一家と懇意にしており、またブッシュが好まなかったジョージ・シュルツとも友人関係だったことが問題を複雑にしたのかもしれないと思っている。

いずれにしろ、こうした冷たい、あるいは敵対的な関係は、ワシントン生活の一部であり、いわば当然のことと見なされていたのも事実である。しかしながら、このような関係がいかに自滅的なものであり、穏健でプロフェッショナルな関係を持続させることが、政治家にとっても報道関係者にとってもいかに重要かを、このような事態になるたびに思い起こさせられるのだった。ジョージ・マクガヴァンが、大統領選挙戦に敗れたあとで送ってくれた魅力的な手紙のことを思い出さざるを得ない。彼は、晩餐会の席上などで、ポストのコラムニスト数人について激しい非難の演説をしたことを覚えており、これについて次のように書いてきたのだ。「あのような激情に駆られたことを今では後悔しています。そして、あの経験から確信したのは、恨みの感情というものは、持続しようとしても三カ月が限度だということでした。ですから、この手紙は、私がもうすべての恨みを忘れてしまったことをお知らせしようというものです。今となっては、いったい誰を遠ざけておこうとしたのかすら思い出すのが難しくなっているのです」

ごく稀な例外はあるだろうが、このマクガヴァンの法則は、すべての人に適用できるものだ、と私は確信する。怒りの感情というものが、それを保持している人自身をいかに衰弱させていくものか、長く生きれば生きるほど、その実例を目のあたりにする機会が増えている。

私生活、友情、ロマンス

夫のフィルが死んでから数年間は、仕事上の生活と、個人的な生活とがあまりにも入り交じっていたために、これらを画然と区別するのが難しかった。何年にもわたって、同時にあまりにも多くの生活の側面に注意を向けていたので、私はいわば自動操縦のパイロットのようだった。最初の何年間かは二人の子供たちがまだ家にいたし、友人関係、仕事の上での知人、友人との付き合い、常に処理しきれないほどの多量の仕事、引きも切らない会議、そして毎晩のように続く夕食会などが目白押しだった。しかし幸せなことに、恐らく女性解放運動にかかわったことから学んだところが大きかったのだと思うが、私は次第に私生活の面でも、楽しい時間を持てるような余裕が生まれてきた。

家族と友人たちは、いつも私の生活の重要な部分を占めていた。しかし、ある時期から、私は他の人びととの交際も楽しめるようになった。さまざまな交際を求め、男性との付き合いさえも味わえるようになった。確かに、私の生活にはいつも男性がいた。ロマンスもあったし、親密な男友達もいた。そして私はそれらすべての関係を楽しんだのだった。フィルの存命中は、私は彼をあまりにも尊敬していたので、彼以外の男性との関係など思いもよらなかった。実際、「一夫一婦制」の考え方は私の心の中に長年浸透していたし、その痕跡は未だに残っているとも言える。

なぜ再婚しなかったのかと訊かれることもある。仕事についた初期の頃は、この質問に憤りを感じることが多かった。男性の新聞社主であれば、訊かれるはずもない質問だと思ったのである。この質問に関しては次のように答えるのが常だった。「私は、たぶん今後とも結婚することはないと思いますが、なぜなのかは私にもよく分かりません」。私は今日でもまだ、すべての理由が分かったわけではないが、多少とも理解できたことは、私の仕事そのものが、私の再婚を不可能とは言わないまでも、非常に難しくしていたのではないかということだ。

結婚生活がうまく機能するならば——それなりの努力は必要だろうが——人が生きていく上で、それが最も望ましい形態なのだろう。結婚生活を楽しんでいる人びと、お互いに愛し合い、常に優しくお互いを守りあって生活しているカップルは周りには大勢おり、私は彼らから多くの喜びを与えてもらっている。ヘンリーとナンシーのキッシンジャー夫妻も、こうしたお互いに愛し合うカップルの典型ではないかと思う。ヘンリーは、よく人をからかったり、不平を述べたり、泣きごとを言ったりするが、ある時、もうナンシーなしでは生きていけないと、私に打ちあけたのだった。スコッティーとサリーのレストン夫妻も、模範的な夫婦生活を五〇年以上続けている。彼らが一緒にいるところを眺めているだけで幸せな気分になれるし、お互いにかけがえのない存在であることがよく分かるのだ。スコッティーは一度次のような手紙を送ってくれたことがある。「これまでの困難な年月を、サリーなしで耐えることは、とうてい出来なかっただろうと思う反面、あなたの場合には、どうやって伴侶なしで耐えてこられたか、想像もつかない」

これに関して思いつくのは、もし私の生活がフィルが生きていた時と同じような状態であったとしたら、私はフィルのいない人生の淋しさに耐え切れなかっただろうということだ。しかし、私の生活は変わった。だから、ワシントン・ポスト社を引き継いだ後、再婚生活に入ったとしても、それがどのように作用したかは想像すらできないのだ。

しかしながら、独身でいることによって困難な問題が生じることも否めない。たとえば、郊外の別荘生活や休暇や夏休みの場合などで、このような時はカップルの方が都合の良いことが多い。時がたつにつれて、このような時を一人で、あるいは家族と共に過ごすやり方を学ばなければならないと思うようになった。マーサズ・ヴィニヤードで別荘を手に入れたことは、私の生活をより良いものに変え、人生をより幸せなものにする第一歩となった。最初に見た時は、その家は荒れ果てた廃屋で、実際のところ家の中でキャンプ同然の生活をしていた家族によって貸し出されていた。しかし、私はこの家の形がとても好きだったし、美しい丘の上に建っている立地条件も好ましいものに思われた。

最初に見た時から、私はこの別荘が、ファミリー・センターとして機能してくれるのではないかと思っていた。子供たちが気に入って、その気になれば、そこで孫を私に預けて旅行に出ることなどもできるはずだ。この家を一九七二年に購入して、翌年に改築して以来、私は毎年八月をそこで過ごすのが習慣になった。子供たちも孫たちも、私同様に気に入った様子だった。滞在するたびに、心から癒される気分になった。

ヴィニヤードの生活が夏を生きるための力になってくれたように、友人たちは一年を通じて私の生きる力となってくれた。私たちワシントン在住者の生活は政権の交代によって多少の変化が生じるが、友人関係のかなめの部分はほとんど変わらない。ワシントンでの人間関係については次のようなことわざがある。「もし本当の友達が欲しいなら、犬を飼うべきだ」。私は長年ここに住んでおり、本当の意味でここが故郷なのでよく知っているのだが、このことわざはまったくの誤りである。確かに、新政権のメンバーとして到着したばかりの時は状況が違うだろう。見知らぬ街で知り合いを作るためには、どこでも多少の時間がかかるものである。そして、無論、権力を有する人びとに対しては策を弄して友人関係を取り結び、いろいろの目的で利用しようとする人種が存在するのも確かである。

下院議員のジム・ジョーンズは、一九八六年に上院議員選挙に敗れた際、下院議員在職中に学んだ事実として、「本当の友人と、便宜的な友人」がいることが分かったと述べたという。彼は現在、駐メキシコ大使である。しかし私は、権力にある人びとが、他人に対して異なった接し方をすることは決して悪いことではないと思っている。たとえば、一緒に働いている人びとと友人関係になることも多いだろうが、それは共通の趣味がある場合もあれば、単に一緒に働かなければならないからという場合もある。しかし、そのようにして始まった友人関係がさらに発展して本当の親友同士になり、一生続く場合もある。

私の場合も、最も親密な友人関係のいくつかは、私が新聞社にかかわっていることで知り合ったかつての政府関係者との関係である。ボブ・マクナマラ、ヘンリー・キッシンジャーなどが、すぐに思いつく例である。しかし、彼らとの関係は、年月を経るにつれて深まり、現在では、政治や仕事とはまったく関係のない段階にまで達している。他の人びとの場合も同様で、ポール・ニッツ、ダグラス・ディロン、マック・バンディ、ジャック・ヴァレンティ、ジョー・カリファーノ、ラリー・イーグルバーガーなどとは、そのような友人関係を続けている。仕事上では、たとえばエド・ネイとの関係があげられるだろう。彼は、「ヤング&ルビカム」の責任者をしていたので知り合ったのだが、その後も親しい友人関係を保ってきた。ヘクト社のアラン・ブルースタインとも仕事の上で知り合い、次第に友情が深まった例である。

ジョージ・シュルツとは、彼がニクソン政権に参加していた時に知り合ったのだが、ウォーターゲート事件の後でも友人関係が途絶えなかった数少ない政府関係者の一人となった。私は彼が好きだったし、尊敬もしていた。私たちが再会したのは、彼がレーガン大統領の国務長官として返り咲いた後で、メグの家での夕食会の時だった。彼はその時、私がまだテニスを続けているかどうか尋ね、もし一緒にプレーできれば嬉しいと言ったので、次の週には一緒にゲームができるように手配した。

やがて私たちは毎週日曜日に、だいたい同じ四人のメンバーで試合をする習慣になった。そして土曜日のゲームも加えるようになり、旅行などで参加できない場合を除いて、これがおよそ六年間にわたって続いた。一度などは、中東問題で彼が非常に微妙な国際交渉にあたっていた時のこと、当然私たちは彼がテニスには出てこないものと思っていたのである。しかし、彼は頑固にゲームに参加する方を選んだ。どうやって会議から抜け出して来たのか知りたかったので、交渉相手のイスラエル代表に、彼が何と言ったのかと訊いてみた。彼が言った言葉を知っても、驚く理由は別になかった。当然のように、「テニスをしてきます」と言って出てきたのだった。

私が友人か友人でないかによって、私たちの新聞、雑誌、放送の報道活動に干渉を受けたことは、これまでに一度もない。社の編集者のほとんどは、私がいかなる人物と友人関係を持っているかを知らないし、知っていても気にしていない。さらに大切と思うのは、私が常に行動の優先順位を心得ていたことである。報道担当者と、その報道が伝えた対象人物である私の友人との間に見解の相違が生じた場合は、私はいつも報道担当者を支持してきた。時折、私たちの方が公正を欠いている可能性があると判断した場合には調査したが、これも単に、完全に中立的な報道の立場が確保されることを願ったまでのことである。友情が発展しているのに、報道の立場としてはその友人に不利な内容を伝えなければならない状況があるように、利害関係がまったく対立してしまった場合には、友人を失なうことも止むを得ないと思っていた。幸運に恵まれれば、その友人が大きな度量で私の立場を理解して許してくれ、いずれは忘れてくれることもあるだろう。

老いることは自由になること

私はすでに七〇代の終わりを迎えようとしているが、年を重ねるごとに、年々楽しみが増えているのだ。現在に至るまで、私は年をとることについては全然気にしていない。事実、あまり考えたこともない。しかし、七〇歳を迎えた一九八七年は記念の年だった。この年の誕生日は心に残るものだった。友人のルヴィー・ピアソンは、次のように言って七〇歳を迎える私のショックを和らげてくれようとした。「七〇歳なんてなんでもないわよ。本当に年を感じるのは七五歳の誕生日を迎えた時で、それ以後は急に老いを感じるようになっていくわね」

その後の私の経験からも、この彼女の発言は核心をついていると思うのだが、当時の私には本当のところは分からなかった。そして、七〇歳になることが非常に気になったのである。私が七〇歳を迎えたことなど大々的に世間に知らせたくはなかったし、特に業界の人びとには知ってもらいたくなかった。だから、この年は誕生日パーティーなどまったく興味が湧かなかったのだ。ポリーとクレイトンのフリッチー夫妻、それにボブ・マクナマラと私を加えた四人は、サンフランシスコとヨセミテ国立公園、それにナパ渓谷周辺を、自動車旅行する計画を立てていた。時期は、意図的に私の誕生日の頃にしていたので、七〇歳を迎える日にはワシントンにはいない予定だった。

私が計算に入れていなかったのは、長女のラリーの意志の強さと頑固さだった。子供の頃から強烈な意志を持っていた彼女は、弟である私の三人の息子たちと協力して、私の気持ちを変えさせ、彼女と弟たち、それにその家族たちによる小さなパーティーを開くことを納得させようとした。しぶしぶではあったが、彼らの気持ちを受け取る意味で、招待するのはごく親しい友人と家族だけという条件つきで、私は申し出を受けた。ラリーは条件を了承したが、「親しい友人と家族だけ」という言葉を彼女流に拡大解釈した。

私が恐怖のどん底に陥ったのは、パーティーが各方面から六〇〇人以上の客を招いてワシントンの大宴会場で開催されることを知った時である（まあ最終的には、私の気持ちは恐怖から喜びに変わることになったのだが）。集まってくれた人たちは、私の人生のいろいろな時点で知り合いになった多種多彩な人びとだった。さまざまな社会で活躍している人たちが世界各地から集まってくれた。ラリーは大宴会場の飾り付けに大変な努力を払ったらしかった。会場は沢山の大きな花束で埋められ、各テーブルの上には、時期はずれにもかかわらず満開の美しいバラが生けられていた。控えの部屋には、私の人生のさまざまなエピソードを綴る写真が巨大に引き伸ばされて飾られてあった。なかには私の卒業したマデイラ校の通信簿のコピー写真まであった。ポストの模擬版も登場していたが、この四ページにわたる私家版の作成にも多くの人びとが協力してくれたに違いない。全段抜きの大見出しには「キャサリン・グラハム、誕生パーティーを拒否。派手な大騒ぎを全面拒絶。自宅での静かな夕べを希望」となっていた。

パーティーの司会をつとめたのはダンで、ラリーは八回の乾杯の手配をした。アート・バックウォルドは、スピーチで次のような名文句を述べた。「今夜のパーティーにこれほど素晴らしい人びとが参集したのは、ただ一つの理由によるものと思われます。その理由とは、恐怖であります」。レーガン大統領は、友情に関するスピーチを述べた後、次のような言葉でシャンペン・グラスをあげ、乾杯をした。「親愛なるケティーに、乾杯！」

パーティーは、私がいかに大勢の素晴らしい友人たちに恵まれていたかを証明する機会にもなったのだが、年を経るごとに、これらの友人たちを次第に失ってきているのも事実である。ジョー・オルソップがよく言っていた表現に従えば、これらの人びとは文字どおり「群れ集まった」のだった。さまざまな意味で過渡期だった一九八〇年代に、私は多くの死に直面しなければならなかった。兄のビルも、その一人だった。彼は素晴らしい人間性を持ち、優しく、寛大で、職業上では人に尊敬されていたが、人生の大半を非常に不幸なうちに過ごさなければならなかった。

八〇年代の終わりになって訪れたジョー・オルソップの死も、私にとっては大変な損失だった。彼が人生を閉じる前、数年間にわたって、私たちの関係は以前にも増して親密になっていた。二人とも独身だったので、私たちの気持ちのつながりはより強くなったのだと思う。ジョージタウンにあるお互いの家を訪れ、また頻繁に電話をかけ合った。私はジョーと一緒にいるのが楽しかっただけでなく、ジョーの存在に依存するようにもなっていた。私たちはお互いを必要としていたのだ。彼は私の生活の重要な一部だったし、私も彼の生活の一部になっていることが分かっていた。私の知っている範囲では、ジョーが最も私に喜びを与えてくれ、また私から喜びを得てくれた。彼は一度、「退屈さ、空虚さ、自己満足こそ本当の敵なんだ。経験の足しにもなりゃしない」と述べたことがある。そして、その言葉は本当に正しかった。

また、長年にわたって頼りにしていた親友のルヴィー・ピアソンも失った。彼女は、聡明で、楽しく、勇気があり、そして寛大だった。献身的な友人だったマルコム・フォーブズが彼女の八〇歳の誕生日を祝って、ちょうどニューヨーク港に停泊中だった彼のヨットでパーティーを催したことがある。あの時のルヴィーは、これまで見たうちでも最高に美しかった。彫刻のように整った顔立ち、端正な長身、そして長い金髪は若い頃とまったく変わっていないように見えた。しかし、彼女が打ち明けてくれたところでは、一人では身の回りの処理も難しくなってきているとのことだった。長いこと、手の関節炎を患っていたのだ。そして、ジョージタウンの小さな家を引き払って、老人ホームに移らなければならなくなるかもしれないと恐れていた。その二年後、健康がさらに損なわれ、彼女はまったく突然亡くなった。彼女が楽しみにしていたブリッジをする約束の週末だった。彼女にとって、その死は、実に恵まれたものだったかもしれないが、彼女を失った淋しさは耐え難かった。彼女は誰しもが望むような死に方をした。ボケもせず、あまり苦しみもせず、早からず、遅からず……。

このようにして、多くの友人をどんどん失っていく年になったので、ジョー・オルソップの忠告と実践に従って、若い友人を新たに作る努力を始めた。年齢に関係なく、あらゆる世代の人びとと友達になるのが好きだったし、孤独を癒す方法とも思っていたので、若い世代の友人は次第に増えていった。ポリー・ウィズナーは五〇年以上にもわたって私の親友だが、ずっと私に対して思いやりと親切で接してくれた。彼女はエネルギーがあり、面白く、そして勇敢な性格だった。また、年月を経るにしたがって、メグ・グリーンフィールドとの友情も深まり、彼女への感謝の念は増すばかりである。私のかけがえのない補佐役リズ・ハイルトンはフィルの生前から私と共に働いてくれ、今も変わらぬ支援をしてくれている。私の姉妹、ビスおよびルーシーとも親しい付き合いを続け、可能な限りお互いを訪問し合い、お喋りを楽しむようにしている。

私の経営哲学

一九八〇年代の終わりには、ワシントン・ポスト社の成功は、すでに明らかなものとなっていた。会社の株価はディック・サイモンズの経営手腕のもとで急上昇し、私の予想をはるかに越えて、一株三〇〇ドルに達していた。私たちが六ドル五〇セントから始めたことを考えれば、この値段は驚くべきものと言わなければならないだろう。私たちは、すべての分野において競争会社をしのいでいた。報道内容はこれまでの中で最高の質に達していた。ウォレン・バフェットの言葉を借りれば「順風満帆」の状態で急成長していたのである。

会社の成功の原因は、むろんディックの経営手腕に負うところが大きいが、他にもいくつかの要因があった。その一つには、会社が家族経営だったことがあげられるだろう。スター紙の場合にはあまりにも多くの家族が関与したために経営が手に負えなくなったのだった。だが、家族経営の会社は、多くの場合、その製品に特別の品質を与えることが可能となり、また経営方針にも一貫性を持たせることができるのである。おそらく、報道の質を育んでいくためには、長期の展望を持ち得る、一つの家族による経営が最も効率的なのではないかと思われる。もちろん、これには例外も多々ある。しかし、家族経営によって、安定した継続的な会社経営が可能になり、会社乗っ取りを防ぐことができるのである。現在のように、破壊的かつ悪意に満ちた会社合併や乗っ取りが横行する時代にあっては、こうした家族経営が、会社の健全な運営のために、価値があるのである。

たとえわずかずつであっても会社が成功へと前進できたもう一つの要因は、私たちが成功や発展を当然のこととは思っていなかったことが挙げられる。会社のすべての分野で激しい競争が行われていた。獲得の可能性のある販売契約については、絶対にこれを失わないように全力を投入した。たとえ一インチの広告スペース、一ドルの広告収入であろうとも、戦うことなしに見送ることのないよう努力した。そして、報道内容においても、他社に負けることを常に最大の苦痛と考えてきた。現在も、この考え方はまったく変わっていない。

質の高い報道を追求してきたのは、編集面での不可欠な戦略であると同時に、事業運営の面でも最善の方策と信じていたからである。そして、最終的に成功を収めることができた要因の一つとして、これも挙げなければならないだろう。つまり、高品質の報道と高い収益性は車の両輪であるという事業運営に当たっての考え方《フィロソフィー》である。それは私が会社を引き継いだ時から信奉し実行してきたことで、私以前の時代にも、父からフィルへと引き継がれ、現在はダンが実践している。

私が最初にこの考え方を強調したのは、ウォール街の投資家たちに対して、利潤に対しても十分な考慮を払っていることを印象づけたかったからだ。私たちは、ポスト、ニューズウィーク、そして系列の放送局において、編集・内容面の質を確立するために多額の投資を行ってきた。株を公開したのとまったく同時にペンタゴン機密文書を報道するという危険も犯しているし、後にはウォーターゲート事件の報道でも大きなリスクがあった。「このような会社に投資する意義があるのか」という質問に対して、真っ正面から答えたかったのである。ウォール街の投資家たちに対して、私のことを、報道にしか興味がなく、リスクを犯してばかりいる変なおばさんではないと信じてもらう責任があったし、事業経営にも多大な関心を持っていることを知ってもらう必要があった。

この対になっている二つのコンセプトは、会社の利潤や事業目標の問題として考えられたのではなく、むしろ経営的な問題として発生してきたものである。確かにごく初期のうちは、ただ一つのこと、つまり高品質の製品をいかに生産するかをうまく処理すれば結果はついてくると考えていた時期もある。しかし、このように単純な算術的思考は、当然のことながら、会社経営にはそのまま適用できない。算術的な等式においては、周知のようにただ一つの変数しか最大値を取り得ないのである。しかし、私たちの会社のような場合には、二つのゴールが共存しているのだ。私たちは、この二つが共存共栄できることを証明できたのではないかと思っている。

会社の業績は良くなり、また経営的にも良好に運営されるようになり、最終的には、業界内部でもそれが認知されるようになった。一九八七年にニューヨークで開催されたコミュニケーションズ・センターの特別賞受賞記念昼食会に、私は主賓として招待されていた。その席でウォレンが、私の指揮下にあった会社について大変丁寧なスピーチをしてくれた。

ウォレンは、私たちの会社が成功した原因として、それまであまり語られなかった部分について強調した。当時、私たちの会社の一株当たり収益の伸びは、同業他社の中で抜きん出ていた。報道関連業種のうち最大手六社の一九六四年以来の株価平均成長率は一五五〇パーセントだったが、私たちの会社の株価成長率は三一五〇パーセントで、他社の二倍以上に達していた(もちろんウォレンは、彼の経験豊かな経営手腕がこの記録にいかに寄与しているかについてはまったく触れていない)。彼がジョークとして披露したのは、ある時私のデスクの上に非常に目立つ紙が置いてあるのが目に留まったが、それには次のように書いてあったという話だった。「資産は表の左側、負債は右側」

一九八八年一二月、ビジネス・マンス誌は、「経営効率最良の五社」をカバー・ストーリーにしたが、ワシントン・ポスト社は、コンピューターのアップル、医療品メーカーのメルク、事務用品メーカーのラバーメイド、そしてディスカウント・チェーンのウォルマートと共に、そのリストにのった。数年後、私はフォーチュン社の主催する「ビジネス界栄誉賞」を受賞したが、これも私にとってはこの上ない名誉であり、本当に嬉しい受賞だった。

私たちの会社の業績がこのように世間で認められるようになったのは、ディックの貢献によるところが大きいと言わなければならない。彼の在任中に、一株当たり収益は年複利換算で二二・五パーセントの率で上昇した。株式配当も平均二六パーセントだった。会社の具体的な業績はさまざまな形式で表現できるのだが、それにも増して重要だったのは、経営方針について彼の確立した、非常にプロフェッショナルで高度な基準だった。彼の貢献度はあまりにも偉大だったので、彼が会社を去ることなど思いもよらなかった。しかし、彼は就任当初から、教職かあるいは他の関心事がまだできる程度の若さで退職したいと言っていたのも事実だった。

在任九年目が終わろうとしていた頃、ディックは退職についてロにするようになった。一九九一年五月の会社年次総会の一年前に、彼は退職の日取りを設定した。私は何とか説き伏せて、役員会のメンバーとして留まり、またインターナショナル・ヘラルド・トリビューンの社長として留任することを了承してもらったので、彼との密接なつながりはその後も途切れることなく続いたのだった。

一九九一年が明けて、ディックの退職が間近になると、私もまた現職から退くことを考えるべき時期であることを実感させられた。私は、いわゆる「居座り症候群」、あるいは退け時を悟らない判断力の悪さから、仕事を長く続けすぎることを恐れていた。会社のオーナー、あるいは最高経営責任者が正しい引退時期を悟らなかったために会社が損害を受け、あるいは崩壊してしまう例を私は実際に見てきた。ディックの決断によって、私の決心も固まったのが嬉しかった。また、当時社長だったダン・グラハムと、ニューズウィーク社長で最高執行責任者としてのディックの後を継ぐ予定だったアラン・スプーンという、新世代の会社指導チームを同時に昇進させるのにも、最も好ましい時期であるように思えた。そこで、ディックと私は、それぞれ最高執行責任者と最高経営責任者のポストから同時に引退したのだった。

一九九一年度の年次報告で、ダンはこの種の書類としては異例の、個人的かつ愛情のこもったリポートを掲載した。「客観性を重視する方は」と彼は冒頭に記している。「ぜひ次のページをご覧ください」。そして、私が会社を引き継いで登場した事情から始め、フォーチュン誌五〇〇社の中で、長年にわたって唯一人の女性経営者だったという孤独な境遇までを跡づけていた。一九六三年以降の主要な業績結果と特筆すべき編集上の事件や出来事についても触れていた。ダンはまた、私の自信喪失癖についても述べている。彼のリポートによれば、「あるクリスマス昼食会の時、若い時に何をやっておきたかったかとゲストの一人が出席者全員に訊いたことがあります。ほとんどの人は、たとえば野球選手や映画スターになりたかったと答えたのですが、ケイはハーヴァード・ビジネス・スクールで勉強したかったと述べたのです」。そして実際、その希望は今も変わらないのだ。

避けようもない引退の瞬間にいったい何を感じるか、どのように反応すべきなのかについて確信は何も持てなかった。そして、ポスト社の最高責任者としての地位と権限を失うと思うと淋しかった。しかし、幸せなことに、それは思ったほど難しくはなかった。この原因の一つには、ダンおよびアランと私との意思疎通がうまくいっていたことが挙げられるだろうし、また二人が非常に気をつかって状況を知らせ続けてくれたことにもよるのだろう。そして、私にとっては退職が急激でなく、徐々に進行するように取り計られていたことも大きいと思う。会社役員の多くからの進言によって、その後も私は会長のポストを二年半にわたって保持していた。一九九三年にそのポストを外れた際には、ダン、アラン、そして私の三者からなる最高経営役員会の会長になっていた。

一九九一年には、私の退職に遅れること数カ月でベン・ブラッドレーも七〇歳で退職し、これによって、編集面においても、ベンと私からレン・ダウニーとダンのチームへという最高責任者のスムースな交代が完了したことになる。経営陣交代に関して、予想していた通りの不愉快な話があちらこちらから聞こえるようになった。つまり、ダンとレンのコンビは地味で、地方記事にしか興味がなく、全然面白くない等々である。もちろん、この種の話は私が会社を引き継いで間もなくの時にも聞かれたものである。人びとは、一般的に若い指導層については批判がちとなり、前任者と不公平な比較をすることが多い。しかし、ダンがポストと私の仕事のいくつかを継承した時には、レンはこれに先立つ五年間、ベンについて徐々に編集責任者としての仕事を引き継いできたのである。ダンも社長（後に会長）に就任する前に、一二年間も発行人としての仕事を立派に果たしていたのである。

ベンの業績は、当時の会社年次報告書にも述べられているように、「ワシントン在住者にポスト紙の存在意義を改めて明示した」ところにある。彼の退職は感動的なイベントとなった。あるいはイベントの連続だったと言うべきかもしれない。ベンが采配をふるっていた当時とまったく同じように、華やかに堂々としたものだった。

八月三一日、彼が最後に編集局を去る時には、ケーキとシャンパンによる小規模なお別れパーティーが開かれる予定だった。しかし、実際にはパーティーは大規模な蜂起にも似た大騒ぎとなり、多くの人びとがベンの思い出をそれぞれに語る集会になった。伝説にまでなったベンにまつわる思い出話が話された。それは、ベンがその人生で邂逅した人びとの話であったり、ベンならではの、ここには書けないような数々のエピソードなどであった。その場に居合わせた人びとは誰一人として立ち去ろうとせず、ようやく三時間以上が経過してから、ダンが、ある女性記者がその日抱いて出勤してきた赤ちゃんがちょうど三歳の誕生日を迎えることになっているという話をした。

これを潮に、ベンは編集局をそそくさと去り、建物から出ていったのだが、もちろん彼とポストとの関係がこれで終わったわけではなかった。彼は無任所副社長――この役職には、彼は苦笑いしていた――として留任し、会社の役員室フロアの一角にオフィスを構えることになった。彼のエネルギーと魅力は失われることがなかった。彼は、常に忙しく働き、幸せに日々を送り、生産的だった。彼の著わした回想録は素晴らしい出来で、読者や書評の反応も良かった。最良の本の例にもれず、文章の端々から彼の生の声を聞く思いがした。

今を生きる私

役職に付随していた大きな責任を解かれてみると、私は自分の人生を、そして日々の生活を、再構築しなければならないことに気がついた。日々の時間をつぶすためだけでなく、友人のルヴィーがよく言っていた「最後の一周」に本当の意味を与えるためにも、何か新しい目的を探さなければならなかった。

権力を握っていた人物が、その権力に付随する楽しみ、たとえば内情を知り得る立場、特権的な会話、最終責任、あるいは役得などを手放すのはつらいものである。私たちは、その役職に付随する特権によって甘やかされていると言えなくもない。もちろん、私もその例外ではなかった。しかし同時に、より普通の生活に戻ることは、心身ともにより健康に過ごせることにもなると思った。個人的な楽しみについても、遥かに有利である。特に、私がそうであったが、経営トップであった時代に、バランスを取るように心がけていた場合にはなおさらである。ただし、さまざまな面で甘やかされているのは事実で、職場でも家庭でもスタッフが常駐していて、私がさまざまな関心を追求できるよう手助けし、環境を整えてくれていたのである。

新しい生活を設計する上で、自分自身の過去の生活から何を引き継ぐかをまず理解しようと思った。肉体的にも精神的にも活動的な生活を維持することが重要であることは、よく分かっていた。そして、好きなブリッジを再開することにした。さらにゴルフをし、テニスも続けよ

う と思った。だが、一番大切なことは仕事を続けることだ。私は基本的に、仕事そのものをやめようと思ったことはこれまでに一度もなかった。何かの仕事をしていることは、私にとっては水や食物と同じような生命維持のための必需品だった。この感覚は、おそらく両親から遺伝したものだったのかもしれない。会社とは、パートタイムの立場で関係が継続しているものの、何か他に仕事を探す必要があると感じた。

生活の中で仕事をどう位置づけるかは、新たな生活のバランスを見出すことでもあった。私は最初は、おおまかに三種類の活動に重点を置くことにした。会社のために何かの仕事を継続すること、教育方面で何かの活動に参加すること、そしてこの回想録を執筆することである。困難は分かっているのに、あえて執筆する必要が本当にあるのか？ 私個人にかかわる過去の話に興味を持つ読者が存在するとは、一体どんな根拠で言えるのか？ ただし、私個人にとっては、執筆を促す複雑な動機があった。まず私は両親のことを思い出していた。彼らの活力、精神的規範、奇抜な行動、そして富の使い方などは、私たち一族以外の人びとにも興味を持たれるのではないかと感じた。また、夫フィルの物語も一般的にはまだ伝えられていないと思った。彼の明晰な頭脳、政治的才能、そして魅力は、知り合った人びとの間ではすでに伝説的になっていたが、彼自身について、彼の業績について、そして治療される機会のほとんどなかった躁鬱病による彼の自己破壊について、十分な記録を残した人はいなかった。

もちろん、私自身の人生を振り返ってみたいという希望もあった。私の個人的経歴には思いがけない出来事が満ちており、また再度行うとしても実現不可能な要素も数多い。自分で自分の過去を執筆すれば、当然のように都合の良いことしか書かない欺瞞が生じるという危険があるのは十分承知していた。だから、自己を対象としてできる限り突き放し、私の見たこと感じたことをそのまま客観的に述べようと努力した。そして、回想録を執筆するという作業を通じて、年齢を重ねることで人はいかにして形作られ、日々の生活の仕方でさらにどのように陶冶されるかを多少なりとも理解できればと願ったのである。

皮肉なことに、私の母が後半生を捧げた教育問題に私も強い関心を抱くようになった。おそらくこれは母からのもう一つの遺産だった。教育は、母と同様、私にとって最重要な社会問題だったばかりでなく、最も興味を引かれる分野でもあった。もちろん、すでに数えきれないほどの教育プロジェクトが実践されているし、巨額の予算が費やされているのも事実だが、私はむしろ単純で直接的な方法で何かできないものかと思った。何かを証明しようとかいうのではなく、巨大な官僚機構に妨げられずに、少数の子供たちだけでもよい、彼らの生活をよりよいものにしたかったのだ。

有能で、着想のすばらしい、決断力のあるパートナー、テリー・ゴールデンとともに、私は、ワシントンのアナコスティア地区で始める就学前の幼年期教育プロジェクトを手助けすることにした。プロジェクトそのものは、私の初期の想定よりずっと大規模になってしまったが、基本的には二つの居住用建物、フレデリック・ダグラス・コミュニティー・ホームズとスタントン・ドウェリングズを建設し、そこで一人で子供を育てている失業中の親たちが子供に教育を施す手助けをしようというものだった。また、私たちは十分な基金を集めて、一五人程度の乳幼児のための託児施設を備えたコミュニティー・サービス・センターを設立し、さらに、当初一〇〇人程度の二歳児から四歳児までを対象とした早期教育の学校も開設した。私たちの願いは、この公的・私的協力事業を、ワシントン地域の他の場所はもちろん、全米でまったく同じ形で実施できるようにすることだ。このプロジェクトが終了した後、私はさらに他の教育問題に取り組んでいることだろうと思う。

これらの仕事に励み、執筆し、古い友人たちとの付き合いを楽しみ、新しい友人を作ることなどに私は現在打ち込んでいるのだが、この他にも、私の娘や息子、彼らの配偶者、そして孫たちと付き合うのも大きな楽しみとなっている。私の子供たちは、それぞれ異なった人生を歩んでいるが、お互いに、そして私とも非常に親しい関係を保っている。この回想録の中では、大人になってからの彼らの生活は述べられていないが、これは彼らのプライバシーに侵入したくなかったからである。しかし、日常生活の中で彼らと親しい関係を保ってこれたことには、とても感謝している。

ラリーは、二冊の本を出版した後、新聞・雑誌記者となり、主にロサンゼルス・タイムズ、ニューヨーク誌、パレード誌などにかなり多くの記事を執筆している。ポストは、彼女のコラムを一九九一年から定期的に掲載している。彼女の記事の内容と執筆にかける努力について、私は非常に誇りに思い、高く評価もしている。彼女は世界中を旅行し、私より遥かに多くの重要人物とインタビューしている。彼女の二人の娘、キャサリンとパメラは、すでに職業を得て社会に出ている。

息子のビルは、ウィリアムズ＆コンロイ法律事務所で弁護士として働いた後、ロサンゼルス公選弁護人事務所で勤務し、カリフォルニア大学ロサンゼルス校（ＵＣＬＡ）で教鞭を取り、そして現在は投資会社を共同で運営している。厳しい批評眼をもつウォレスでさえ、ビルの着想と仕事ぶりを高く評価しており、彼がその分野で成功を収めているのは確かなようである。ビルは、私の知る中では最も献身的な親でもある。子供たちの中で、ヴィニヤードの別荘を最も愛しているのは彼で、私の家の隣りに自分の家を建ててしまったほどである。これによって、私はビルばかりでなく、彼の十代の子供たち、エドワードとアリスとも定期的に会うことができるようになったのだった。

スティーヴは、ニューヨークで長いこと暮らし、演劇界でマイク・ニコルズとルイス・アレンと共に働いた後、演劇プロデューサーとなり、サム・シェパードやアソル・フガード、Ｅ・Ｒ・ガーニーなど現代劇作家の作品を演出した。彼は、非営利団体「ニューヨーク演劇ワークショップ」を設立して、若くまだ知られていない劇作家の作品を世間に紹介する役割も果たしている。ワークショップの演出したものとしては、ジョン・ゲアーの初期の作品があり、『レント〔家賃〕』をオリジナル演出で公開している。この作品は、ブロードウェイでもヒットし、トニー賞を受賞している。

その後、スティーヴはコロンビア大学英語博士号候補生となり、また全米最良の文芸出版社のうちの一社と目されているエコ・プレスの発行人ともなった。一九九六年には、エコ・プレスの出版した『レント』と、詩人ジュリー・グラハム（ビルの離別した妻）の作品がピューリッツァー賞を受賞し、スティーヴには二重の栄誉が与えられたのである。この年、ポストの同賞受賞は一つもなかった。スティーヴの妻キャシーは、コマーシャル・アーティストとして、やはりニューヨークで活躍している。

ダンとメアリーの夫妻がワシントンに在住してくれているのはありがたいことだ。彼らは四人の子供、ライザ、ローラ、ウィル、モリーを育て上げ、現在では子供たちも二三歳から一四歳になった。ビルと同じように、メアリーも弁護士として数年働いた後、その職業を離れ、執筆に力を入れるようになっている。また、子供たちと地域社会への貢献でも活躍している。

避けようもない老化と、友人たちを失う悲しみに耐えることができたのは、私に家族の支えと、没頭できる楽しみがあったからに他ならない。この回想録が出版される時には、私は七九歳になっている。確かに私は、生活の上でも、健康の上でも、また趣味や興味の追求においても、幸運だったかもしれないが、それだけで老年期が愉快なことで満たされているわけではない。全体的には健康であっても、たとえば心臓に心房性細動のような問題が起き、腰には神経痛が発生し、精神的にも肉体的にも動作が鈍くなるなど、年老いることが嫌になる理由はいくらでもある。年老いれば、人は手を取ってくれるようになるだろう。エレベーターに乗るかと訊いてくれるかもしれない。結局は、過去の遺物として扱われるようになるのだ。助けてくれようという人たちには何の他意もなく、ただ単に親切な気遣いからしてくれているのかもしれないが、恩きせがましいと感じないわけにはいかない場合もある。

しかし同時に、年老いることには肯定的な面もある。心配事は、完全に消滅するわけではないにしても、夜毎あなたを悩ますことはなくなるだろう。老人は、自由なのだ。若い人びとと比較すれば、うんざりさせる事物をきっぱり拒否できるし、そして楽しい趣味や気の合う友人と過ごすためだけに時間を過ごせるという点で、より自由になるのだ。

私は、仕事を続ける機会が未だに与えられていることに感謝している。そして、新しい生活が大いに気に入っているので、過去の生活を惜しむ感情は起こらない。過去にのみ固執して生きるようになるのは危険であろう。もはや心配事のない自由な身の上になったのだから、私は将来を夢見ながら、現在を一所懸命に生きようと思う。

訳者あとがき

アメリカの首都ワシントンには、いま存在感があって尊敬され、いるだけで周りの人びとに畏敬の念を起こさせる女性が二人いるといわれている。

その一人は、現在の第四二代米国大統領夫人のヒラリー・ロダム・クリントン。ヒラリー夫人は、アメリカでも指折りの腕ききの弁護士としての実績があり、これまでのファースト・レディの枠を越えて積極的に政策にも関与し、大統領にたいして最も影響力をもつ人物といわれている。

もう一人が、本書の著者、キャサリン・グラハムである。グラハム夫人は、八〇年近くもワシントンに住み、その人脈は多彩をきわめ、ワシントンの社交界の隅々にまで及んでいるといわれる。彼女が主催するディナー・パーティーは断わる人がいないといわれるほど、その影響力は絶大である。アメリカの首都として独自の価値観をもち、金よりコネが幅をきかせるワシントンにあっては、彼女はまさにアメリカン・エスタブリッシュメントの中心的存在といえよう。

キャサリン・グラハムの名前は、ニューヨーク・タイムズと並ぶクオリティ・ペーパー、ワシントン・ポストと分かちがたく結びついており、全米で最も著名かつ尊敬をうけている女性といわれている。グラハム夫人は、一九九一年に二八年間務めたワシントン・ポスト社の社主の座を長男のドナルド・グラハムに譲り渡し、その後は回想録の執筆に専念していた。そして、六年の歳月をかけて完成したのが本書『キャサリン・グラハム　わが人生』（Personal History, Knopf）である。彼女が、ゴーストライターや専門家の助けを借りないであくまで自分の手で本書を書きあげた背景には、起伏に富んだ自分の人生、ワシントン・ポストの軌跡を正確に歴史家の目にも耐えうるものとしてまとめたいとする欲求があったことは疑いを入れない。これまでにも彼女の伝記は何冊か出版されているが、彼女にとってはいずれも満足のいくものではなく、そのうち一冊は事実関係に間違いが多いとして出版社に抗議し、二万部を回収、破棄させているほどだ。

それだけに、執筆に当たっての彼女の調査、取材は綿密をきわめている。

本書は一九九七年二月に発売されたが、発売と同時に全米でベストセラーになり、これまでの販売部数は四〇万部を突破している。新聞、雑誌、テレビでも軒並み書評でとりあげたり、著者にインタビューしたが、例外なく好評で、なかには「二〇世紀を代表する自伝」と絶賛したものもあった。そのいくつかを紹介してみよう。

「キャサリン・グラハムという女性が娘から妻へ、そして未亡人から今世紀最大の女性となるまでを描いている。読者をひきつけてやまない感動的な自伝だ」(ニューヨーク・タイムズ紙)「率直な語り口が魅力の読みやすい自伝。グラハム夫人は……正確な自己分析で自身の変貌を記録するだけでなく、アメリカのジャーナリズムの最も重要な歴史的転換点のいくつか(ウォーターゲート事件など)を内側から描いてくれている」(タイム誌)

本書は、書評にも一部触れられているように、この種の自伝としては驚くほど虚飾がなく、極めて率直に事実がありのままに綴られている。筆致は鋭く、リアルで、政治家を始め、肉親、友人といえども容赦がない。また自己分析が徹底しており、自分の弱さや痛み、失敗なども正直に述べている点は感動的と言っていい。

本書は一言でいえば、今年八〇歳になる有力マスコミ企業の女性経営者の回想録であるが、内容が多岐にわたっているので、さまざまな読み方ができるだろう。

まず第一は、「一人のアメリカ人女性の波瀾万丈の物語」としてである。

これはまさに彼女の言う夫の自殺を境に「二つの異なる人生を生きた女性の一代記」であり、大河小説のヴォリュームと内容をもっていて、しかも読者を惹きつけて離さない面白い読み物になっている。また、グラハム夫人は父親と母親との出会いから本書を書き起こしており、親子孫三代にわたるアメリカ人家族のサクセス・ストーリーとして読むこともできるであろう。さらに本書は細部もきちっと書き込まれており、二〇世紀を生きた一女性の視点から見た、アメリカ現代史ないし同時代史と読むことも可能だろう。

第二は、「ワシントン・ポストに焦点を当てた読み方」である。ハイライトは言うまでもなくポストが生存をかけて戦ったペンタゴン機密文書事件、ウォーターゲート事件である。

一九七一年六月一七日は、ワシントン・ポストにとってもグラハム夫人にとっても運命の日だった。ペンタゴン機密文書事件でニューヨーク・タイムズに先行されたポストはようやく文書《ペーパーズ》を入手したが、タイムズが政府の申請に基づく掲載禁止の仮処分を受けていたため、公表するかどうかをめぐって編集幹部と顧問弁護士が激しく対立していた。公表すれば会社が危機に立たされる恐れがあるとし、公表しなければ、編集現場は到底おさまらない。彼女は決断を迫られた。

「公表しましょう」

この運命をかけた決断が、報道の自由を守り、ポストを一ローカル紙から全国及び世界に通用する一流紙にしたのだった。そして彼女は新聞界だけでなく、政財界においても一目おかれる存在となった。また彼女自身にとっても過去と決別し完全に自立した瞬間であった。

このペンタゴン機密文書事件の経験が、ポストにとっての最大の事件、ウォーターゲート事件を乗り切るのに大きな手助けになったと彼女は述懐する。ホワイトハウスを相手に孤立無援の戦いになったウォーターゲート事件については、彼女は断固戦い抜く姿勢を示して取材者たちを励まし続けた。彼女はこの事件を豊富なエピソード、証言を交えて、できるだけ多角的に描き出そうと努めている。ニクソン政権から有形無形の圧力を受け、薄氷を踏む思いで日々を過ごしていたことが彼女の筆から痛いように伝わってくる。特に、ローカルテレビ局の免許取り消しなどのニクソン政権の報復に関する話は権力の傲慢を示す具体的な例であるだけでなく、歴史家にとっても貴重な研究材料になるであろう。報道を続ける新聞社内部の動向や外部からの圧力などウォーターゲート事件の全体的展開を当事者として語るのに彼女ほど適切な人はいないであろう。

いずれにしろ、本書はポストが苦難の道を経て成功した優良企業になるまでのビジネス・ストーリーとして読むこともできようし、報道の自由を守るために戦ったジャーナリストたちの魅力的かつ教訓に満ちたインサイド・ストーリーとして読むこともできる。

さらに、ワシントンという独特の風土にあって政治とジャーナリズムの関係、特にトップ政治家とマスコミ経営者の関係のあり方についてさまざまな示唆を与えてくれる。特に、一九六〇年代から八〇年代にかけてのワシントン政界の裏側の一断面をビビッドに伝えてくれる。こうした面に焦点を当てて読むのも興味深いであろう。

第三の柱は、「女性解放、女性差別撤廃に焦点を当てた読み方」である。

今の若い人なら、〝ナンセンス〟と笑い飛ばすであろうが、職場や社会生活での男女差別がなくなったのはそう遠い昔のことではない。グラハム夫人がポスト社の社主に就任した六三年当時は完全な男性社会であった。ポスト社も役員は彼女を除いて全員が男性であり、女性の管理職も一人もいなかった。彼女の第二の人生は、まさに〝初めてづくし〟だった。大企業の初の女性経営者、全米新聞発行人協会の初の役員、初の会長といった具合である。こうしたなかで、彼女は実体験を通して女性の地位向上に努めてきたわけだが、娘から妻、未亡人そして今世紀で最も影響力のある女性へと変貌をとげた彼女自身こそが、女性解放の典型といえるのではないだろうか。

この他、本書にはケネディ、ジョンソンを初めとする六〇年代以降の歴代大統領夫妻、最高裁判事フランクファーター、実業家バフェット、国防長官マクナマラ、国務長官シュルツ、ポスト編集主幹ブラッドレー、ニューヨーク・タイムズ論説主幹レストン、政治評論家リップマン、オルソップ、ウォーターゲート事件のスター、ウッドワードとバーンスタイン、小説家カポーティ、彫刻家ブランクーシ、写真家スタイケンなど、グラハム夫人と親交を結んだ人たちが数多く出てくるが、それらの名前を辿っているだけでも興味はつきない。

つまりは、本書は、読み手の側の興味によって、いかようにでも読むことができる、広がりと深さをもつ、第一級の伝記文学といえるだろう。月並みながら、訳者としては、本訳書が多くの読者に感動を与え、長く読み継がれることを祈るばかりである。

一九九七年八月

小野善邦

著者

キャサリン・グラハム

Katharine Graham

ジャーナリスト、経営者。1917年生まれ。父、夫のあとを引き継ぎ、『ワシントン・ポスト』の社長、会長となる。1971年「ペンタゴン機密文書事件」、1972年「ウォーターゲート事件」でニクソン政権と対決し、報道の自由を守り通したことで『ワシントン・ポスト』を国際的な有力紙にする。本書は1997年に刊行され、1998年にピュリッツァー賞受賞。「20世紀を代表する自伝」と評される。2001年逝去。

訳者

小野善邦

Yoshikuni Ono

1936年生まれ。1960年東北大学卒業後、NHK入局、報道局記者、報道局次長・センター長、（財）放送番組国際交流センター専務理事などを歴任。2000年より大阪芸術大学教授、放送学科長、図書館長を務める。主な著書に『本気で巨大メディアを変えようとした男――異色 NHK会長「シマゲジ」・改革なくして生存なし』（現代書館）などがある。2009年逝去。

＊本書は映画『ペンタゴン・ペーパーズ／最高機密文書』公開にあたり『キャサリン・グラハム　わが人生』の第18、19、20、21、22、27、28章を抜粋・再構成したものです。

ペンタゴン・ペーパーズ

「キャサリン・グラハム　わが人生《じんせい》」より

2018年4月1日　初版発行

著者　キャサリン・グラハム
訳者　小野善邦
発行者　小林圭太
発行所　株式会社 CCCメディアハウス
〒141-8205 東京都品川区上大崎3丁目1番1号
電話　販売　03-5436-5721
　　　編集　03-5436-5735
http://books.cccmh.co.jp

印刷・製本　慶昌堂印刷株式会社

ISBN978-4-484-18107-3